Allez, on y va!

Gabriele Poweleit, in Hessen geboren, studierte in Gießen auf Lehramt und unterrichtete bis zum Jahre 2000 als Lehrerin für Grund-, Haupt- und Realschulen.

Ihr großes Hobby neben dem Schreiben ist die Ölmalerei. Zusammen mit ihrem Mann und ihrer Tochter hatte sie Ausstellungen in Deutschland, Frankreich und Italien.

Heute lebt sie mit ihrem Ehemann die meiste Zeit in Südfrankreich.

Für Ditmar und Sabine, die an mich glaubten,
und Ma, die es getan hätte.

Gabriele Poweleit

Allez, on y va!

Mein langer Weg nach Südfrankreich

Besonderer Dank gilt meinem Mann für die Besorgung und Bearbeitung so mancher Informationen; ebenso meiner Tochter Sabine für die erste prüfende Korrektur.
Dank gilt auch meiner Schwägerin Waltraud für die so dringend benötigte psychische Unterstützung.
Ich danke Familie Gardavoir, unseren französischen Freunden, für die Überprüfung der französischen Formulierungen.
Und last, but not least bin ich meiner Lektorin und Cousine Anke Wieland zu großem Dank verpflichtet.

Bibliografische Information der Deutschen Nationalbibliothek:
Die Deutsche Nationalbibliothek verzeichnet diese Publikation in der Deutschen Nationalbibliografie;
detaillierte bibliografische Daten sind im Internet über
http://dnb.d-nb.de abrufbar.

Satz, Umschlagdesign, Herstellung und Verlag: Books on Demand GmbH, Norderstedt
ISBN: 978-3-8391-5495-3

Inhalt

Prolog 9

5 000 km durch Frankreich im gemieteten Wohnmobil 13

Ab 1980 im eigenen Wohnmobil unterwegs 63

Als Tourist in Frankreich und was man als Mieter erlebt 67

Kauf eines Ferienhauses in Südfrankreich 75

»Big Bang« – und alles wird anders 89

Wahlheimat Département Hérault 103

Was man als Vermieter mit Touristen erlebt 106

Ein Sturz und seine Folgen 110

Immobilienkauf im Département Hérault 114

Adieu Allemagne 117

Bonjour les voisins en France 123

Kälteerfahrungen und Heizen 128

Undichtigkeiten 130

Post in die alte Heimat 137

Post aus der alten Heimat 157

Frankreich ist anders: Absinth, Trüffel und andere Absonderlichkeiten 161

Autokennzeichen und Bürokratie 167

Autoreparatur mit Hindernissen 173

Télépéage 178

Bei Franzosen zu Gast 179

Pétanque/Boule – Vergnügen und Sport zugleich 192
Essen wie Gott in Frankreich 195
Deutsche und andere Ausländer 200
Bisous 217
Eine Auswahl bewährter und selbst erprobter Gerichte 219
Méli-Mélo 222
Klaus 2009 240
Der Lehrerberuf kommt halt immer wieder durch 244
Ein Jahr und die An- und Aussichten 247
Ansichten eines Behinderten 250
Epilog 252

Prolog

GP – 1965

Oktober 1965, fünf Freundinnen auf dem Weg nach Paris. Die Reife war uns per Zeugnis von Amts wegen bestätigt worden, das heißt, wir hatten das Abitur in der Tasche.

Wir waren jung, noch niemals im Ausland gewesen und somit aufnahmebereit für die große, weite Welt. Geld besaßen wir wenig, denn wir standen alle am Anfang unserer Karrieren, manche mehr, manche weniger.

Mit dem Bus fuhren wir zu einem Jugendhotel, mitten in der Innenstadt von Paris gelegen. Die Unterkunft erwies sich als höchst interessant, denn wir schliefen in einem Zimmer mit fünf Betten, was nicht weiter schlimm war, denn wir verbrachten eh die meiste Zeit mit Besichtigungen. Die Mahlzeiten wurden abends gemeinsam in einem kleinen Bistro eingenommen.

Viel ist mir nicht mehr in Erinnerung an die Zeit damals außer Sacré-Cœur, Eiffelturm, den wir zu Fuß bestiegen, ohne den Aufzug zu benutzen, und natürlich »Les Halles«, die legendären Markthallen.

Um unseren schmerzenden Füßen die so dringend notwendige Ruhe zu gönnen, »fielen« wir im »Drugstore« auf den Champs-Élysées ein, wo sich jede von uns einen riesigen paradiesischen Eisbecher schmecken ließ. Danach rauchten wir, ganz große Welt, »Gauloises«, wir wollten dazugehören, zu den Franzosen an den Nebentischen – irgendwie. Immer mehr Zigarettenkippen füllten den kleinen, tiefschwarzen Aschenbecher mit dem Logo des Drugstores, und die ganze Zeit über liebäugelte ich mit dem kleinen Behältnis.

Später, im Hotel, als ich meine Handtasche öffnete, schrie ich auf, denn meine Hand griff in jede Menge Zigarettenkippen. Das

Gelächter war groß, alle hatten sehnsüchtig auf diesen Augenblick gewartet und standen nun um mich herum. In einem unbeobachteten Augenblick hatte eine von ihnen den vollen Aschenbecher in meiner Tasche verschwinden lassen, zum Glück hatte es keinen Brand gegeben. Diese kleine schwarze Erinnerung steht noch heute auf meinem Schreibtisch. Rauchen tue ich schon lange nicht mehr, aber die Champs-Élysées blicken mich täglich an.

Der Drugstore ist zu meinem großen Bedauern einige Jahre später abgebrannt. Irgendwann fand die Wiedereröffnung statt, und bis heute wünsche ich mir, dort noch einmal einen Eisbecher bestellen zu können. Die kleinen schwarzen Aschenbecher werden sicherlich von den Tischen verschwunden sein, schade, aber es herrscht ja klugerweise striktes Rauchverbot in den Restaurants.

Ich hatte die französische Luft geschnuppert, die mich von da an nicht mehr loslassen sollte.

Mein Mann, den ich zu diesem Zeitpunkt noch nicht kannte, wurde nur kurze Zeit später auf eine ganz andere Art und Weise vom Frankreichvirus infiziert.

D P – 1966

Herbst 1966, ich hatte gerade meine Lehre beendet und meinen Antrag auf Wehrdienstverweigerung gestellt.

Ich war bereit für neue Taten, also flog ich mit einer Gruppe Gleichgesinnter nach Paris, um dort an einer friedlichen Demonstration gegen die französische Atombewaffnung und die »Force de Frappe« teilzunehmen. Nach der Ankunft ging es vom Flughafen Orly im Süden von Paris mit einem klapprigen, von einem algerischen Fahrer in abenteuerlicher Fahrweise gesteuerten Bus zu einem »Café des Sports«, um dort weitere Teilnehmer aus anderen Ländern zu treffen. Nach Strategiebesprechungen und Diskussionen bei Café au Lait und Croissants fuhren wir in Gruppen von jeweils etwa zehn Leuten mit der Metro zu den Champs-Élysées.

In einer Seitenstraße versammelten wir uns wieder, weit und breit keine auffällige Polizeiansammlung zu sehen. Auf ein vereinbartes Signal hin (portable Telefone gab es damals noch nicht), bogen aus den Seitenstraßen alle Gruppen auf den Prachtboulevard ein. Wie aus dem Nichts waren wir im Nu umringt von Polizisten, die uns die Transparente entrissen und diese blitzschnell einrollten. Wir wurden in bereitstehende Citroën »Wellblechtransporter« verfrachtet und zum Justizpalast gebracht. Durch einen mit Stacheldraht bewehrten Gang ging es anschließend in den von MP-bewaffneten Polizisten und Deutschen Schäferhunden, die weder Deutsch noch Spaß verstanden, bewachten Innenhof des Palastes. Nach längerer Wartezeit führte man uns dann einzeln in eine kahle Turnhalle, wo unter martialischer Bewachung die Personalien festgestellt und danach jeder einzeln vernommen wurde. In einer Gitterkäfigzelle wurde ich mit etwa dreißig anderen Leidensgenossen internationaler Herkunft arretiert. Dort entwickelte sich ein starkes Solidaritätsgefühl, welches sich im gemeinschaftlichen Singen von »We shall overcome« und anderen Protestsongs dieser Zeit äußerte.

Ein damals wahrhaft unter die Haut gehendes Erlebnis! Mittlerweile war einige Zeit vergangen, und man hielt es offensichtlich für angebracht, uns zu verpflegen. Es gab ein herrlich schmeckendes üppig mit »beurre« und »jambon« belegtes Baguette sowie eine Flasche kühles elsässisches Bier, begleitet von freundlichen Wünschen, es uns schmecken zu lassen.

Gegen Abend ließ man uns frei mit der Ermahnung, Paris innerhalb der nächsten Tage zu »genießen« und von weiteren Manifestationen abzusehen. Draußen vor dem Palast wurden wir von vielen anderen Demonstranten erwartet, mit denen wir gemeinsam zum »Palais des Sports« in Bercy mit der Metro fuhren. Bei unserem Eintreffen wurden wir wie die Helden gefeiert. Heute frage ich mich: Wofür eigentlich? Am frühen Morgen, keiner war zu Schlaf gekommen, machten wir uns übernächtigt auf den Weg zum Flughafen, um nach Frankfurt zurückzufliegen.

Die Freundlichkeit, mit der man uns trotz unserer Einmischung in französische Angelegenheiten behandelt hatte, war ein prägendes Erlebnis für mich und meine zukünftige Einstellung zu Frankreich.

Wie man weiß, gab es in den darauffolgenden Jahren eine rauere Gangart im Umgang mit Demonstranten.

Die französischen Mitdemonstranten mussten damals schon sehr heftige Sanktionen befürchten und waren dementsprechend vorsichtiger und erfahrener in ihrer Demonstrationstechnik als wir unerfahrenen Neulinge.

5 000 km durch Frankreich im gemieteten Wohnmobil

Sommer 1977, vier Wochen mit dem Wohnmobil an Frankreichs Umrissen, dem Hexagon entlangzufahren, das war unser lang gehegter Wunsch.

Der Gedanke war uns im vorigen Urlaub in Südfrankreich gekommen. Unser alter Corolla erwies sich als zu klein, die vielen Gepäckstücke als zu umfangreich und die Hotels waren uns zu überlaufen. Bedingt durch die Schulferien, mussten wir während der Hauptsaison fahren. Kurzum, diese vielen »zu« addiert, ergaben ein äußerst unbefriedigendes Ergebnis.

Eigentlich sind wir keine ruhelosen Menschen, aber relativ gebunden zu sein in einem Hotel mit Vollpension wie im letzten Jahr, das verdarb uns jegliche Freude. Einen Charterflug mit zwei Wochen Hotelaufenthalt bei vollem Programm war auch nicht unser Ding. Hotels, vollgepfercht mit Urlaubern, waren uns ein Gräuel. Ich stellte mir vor, wie die Gäste gemeinsam zum Baden, zum Lunch oder zur Gymnastik an den Strand gehen, und wollte nicht dabei sein. Am Abend wird an der Bar einander erzählt, wie gut es einem zu Hause geht. Da werden die unwahrscheinlichsten Gehälter gegenseitig überboten, in Deutschland ist offensichtlich damals noch nie so gut verdient worden. Woher ich das weiß, nun, man hat es mir erzählt. Ich denke mal, das mit den Gehältern sieht heute etwas anders aus, denn die Zeiten scheinen sich sehr zum Negativen verändert zu haben.

Um dem zu entgehen, muss also Abhilfe geschaffen werden, und so mieten wir ein Wohnmobil in Neu-Isenburg.

Mit zwei Fahrzeugen fahren wir über die Autobahn nach Hause, ich in unserem eigenen Wagen hinter meinem Mann im Wohnmobil her, denn Letzteres, ein »Bedford Blitz« mit einem rundum laufenden pilzartigen Dachaufbau, muss vom Vermieter abgeholt werden, sofern man das eigene Budget schonen will. Und genau das wollen wir auch, denn die Wochenmiete beträgt etwa 1 000 DM plus Endreinigung, und für den Schadensfall müssen 650 DM Kaution hinterlegt werden. Da eine weite Strecke vor uns liegt, muss unterwegs ein Ölwechsel vorgenommen werden, dies auch zu unseren Lasten.

Zu Hause soll nun der Wagen beladen werden mit Dingen, die einen Monat für uns, zwei Erwachsene, ein Kind und einen Hund, ausreichen sollen. Ich hatte schon vor geraumer Zeit die mir als notwendig erachteten Dinge in Wäschekörben sortiert und im Bügelzimmer zwischengelagert. Schon Wochen vor einer noch so kurzen Reise lege ich Wäschestücke und Schuhe bereit, selbst wenn diese zwischendurch wieder benötigt werden sollten. Auf diese Weise wird man ständig an den näherrückenden Urlaub erinnert und in Vorfreude versetzt. Außerdem finde ich, ist die Vorfreude fast noch die schönste Freude, denn oftmals kommt es anders, als man denkt oder es sich gewünscht hat.

Wie dem auch sei, die Räumlichkeiten des zu beladenden Wagens nehmen plötzlich immense Ausmaße an, mit so viel Platz haben wir nicht gerechnet. Die gefüllten Wäschekörbe trage ich nach draußen, wo mein Mann die Ladung in die mit Klapptüren versehenen riesigen Fächer verstaut. Auf dem Rückweg, die leeren Körbe betrachtend, frage ich mich, ob dies alles je Verwendung finden wird. Mich zur Ruhe ermahnend, halte ich mich an die These meines Mannes, die da lautet: Nimm lieber zu viel als zu wenig mit! Wie wahr, sein Schrank zeigt jedes Mal gähnende Leere, auch wenn er nur für ein paar Tage auf Geschäftsreise ist. Nun, auch diesmal ist die Dezimierung des Inhalts der Schränke nicht zu übersehen, nur die Herrenanzüge bleiben schön aufgereiht zurück, die wird der Herr wohl nicht benötigen.

Das Wetter in Deutschland verspricht nichts Gutes, und frieren wollen wir nirgends. Deshalb sorgen wir für warmes und auch für kaltes Wetter vor. Unterwäsche, Oberbekleidung, Bettwäsche, Badetücher, Fotoapparate, Super-8-Filmkamera, Lebensmittel, ferner Liegen und Klappstühle, alles findet Platz im Aufbau des Wagens. Schuhe, Grill, Ball, Besen und Eimer verstauen wir in den Sitzkästen.

Wie lange soll dieser Urlaub eigentlich dauern, vier Wochen oder ein Jahr, oder ist gar eine Auswanderung geplant?

Wir mieteten ein Fahrzeug, welches die Karosserie eines normalen Lieferwagens hat, dem, um die nötige Stehhöhe von einem Meter neunzig zu gewährleisten, ein »Pilzdach« aufgesetzt wurde. Über dem Fahrerhaus befindet sich ein fest installiertes Bett und an den anderen drei Seiten Stauraum, Stauraum, Stauraum. Hinzu kommen ein Kleiderschrank, ein Gasherd, ein Kühlschrank sowie eine abgetrennte Duschkabine mit Miniwaschbecken und Chemietoilette. Dieses Waschbecken erlebte nur eine Premiere und erwies sich dabei als unbrauchbar, um danach zweckentfremdet und gefüllt zu werden mit gesammelten Muscheln und anderem Meeresgetier. Der fischige Gestank war manchmal fürchterlich, denn unsere Tochter hatte einen Einsiedlerkrebs zwischengelagert, welcher sich einfältigerweise von ihr hatte fangen lassen und den sie unter allen Umständen nach Deutschland einführen wollte. Durch viele Erklärungen und gutes Zureden seitens der Elternschaft kam das Kind dann doch zur Einsicht und übergab das arme Tier seinem angestammten Element. Das Wasser lief aus dem Hahn ins kleine Becken, welches durch Anheben dazu veranlasst wurde, das Wasser ablaufen zu lassen. Kippte man zu schnell, schwappte alles Wasser über und hinunter, und der Inhalt fand sich auf dem Boden wieder. Als äußerst unkomfortable Lösung stellte sich später auch die Chemietoilette heraus, die vor dem Duschen aus der Kabine befördert werden musste.

Das Hochbett mit seiner lichten Höhe von sechzig Zentimetern beziehe ich liegenderweise, das Laken in die Ecken stopfend, gerate ich in Kollision mit dem Rahmen der Dachluke und muss etliche Haare lassen. Schließlich ist alles vorbereitet und die ganze Familie guten Mutes. Nur unser Zwergschnauzer scheint etwas unglücklich, denn er erreicht trotz größter körperlicher Anstrengung nicht die unterste Stufe der kleinen Treppe. Zunächst heben wir ihn in seine neue Behausung hinein, was sich aber bald darauf als überflüssig erweisen wird, denn ein echter Schnauzer gibt nicht auf, sei er auch noch so klein. Mit Anlauf und dem Mut der Verzweiflung schafft er es schließlich auch immer wieder ohne Hilfe.

In der Hoffnung, die lange Fahrt ausgeruht antreten zu können, begeben wir uns frühzeitig zu Bett, jedoch der Tumult und die ganze Aufregung der Vorbereitungen lassen uns lange nicht zur Ruhe kommen. Beim ersten Morgengrauen, der Sandmann hat uns gerade gefunden, scheint es fast unmöglich, aufzustehen.

Schließlich sitzen wir, wohlversehen mit den besten Ratschlägen der zu Hause bleibenden Omis, auf unseren »Hochsitzen«, von denen aus man einen guten Überblick über die Fahrbahn sowie die nähere und weitere Umgebung hat. Wir kommen zügig voran, mit 100 km in der Stunde und etwas darüber ist uns auch das gelegentliche Ausscheren nach links vergönnt, denn auf der Autobahn ist weniger Betrieb als erwartet.

Samstagmorgen 8 Uhr!

»Allez, on y va« – auf geht‘s Richtung Paris!

Kurz hinter der französischen Grenze machen wir Rast auf einem sauberen Rastplatz. Während sich Mann, Kind und Hund die Beine vertreten, bereite ich Nudeln mit Sauce Bolognese, mein Einstandsmahl, zu. Alles ist so neu für mich, der Gashahn, das Kochen auf dem Gasherd und überhaupt alles; ich erlaube mir, im Kopf etwas derangiert zu sein.

Am späten Nachmittag treffen wir in Paris ein, es geht quer durch die von Menschen und Autos wimmelnde Stadt. Touristen, wo man hinsieht, Touristen! Sind wir nicht auch Touristen? Auf eine unerklärliche Weise zähle ich uns nicht dazu. Unter dem Begriff »Tourist« verstehe ich eine Ansammlung von Urlaubern, die schon allein durch ihre eigentümliche Bekleidungsweise auffallen. Als Beispiel mögen Amerikaner oder Japaner stehen, die, in Bayern eintreffend, einen Filzhut aufsetzen, aber Gott, jeder, wie er mag! Auf die Spezies des Touristen komme ich noch einmal im Zusammenhang mit Versailles zu sprechen.

Wo ist der Eiffelturm? Unsere Tochter sollte ihn auch einmal zu sehen bekommen. Kein Parkplatz ist frei, alle scheinen sich gegen uns verschworen zu haben. Aufgepasst! Da hinunter dürfen wir zwar bei einer zugelassenen Gesamthöhe von drei Metern, aber vorsichtshalber unterlassen wir es mit unseren zwei Meter achtzig, sicher ist sicher. Rechts, so scheint uns, würde der Weg zur Notre-Dame verlaufen. Jedoch, in welchem Viertel sind wir gelandet? Mein Mann fährt sehr souverän, aber ich bin im Schilderlesen noch nie eine große Hilfe gewesen. An ein Navigationsgerät wagte im Jahre 1977 noch niemand zu denken. Nun werden die Gassen immer enger, wir zwängen uns durch rechts oder links parkende und uns entgegenkommende Wagen, und oftmals halte ich die Luft an, denn diese Wagenbreite kann ich noch nicht gut einschätzen. Wir kommen zu dem Schluss, Paris mit einem kleinen Personenwagen zu befahren und die Metro zu frequentieren, dies aber zu einem späteren Zeitpunkt und dann ohne Hund, und so fahren wir eben weiter.

Vor uns eine von Menschentrauben überflutete Straße. Aus Reisebussen quellen Touristen, mit Fotoapparaten und Super-8-Kameras behangen, wie handlich sind doch heute die kleinen Digitalkameras. Kaum dem Trittbrett entsprungen, knipsen die Besucher alles und jeden, ungeachtet der aus dem Wageninneren ungeduldig Nachdrängenden. Anziehungspunkt ist die Bastille, wenigstens diese bekommen wir von außen zu sehen. Jedoch, was ist mit dem Eiffelturm, mit Sacré-Cœur und Notre-Dame? Würden wir hinfinden, und überhaupt, wollten wir es noch? Bei so viel Massentourismus streikt mein Bedürfnis nach sehenswerten Bauwerken. Im Taumel des Verkehrs geraten wir zum »Gare d'Italie«, zum Südbahnhof, und weiter geht's durch enge, dunkle Gässchen. Vor den Bistros sitzen Menschen auf meist recht altersschwachen Stühlchen, an winzigen Tischchen, welche geradeso Platz für zwei Espressotässchen bieten. Tische sowie Stühle sind auf viel zu schmalen Trottoirs platziert. Diesen Bistros kann ich zur damaligen Zeit keine Liebe entgegenbringen und denke nicht im Entferntesten daran, dass ich einmal viele Jahre später auf eben diesen Stühlchen sitzend mich wiederfinden und es genießen werde. Ein Mensch wird auch älter und reifer! Was mich so sehr erheitert, ist folgende Beobachtung, die uns während der vier Wochen begleiten sollte: Unser Gefährt überragt alle Personenwagen beträchtlich an Höhe und bietet mit seinem pilzförmigen Aufbau einen etwas gewöhnungsbedürftigen und merkwürdigen Anblick. Viele Augenpaare wandern von unserem Fahrerhaus nach oben zum Alkoven, man nickt und deutet mit dem Zeigefinger und erklärt dem Nebenmann. Zur damaligen Zeit sind Wohnmobile zahlenmäßig noch nicht so stark vertreten wie heute, wo sie aus dem Stadtbild nicht mehr wegzudenken sind. Ebenso hatten wir früher geguckt, wenn wir eines solchen Gefährts ansichtig wurden, und heute? Ganz ehrlich, wir staunen auch heute noch, obwohl unser späteres eigenes schon lange verkauft ist.

Diese Leidenschaft zum Wohnmobil hat sich auf unsere Tochter übertragen. Sie besitzt schon seit vielen Jahren einen mittlerweile zwanzig Jahre alten Fiat Ducato und bewohnt ihn intensiver als wir damals.

In der Ferne taucht jetzt für einen Augenblick der Eiffelturm auf, um ebenso schnell wieder unseren Blicken zu entschwinden. Mein Mann sucht sich seinen Weg, vorsichtig darauf bedacht, keinem anderen Wagen zu nahe zu kommen. Noch einmal gerät der Eiffelturm in unser Blickfeld, als wir über die Périphérique die Stadt verlassen – Richtung Versailles.

Gegen Abend finden wir einen großen freien Parkplatz, direkt vor dem Versailler Schloss gelegen, und als die Sonne im Westen glutrot versinkt, wird das schmiedeeiserne Schlosstor geschlossen und verriegelt.

Samstagabend, nach und nach finden sich Wohnmobile der unterschiedlichsten Arten ein. Fast alle suchen sich einen Stellplatz unter Bäumen aus. Ein leichter Wind lässt die Blätter an den Bäumen rascheln, und in der Nähe werfen vereinzelte Straßenlaternen ihr gedämpftes Licht zu uns herüber. Einige Wohnmobile fahren nun in der Mitte des Platzes zu einer Wagenburg zusammen, Hunde bellen, Kinder spielen Fangen, es wird gekocht, gelacht, gegessen. Welch eine Idylle!

Als Wohnmobilist sollte man auch bestimmte Regeln einhalten. Ruhig, aber keinesfalls zu einsam, und niemals in totaler Dunkelheit sollte der Platz für die Übernachtung ausfallen, sondern am besten in der Nähe von Wohngebieten oder unter Laternen. Es versteht sich von selbst, dass man seinen einmal gewählten Stellplatz in äußerster Sauberkeit verlässt. Nicht ohne Grund führe ich dies hier an, denn während unserer Reisen mit dem Wohnmobil konnten wir das unverantwortliche Benehmen mancher Menschen studieren. Deshalb verstehe ich auch die Beweggründe vieler Ortschaften an der Küste sehr gut, wenn sie Barrieren mit zwei Metern Höhe an ihren Parkplätzen anbringen, um so die Durchfahrt für Wohnwagen und Wohnmobile zu verbieten. Sehr oft, und ich meine sehr, sehr oft, ließen die Besitzer derselben ihr Schmutzwasser einfach unter das Auto laufen oder ließen ihren Abfall zurück. Leider haben unter diesen Abwehrmaßnahmen der Orte auch die Vernünftigen zu leiden, was auch sehr ärgerlich ist.

Unser exklusives Schlafgemach steht also heute unter dem Schutz des Sonnenkönigs Ludwig des XIV. Es ist schon imposant, sein

Schloss! Zwei »Flics« patrouillieren vorbei, kommen dicht an unsere Behausung heran, werfen interessierte Blicke herein und wünschen uns »bon appétit«. Den Abendbrottisch haben wir noch mit heimatlichen Köstlichkeiten gedeckt, freuen uns aber schon, auf einem reichhaltigen französischen Markt die Qual der Wahl zu haben. Den kleinen Abwasch erledigen wir mit dem vom Motor erhitzten Wasser. Der »Atwood Boiler« wird vom Kühlwasserkreislauf des Motors erhitzt beziehungsweise kann mit Gas betrieben werden. Das heißt, man muss circa hundert Kilometer gefahren sein, um dreißig Liter Heißwasser produzieren zu können. Wir zünden eine Kerze an, um die Autobatterie nicht schon am ersten Abend unnötig zu belasten, heute besitzen die Wagen eine zweite Batterie für die Lichtquellen im Inneren, und überhaupt, was die heutigen Wohnmobile an Luxusausstattung haben, daran wagte man damals in seinen kühnsten Träumen nicht zu denken.

Draußen schlendern Pärchen eng umschlungen vorbei und wagen verstohlene Blicke zu uns, als wir unsere blickdichten Gardinen zuziehen, die in Ermangelung ausreichender Stoffbreite mit Sicherheitsnadeln zusammengeheftet werden müssen. Da ist aber wirklich vom Dekorateur am falschen Ende gespart worden. Ich könnte kein Auge schließen bei dem Gedanken, jemand beobachte uns friedlich Schlummernde durch die Gardinenritze. Sabine klettert ins Obergeschoss, sich kräftig den Kopf anstoßend, es ist halt alles noch recht ungewohnt. Aus den Jugendherbergsaufenthalten meiner Schulzeit ist mir in Erinnerung: Erst am Abend wird's interessant! Prompt schiebt unsere Tochter auch bauchliegend die Gardine zurück, und wir bekommen detaillierte Berichte des abendlichen Geschehens von außerhalb. Ich weiß nicht mehr, wie lange Sabine ihre Berichte abgab, denn ich muss wohl bald darauf eingeschlafen sein.

Mitten in der Nacht werde ich unsanft geweckt, ich friere und versuche meine Bettdecke heranzuziehen, jedoch vergebens, irgendetwas klemmt und lässt nicht los. Schließlich entdecke ich am Fußende ein ellenlanges, schwarzes Etwas, was nicht von der Stelle weicht. Es ist schon erstaunlich, wie groß sich ein so kleiner Hund ausbreiten, sich aber auch je nach Bedarf klein wie ein Igel zusammenkringeln kann. Seine weiche, mit Decken ausgestattete Lagerstatt im Fahrerhaus hatte ihm nicht genügt, und so hatte er sich klammheimlich zu seinem Rudel gesellt. Tiere müssen erzogen werden, sage ich mir und schicke ihn wieder zurück nach vorn. Dieser Blick, was sagt mir dieser Blick, den er mir zuwirft, vielleicht, ich komme ja doch gleich wieder?

Der Schlaf will lange nicht kommen, denn es ist empfindlich kühl im Inneren des Wagens. Natürlich könnten wir auch die Heizung einschalten, unterlassen dies aber aus Sicherheitsgründen, denn erstens ist uns die ganze Gasgeschichte zu suspekt und reicht mir schon, damit kochen zu müssen, und zweitens wollen wir nicht durch eine defekte Gasleitung im Schlaf ersticken. Der Leser dieser Zeilen wird diese Angst sicherlich für überzogen halten, jedoch denke ich, Vorsicht ist immer noch besser als Leichtsinn, und so froren wir halt etwas, hat uns damals nicht geschadet, und in den späteren Jahren ging uns der Umgang mit der Gasgeschichte leichter und sicherer von der Hand. Ein Stoßseufzer entringt sich mir, morgen müssen wir nicht um 6 Uhr aus den Federn, es sind Ferien, und das heißt: keine Schule für Sabine und mich! Etwas verkühlt komme ich im Land der Träume an, um kurz darauf recht unsanft daran erinnert zu werden, mich erneut nicht alleine im Bett zu befinden. Um diese nachtschlafende Zeit jedoch habe ich keine gesteigerte Lust, um Erziehungsmaßnahmen vorzunehmen, und hebe die Decke so an, dass unser kleiner Schnauzer auf die Seite meines Mannes kugelt und es vorzieht, sich zufriedenzugeben.

Bei unserem gemütlichen Frühstück am anderen Morgen, die Heizung ist übrigens jetzt eingeschaltet, kann ich mir das Schmunzeln nicht verkneifen angesichts der quälenden Bemühungen unserer Standplatznachbarn, sich sitzenderweise im VW-Bully zu waschen, anzukleiden und auf den Vordersitzen zu frühstücken. Ich glaube, in solch einem Falle hätte ich lieber ganz auf den Urlaub verzichtet. Aber gemach, gemach, auch unser Urlaub verläuft spartanisch, angesichts der Tatsache, auf viele Annehmlichkeiten verzichten zu müssen, die in einem Hotel ganz selbstverständlich sind, aber das wollten wir ja nicht.

Aber wie es so schön heißt: Wir waren jung und hatten kein Geld oder so ähnlich! Ein Hotelurlaub mit dieser Art von Rundreise wäre für uns sehr viel teurer gewesen, und wir hätten niemals so viel von Frankreich zu sehen bekommen, wie wir es nun taten.

Ob wir das prächtige Schloss heute besichtigen? Langsam schlendern wir hinüber, wir haben ja so viel Zeit. »Das darf doch nicht wahr sein!«, ruft mein Mann plötzlich aus. Der Platz, der eben noch gähnend leer war, wimmelt vor Menschen. Grau und beige gekleidete Massen quellen aus riesigen Blech- und Chrombehältnissen, auch Omnibus genannt, und wälzen sich zum soeben geöffneten Schlosstor. Äußerst pünktlich diese Reisegruppen, denke ich, und tja, wer zu spät kommt, den bestraft das Leben! Was am Abend noch ein friedvoller, übergroßer Parkplatz gewesen war, scheint nun zu klein und dem Ansturm nicht gewachsen. In sicherer Entfernung bleiben wir stehen und überlegen. Mitmarschieren, eingekeilt zwischen schiebenden, drückenden, schwitzenden und lärmenden Menschen, das widerstrebt uns.

Wenigstens möchte ich den daheimgebliebenen Omis eine Ansichtskarte schicken, muss jedoch überrascht feststellen, dass Postkarte und Briefmarke in Frankreich keine Einheit bilden, denn Briefmarken bekommt man außer auf der Post nur noch in Tabakläden. Kann mir ein Mensch logisch erklären, welche Verbindung zwischen Briefmarke und Zigarette oder Tabak besteht? Vielleicht gibt es eine ganz logische, die mir noch nicht zu Ohren gekommen ist. Auf zweierlei Weise konnten wir nun vorgehen, nach besagtem Tabakladen oder einem entfernten Postamt suchen. Wie dem auch sei, die Versailleskarten habe ich viele Tage später erst einem Briefkasten in einer anderen Stadt übergeben. Angesichts der Tatsache, dass die Beförderung von Briefen zügiger vonstattengeht als die der gemeinen Karten, schicken wir in Zukunft die Karten in Briefumschlägen auf die Reise, ist minimal teurer, aber weniger blöd, als die eigene Postkarte zu überholen und vor ihr zu Hause anzukommen.

Sonntagabend, unsere zweite Übernachtung in Frankreich findet auf dem Parkplatz eines städtischen Schwimmbades statt. Aus einschlägiger Literatur hatten wir erfahren, Plätze vor Schwimmbädern, Supermärkten oder Sportplätzen seien ideal zum einmaligen Übernachten.

Am folgenden Morgen, es ist Montag, geht es weiter, aus versorgungstechnischen Gründen ohne Frühstück. Die verzweifelte Suche nach einem geöffneten Laden treibt mich in den Wahnsinn, endlich möchte ich ein frisches Croissant zu meinem Kaffee haben! Zu allem Übel setzt nun auch noch leichter Nieselregen ein, welcher der allgemeinen Stimmung eher abträglich ist, »Pas bon pour le moral«, wie die Franzosen sagen würden. Endlich entdecken wir eine »Boulangerie«, welch ein Glück, der Tag scheint gerettet! Ich als Brot-Fan halte überall die Augen offen nach Bäckereien, und manchmal muss ich nur dem überaus verlockenden Duft nachgehen, der mich schon in die kleinsten Läden geleitet. Während meine zwei Lieben den Tisch decken, laufe ich eilends im Regen, versorgt mit vielerlei Bestellungen, dem himmlischen Geruch herrlichster Backwaren entgegen.

»Croissants au beurre, au chocolat et aux abricots« und ein Baguette, ich scheine eine ganze Kompanie versorgen zu wollen! Herrlich frischer Kaffeeduft empfängt mich, als ich schwer bepackt, die Sachen liebevoll an mich drückend, unser fahrbares Café betrete. Kurz darauf sitzen wir im wohltemperierten Raum und lassen uns zufrieden und glücklich unser erstes typisch französisches Frühstück schmecken. Gegenüber von uns beobachten wir, wie die Minipforten eines Friseurladens geöffnet werden, daneben wird ein Obst- und Gemüsegeschäft mit neuen Waren beliefert. Quer über der Fahrradlenkstange balanciert ein älterer Monsieur etwa fünf oder mehr Baguettes im Regen nach Hause. Ein kleiner Junge hat seine Brote unter den Gepäckträger seines Fahrrads geklemmt, was beweist, dass man sich nur zu helfen wissen muss.

Ursprünglich wollten wir direkt bis Brest und dann über Quimper nach Vannes und Nantes fahren, aber wie das Leben so spielt, unterwegs werden fest gefasste Pläne verworfen und durch neue ersetzt, warum dies geschah, lässt sich heute nicht mehr nachvollziehen. Eines ist sicher, Flexibilität ist der große Trumpf des Wohnmobilnutzers.

Die Anziehungskraft der Kanalküste, hier »Manche«, Ärmel, genannt, ist jedoch so groß, dass wir über Rouen weiter nach Dieppe und Le Havre fahren. Etappenziel soll heute Caen sein, und so überqueren wir bei Honfleur die Seinemündung auf der riesigen gebührenpflichtigen Seilbrücke von Tancarville, ein bisschen fühlt man sich wie auf der Golden Gate Bridge. Da wir natürlich auch Deauville nicht auslassen wollen, kommen wir spät in Caen an und übernachten dort vor der großen Schwimmhalle.

Der nächste Morgen führt uns über Cherbourg, immer möglichst nah der Küste, zum Mont-Saint-Michel.

Den Mont-Saint-Michel, die Felsinselburg im Meer, muss man einfach gesehen haben, und man wird begeistert sein, wenn man ihrer ansichtig wird. Diese Burg soll im 8. Jahrhundert als Benediktinerabtei gegründet, mehrmals zerstört und gegen die Einfälle der Normannen befestigt worden sein. Die heute zu besichtigenden Bauten stammen aus dem 11.–13. Jahrhundert. Nur bei Springflut, etwa drei Tage nach Neu- oder Vollmond, liegt die Insel ganz im Wasser, während der übrigen Zeit tritt das Meer bis zu zwölf Kilometer vom Festland zurück.

Bei unserer Ankunft ist Ebbe. Man könnte es wagen, trockenen Fußes durchs Watt die Insel zu erreichen, aber wer will das schon? Es gibt ja eine fast zwei Kilometer lange Dammstraße, die zu einem Parkplatz unterhalb des Mont führt und den Fußweg erheblich verkürzt. Große Schilder warnen die Besucher, den Parkplatz rechtzeitig vor Eintritt der Flut zu verlassen. Der gebührenpflichtige Parkplatz ist immens groß, scheint aber die Wagen der heranströmenden Besucher nicht fassen zu können. Wir finden uns wie meist zwischen anderen Wohnmobilen ein und schließen uns dann der langsam kriechenden Menschenschlange über die Dammstraße zum Mont an. Klugerweise lassen wir unseren kleinen Hund im wohltemperierten Wagen zurück, in Wohnmobilen wird es nicht so heiß wie in Personenwagen.

Oben angekommen drängeln sich in schmalen Gässchen Touristen aus aller Welt, wie wir manchen Sprachfetzen entnehmen können. Souvenirläden reihen sich an Restaurants, bis in den allerkleinsten Winkel ist alles vermarktet. So geht es den steilen Weg hinauf und rund um die aussichtsreiche Ringmauer. Die Preise sind sowohl im einen wie im anderen Laden auf Tourismus eingestellt, soll heißen, alles ist recht teuer. Dicht gedrängt, oh welch ein Graus, ich halte meine Handtasche fest umklammert, schieben sich die Menschen vorwärts.

Schließlich finden wir ein kleines, ruhiges Plätzchen, von dem wir einen herrlichen Blick auf die Dächer der alten Gebäude unter uns haben. Kunstvoll gelegte Schindeln aus Holz, alt und verwittert, aber immer noch verhältnismäßig gut erhalten, Tauben turteln auf schmalen Fenstersimsen, Katzen rekeln sich in der heißen Mittagssonne, im verwinkelten Hinterhof eines Restaurants wehen bunte Geschirrtücher auf der Leine im Wind. Hier oben geht ein angenehm kühles Lüftchen, als wir uns zum Abstieg entschließen. In einem dieser Kitsch- und Kunstläden erstehen wir einen Wappenanhänger für unsere Tochter und die obligatorischen Ansichtskarten für die Familie und Freunde. Nebenan staut sich der Menschenstrom vor einem der großen Fensterscheiben eines alten Restaurants. Ich schließe mich der Menge an, neugierig wie Frauen eben so sind, und sehe drinnen eine junge Köchin, bekleidet mit einem langen altmodischen schwarzen Kleid und einer weißen Spitzenschürze, beides bis auf den Boden reichend, man fühlt sich direkt ins 19. Jahrhundert zurückversetzt. Diese junge Frau hält eine große runde Pfanne an einem langen Stiel über die hoch auflodernden Flammen eines offenen Kamins. Auf einer Schiefertafel werden Pfannengerichte mit dem Titel »Crêpes à la Maman Emilie« angepriesen, und eben diese Crêpes wollen wir unbedingt probieren. Es wird eine große Schau drum herum gemacht, aber diesen leckeren, dünnen Pfannkuchen gebührt schon ein großer Auftritt. Es duftet nach Zimt und Orangen, Schokolade und Grand Marnier, und erst die Gaumenfreuden sind unbeschreiblich.

So gestärkt begeben wir uns auf den Rückweg und blicken von der Dammstraße aus zurück auf die Abtei mit dem 87 m hohen Glockenturm. Darüber erhebt sich die Statue des heiligen Michael, 155 m über dem Meer, alles ist sehr beeindruckend, zumal man sich die Frage stellt, wie dies alles mit den damaligen zur Verfügung stehenden Werkzeugen bewerkstelligt werden konnte.

Obwohl auf großen Tafeln die Räumungszeiten des etwas tiefer gelegenen Parkplatzes angegeben sind, haben sich auch heute wieder einige Autofahrer zu weit ins trockene Meer vorgewagt und werden bei ihrer Rückkehr die Reifen ihrer Wagen meerwasserumspült vorfinden.

Unsere Neugierde ob des weiteren Geschehens hält sich jedoch in Grenzen, und so brechen wir auf zur Côte d'Emeraude, der Smaragdküste, deren Hauptort St. Malo ist. Unvergesslich bleibt uns der Blick in Erinnerung von der Wallmauer auf das alte Seeräubernest, dessen Altstadt naturgetreu restauriert wurde. In der Nähe von Dinard liegt das erste Gezeitenkraftwerk der Welt, ein technisches Wunderwerk.

Da wir, warum auch immer, Brest auslassen wollten, wenden wir uns in St. Brieuc nach Süden, um nach Lorient zu gelangen. An diesem Abend suchen wir einen Campingplatz auf, um frisches Wasser zu tanken und ausgiebig zu duschen. In dem winzigen Ort Roc St. André, abseits vom Straßenlärm, finden wir einen ruhigen, mit Gras bewachsenen und in der Mitte mit einem sauberen Kiesweg durchzogenen Platz. Unsere erste Campingplatzfrequentierung ist äußerst positiver Art. Während unserer Reise durch Südfrankreich sollten wir auch Plätze zugewiesen bekommen, die wir fluchtartig wieder verließen, wo wir die bereits entrichtete Gebühr verfallen ließen und außerhalb einen viel schöneren Stellplatz in Strandnähe fanden. Wohnwagenbesitzer hätten dort verweilen müssen als 195. Sardine in der hinteren Reihe links der 78. Dose. Oje, wie werden sie mich hassen!

Auf die üblichen Fragen nach dem Urlaubsaufenthalt können wir antworten: Wir waren an vielen Orten, gefiel es uns, so blieben wir, bei Missfallen hielt uns nichts am selben Platz, so einfach ist das. »Wie die Zigeuner«, mag so mancher Mensch denken. Ja, und das ist nicht die schlechteste Art, ein Land kennenzulernen. Kopfschütteln und Unverständnis bei vielen. Ein Bekannter versucht nun schon seit einigen Jahren, uns die seiner Meinung nach glückselig machende Art und Weise eines Urlaubs am heimatlichen Edersee schmackhaft zu machen. Mit seiner Familie verbringt er jedes Wochenende, jeden noch so kurzen Urlaub und überhaupt jede freie Zeit in seinem fest stehenden Wohnwagen. Nun erklären Sie solch einem Menschen, dass Sie gerade im Urlaub mobil sein wollen, unmöglich! Gut, eine große Welttournee hatten wir nicht vorgesehen, schon des Hundes wegen, aber wenigstens auf Europatour, später einmal. Aus der Sicht einer meiner Kolleginnen war unser Radius schon wieder zu sehr begrenzt, sie wollte ferne Länder bereisen und möglichst viel von der weiten Welt sehen. Ist natürlich auch ein Standpunkt! Trotz der Wohnmobilvorteile habe ich auch immer eine Alternative gesehen, die da hieß: ein eigenes Haus in Südfrankreich. Zur damaligen Zeit war ein Traum vom eigenen Haus eben halt nur ein Traum! Diesen Gedanken weiterzuspinnen, völlig absurd! Beginnen wir verständlicherweise einmal bei den kleinen Dingen. Um unbefangen das Für und Wider eines Wohnmobilkaufs abwägen zu können, haben wir uns ein solches zunächst gemietet, auch um das enge Miteinander der einzelnen Familienmitglieder auszutesten. Nun aber genug der uferlosen Abschweifungen, wer hat mich überhaupt so weit gebracht?

Wir fahren also auf den Campingplatz Roc St. André, kein Platzwart, niemand da, der gleich Gebühr kassiert, wie es auf den Plätzen der kleinen Gemeinden üblich ist. Zwei Familien zelten bereits, nun denn, suchen wir uns eben selber eine geeignete Stelle aus. Der Wagen soll gerade stehen, nichts leichter als das, der Wiesengrund ist äußerst fest und eben. Die Hecktür auf, frische Luft herein, ah, herrlich!

Gleich beim Eingang rechts die sanitären Anlagen, Sauberkeit, man kann sie riechen. Vom schmalen Kiesweg führt ein gewundener Pfad zum nahe gelegenen See. Eine Idylle, die uns der Zufall finden ließ. Am Ufer gegenüber schaukelt malerisch verträumt ein rostrot gestrichenes Ruderboot unter den tief herabhängenden Zweigen einer Trauerweide. Hier möchte ich eine Hütte besitzen, hier an dieser Stelle könnte ich schreiben, Seite um Seite, aber morgen soll es weitergehen. Die tief stehende Sonne am frühen Abendhimmel wirft ihre zarten Strahlen ganz sanft zwischen den hohen Pappeln hindurch auf die glitzernde Wasseroberfläche des ruhenden Sees. Ehrfürchtig bleiben wir stehen, dem Himmel so nah, und schauen hinüber zu dem im Wasser leise hin und her schaukelnden Boot. Tiefer Friede überwältigt uns, wir wagen kaum zu atmen, um die Stille nicht zu durchbrechen. Libellen schweben leicht über dem Wasser dahin, Frösche quaken in der Ferne, und am Rande des Campingplatzes blicken zwei braun gescheckte Rinder zu uns herüber. Diese Idylle ist von dramatischer Schönheit.

Während meine drei die Örtlichkeiten noch näher inspizieren, gehe ich zum Wagen zurück, um das Abendbrot vorzubereiten. Vom Besichtigungsgang zurück, frage ich unsere Tochter, ob es hier Duschen und ordentliche Toiletten gebe und keine der in Frankreich oftmals üblichen Stehtoiletten. Ich erfahre, Letzteres sei der Fall und Duschen seien keine vorhanden, aber oben an der Decke über dem Stehklo hinge etwas, was aussehe wie unser Duschkopf zu Hause. Bestürzt erfahre ich, sie habe »Groß« und »Klein« in das Klo gemacht, und beim Spülen sei das Wasser oben aus dem Brausekopf gekommen, sie habe sich gerade noch so in Sicherheit bringen können. Gehetzt sause ich zu den Waschräumen, wir wollen schließlich nicht hinausgeworfen werden. Sehr wohl gibt es richtige Sitztoiletten, in welche ich die Hinterlassenschaft meiner kleinen Tochter befördere. Die Örtlichkeiten hätten dem Kind vonseiten der Mutter näherer Erklärungen bedurft, ich weiß, jedoch war in diesem Fall »Learning by Doing« auch recht effektvoll!

Diese Toiletten, wie man sie noch in vielen älteren Gebäuden in Frankreich vorfindet, sind schon etwas speziell. Die Franzosen übrigens weisen es weit von sich, Urheber dieser Anlagen zu sein, und nennen diese »toilette turc«, türkische Toilette, wahrscheinlich ist es ihnen selber etwas peinlich. Wie nur, so frage ich mich, haben alte und kranke Menschen ihr kleines und großes Geschäft vornübergebeugt im Stehen verrichten können. Selbst unsere alten Plumpsklos in Deutschland strotzten nicht gerade vor Sauberkeit, jedoch hat man sich nicht die Beine vollgespritzt. Ein Versuch ist genug, um es nie wieder zu tun!

Gegen 19 Uhr kommen zwei ältere Messieurs, ihrem Aussehen nach Gemeindebedienstete, mit Notizblock und Kugelschreiber bewaffnet, durchs Tor spaziert. Der eine Monsieur ist von kleiner Statur und untersetzt, der andere hinkt einige Schritte hinterher. Sie gehen von Zelt zu Zelt, inzwischen sind es mehrere geworden. Schließlich sind wir an der Reihe. Überaus freundlich und positiv begutachten sie unser Fahrzeug, obwohl sie unser kleiner Schnauzer kräftig anschnauzt. Sitzgelegenheiten werden dankend angenommen, vom Behinderten besonders gern, im Gespräch mit ihm erfahren wir, dass er eine Kriegsverletzung habe. Wir insistieren nicht weiter und freuen uns, dass er seine Behinderung den Kindern der ehemals deutschen Besatzer nicht nachträgt. Wir bezahlen umgerechnet etwa 7 DM für alles und eine Nacht und erhalten ein klitzekleines Quittungszettelchen, welches sie ihrem Notizblock entnehmen. Dieses Zettelchen ziert von nun an unsere Windschutzscheibe, wo es als Talisman verweilt und uns wohlbehalten nach Hause zurückbringen wird.

In der Zwischenzeit ist uns gegenüber ein Holländerpaar mit vier Kindern bemüht, seine Bleibe aufzuschlagen. Hin und wieder fährt einer der beiden Erwachsenen fort, um bald darauf zurückzukehren, ich denke mir, dass einige Dinge besorgt wurden. Es dauert einige Zeit, bis das erste Zelt steht, zwischenzeitlich beginnt die Mutter, auf einem Hocker sitzend, emsig Kartoffeln zu schälen. Es dunkelt bereits, als der Vater das zweite Zelt in Angriff nimmt, und als dies nicht auf Anhieb klappt, müssen alle mit Hand anlegen. Ich frage mich, warum sie dies nicht gleich taten.

Mitten in der Nacht bellt und knurrt unser vierbeiniger Mitbewohner heftig und weckt uns auf recht unsanfte Weise. Jemand oder etwas muss nahe beim Wagen sein. Ich richte mich auf, mein Herz schlägt wild, und ich lausche hinaus, kann aber nichts vernehmen. Schließlich legt sich der Kleine beruhigt wieder hin, und wir tun es ihm gleich, was sollen wir auch sonst tun? Trotzdem kann ich lange nicht einschlafen. Bei Vorkommnissen dieser oder anderer Art während der Nacht, so hatte ich folgende Empfehlung gelesen, niemals den Wagen zu verlassen und abzuwarten, was weiter geschieht, und gegebenenfalls mit dem Wagen wegzufahren. Schon bei der Parkplatzsuche für die Nacht sollte man immer darauf achten, den Wagen in Fahrtrichtung zu parken, sodass man im Falle eines plötzlichen Aufbruchs, ohne lange rangieren zu müssen, sofort losfahren kann. Mehr Sicherheit, wie hier in unserem Fall, ist natürlich auf gesicherten Campingplätzen gegeben. Am Morgen stellt sich die ganze Weckaktion als völlig harmlos heraus, der Futternapf unseres Hundes war draußen vergessen worden und hatte einem nächtlichen Dieb, Hund, Katze oder Ähnlichem, ein festliches Mitternachtsmahl bereitet.

Unser Wasserreservoir von 140 Litern ist deutlich zur Neige gegangen und muss aufgefüllt werden. Mein Mann bugsiert den Wagen bereits aus der feuchten Wiese, als unsere holländischen Nachbarn reichlich verfroren und vermummt beginnen, ihre Zelte abzubrechen. Man begrüßt sich freundlich und wünscht einander eine gute Weiterreise.

Für uns heißt es weiter südwestwärts zum Atlantik. Das Wetter zeigt sich durchwachsen, wie unser Metzger immer sagt und ich es nicht mag. Kalter Wind spielt mit wärmenden Sonnenstrahlen Fangen, und ich bin gespannt, wer gewinnen wird. Der zu Anfang noch schmale, weiße Sandstrand verbreitert sich und wird zusehends belebter, je weiter wir uns nach Süden bewegen. Erstaunt betrachten wir die zahlreichen Überreste des Zweiten Weltkriegs, unzählige Bunker, die aus dieser Landschaft nicht mehr wegzudenken sind. Heute dienen sie den Badenden als Umkleidekabine, Müllplatz oder als Ort dringender Bedürfnisse. Einem pfiffigen Franzosen diente ein solcher Betonklotz sogar als Bauplatz. Sein darauf erbautes Haus nimmt sich zwar etwas kurios in der Gegend aus, besitzt aber sicherlich eine enorme Stabilität.

Unser Mittagessen nehmen wir in Nantes an der Loire ein. Zu Beginn unserer Reise spielten wir mit dem Gedanken, an der Loire entlangzufahren und einige der berühmten Schlösser zu besichtigen, verschoben es jedoch aus Zeitmangel auf einen späteren Termin. Nach einigen Jahren holten wir diese Tour mit dem eigenen Wohnmobil nach. Bei Nantes, einer bedeutenden Industrie- und

Hafenstadt, wo die Loire sich breitmacht zur Einmündung ins Meer, ist sie sehr schmutzig-trüb und gelb und fließt träge dahin, bedingt durch die Verschmutzung vieler Fabriken im Hinterland.

Gegen Abend erreichen wir hinter La Rochelle einen kleinen, aber äußerst belebten Badeort mit Namen Fouras. Hier scheint immer Kirmes zu sein, eine Einrichtung, die vielerorts zu finden ist. Karussell, Autoscooter und Schießbuden übertönen einander an Lautstärke und dienen dem Zeitvertreib der kleinen und großen Urlauber. Fouras liegt zum großen Teil auf einer Landzunge, die dergestalt ins Meer hinausragt, dass die Notwendigkeit eines Leuchtturmes besteht. Ganz entzückt betrachte ich eine einsame alte, verwitterte Villa. Umgeben wird das Anwesen von einer etwa drei Meter hohen grauen Steinmauer, die, an einigen Bruchstellen mit niedergetretenem Stacheldraht verschlossen, den Blick auf einen einstmals märchenhaften Garten freigibt. Die Schönheit des Gartens lässt sich nur noch erahnen, und ich erahne in vollen Zügen. In meiner Vorstellung steht dort eine weiße Marmorbank, umgeben von hohen alten Zypressen, durch den Garten schreiten junge Mädchen in langen weißen Gewändern, in den Händen halten sie bunte Sonnenschirme, um sich vor der starken Sonnenstrahlung zu schützen, ein junger, wohlerzogener Kavalier tritt auf sie zu und so weiter und so weiter.

Hier stehe ich in Jeans und T-Shirt und wünsche mir eine andere Zeit herbei, eine ruhigere, romantische, aber nein, dann wäre ich sicher als die Magd in diesem Hause ansässig gewesen. Wollen wir doch auf dem Boden der Jetztzeit bleiben, jedoch noch oft werden meine Gedanken abschweifen. Auf unserem langen Weg durch Frankreich sollen wir noch viele herrliche Villen finden, umgeben von unüberwindlichen Mauern und mit uraltem Baumbestand. Die Tore scheinen durchweg lange nicht geöffnet worden zu sein, alles zeigt Spuren des Verfalls und ist dem Abbruch freigegeben. Und doch wohnten Menschen darin, wie auch hier in Fouras in eben dieser Villa.

Unglaublich, bei unserer Rückkehr von einem Strandspaziergang durch Geröll und Tang und unzählige Muschelsorten, es ist gerade Ebbe, vernehmen wir die zarten Klänge eines Klaviers. Gut möglich, dass sie aus einem Radio kommen, doch das wäre mir in diesem Moment der eigentümlichen Besinnung, in welcher ich mich gerade befinde, zu profan. Die breiten Flügel der Verandatüren stehen weit offen und geben den Blick frei auf prunkvolle Kristalllüster. Auf den Zehenspitzen stehend, erblicken wir einen festlich gedeckten Tisch, ich stelle mir einen Refektoriumstisch vor, an welchem ein älteres und ein junges Paar Platz nehmen. Mit Spannung erwarten wir nun einen Butler oder Johann, der die erlesenen Speisen serviert. Zu unserem Bedauern hat er offensichtlich heute frei.

Träume ruhig weiter, sage ich mir, es ist gerade so schön! Die Herrschaften sitzen kerzengerade auf ihren Stühlen, warum lassen wir uns nur immer so hängen, frage ich mich. Demnächst werde ich auch gerade sitzen! In späteren Jahren werde ich feststellen, dass diese Körperhaltung von der Beschaffenheit der hier üblichen sehr senkrecht stehenden Lehnen der Holzstühle herrührt. Ist man gezwungen, einen Abend lang bei einer Einladung zum Essen, was eine etwa vierstündige Sitztortur auf unbequemen Stühlen beinhaltet, das Rückgrat steif wie ein Stahlrohr zu halten, so gehe ich danach eine Zeit lang in gebückter Haltung nach Hause, um meinen Rücken zurück in Normalstellung zu bringen.

Immer wieder wandern unsere Blicke zu diesen geöffneten Türen hinüber, zu welchen die Herrschaften getreten sind, um über das Meer zu schauen. Weshalb restaurierten sie dieses Gebäude nicht, wohnte man ständig hier oder ist dies nur der Sommersitz? Viele begüterte Franzosen nennen ein Sommerhaus am Meer ihr Eigen, als Treffpunkt während des Sommers mit der ganzen Familie.

In der Mauerecke entdecken wir ein kleines Wachhäuschen mit einem verriegelten Schloss, in dem früher vielleicht ein Wachposten saß und ungebetenen Gästen den Zutritt verwehrte, denke ich mir. Am Strand, obwohl es für meine Begriffe schon relativ kühl ist, tummeln sich noch einige Unermüdliche in Badekleidung, als ganz unerwartet ein großer Schäferhund auf drei Beinen auf uns zu kommt. Es hilft auch nichts, dass mein Mann unseren Schnauzer auf den Arm nimmt, was natürlich völlig falsch ist, denn der Dreibeiner stellt sich prompt auf die Hinterbeine, erreicht meinen Mann fast an Größe und stützt sich mit der einzelnen Vorderpfote an ihm ab. Unsere Angst war total unbegründet, der Hund ist freundlich, wie die meisten frei laufenden Hunde in Frankreich, die fast durchweg friedlich sind und eher weglaufen als angreifen. Da sie jedoch frei laufend sind und teilweise recht ungepflegt, ist auf die Übertragung von Ungeziefer und Krankheiten zu achten. Das heißt, Impfschutz ist unbedingt erforderlich, dies gilt jedoch nicht speziell nur für Frankreich, sondern für jedes Land, auch für Deutschland. In Deutschland habe ich zur damaligen Zeit noch keine beinamputierten Tiere gesehen, während dies heutzutage häufiger vorkommt. Während man in Frankreich die Tiere eher frei laufen lässt, hält man sie in Deutschland verstärkt an der Leine. Welche Möglichkeit ist für ein Tier empfehlenswerter, ein freies Leben mit der Option, eventuell von einem Fahrzeug angefahren zu werden, oder Leinenzwang mit der Sicherheit, alle viere behalten zu können? Hier in Frankreich haben nicht nur reinrassige Hunde, sondern auch Promenadenmischungen das Laufen mit drei Beinen erfolgreich erlernt. Obwohl an vielen Stränden das Mitführen von Hunden verboten ist, jagen nicht selten Hunde am Strand entlang, welche des Lesens von Verbotsschildern selbstverständlich nicht mächtig sind. Es sind scheue, meist magere Tiere, die in Abfällen wühlen und sich sofort aus Angst vor Schlägen ducken, falls man nur den Arm hebt. Ich glaube jedoch nicht, dass es sich dabei um wilde Streuner handelt, sondern um Tiere, die den ganzen Tag auf Erkundungsgängen sich befinden und abends nach Hause zurückkehren. Noch einmal begegnet uns der Dreibeiner, wird aber von seiner Besitzerin zurückgerufen, was ihn uns einen traurigen Blick nachschicken lässt, so unsere spezielle Deutung.

Inzwischen scheint vom Leuchtturm ein diffuses Licht zu uns herüber, draußen am fernen Horizont zieht ein weißes Schiff seine ruhige Bahn und leichte Nebelschleier schweben über dem Meer dahin. Die Muschelbänke, zu denen wir im seichten Wasser gewatet waren, liegen nun im blauen Dunst, unerreichbar nun, denn die Flut kommt langsam, aber stetig.

Wir packen uns wieder in unsere Bettdecken ein, denn die Nächte am Atlantik sind empfindlich kühl, und mein Mann ist, wie bereits erwähnt, ein Gegner von nächtlichem Heizen. Am anderen Morgen, wir machen uns abfahrbereit, sitzen die Herrschaften bereits am Frühstückstisch und nehmen ihr »petit déjeuner« ein, welches mir immer und überall etwas zu »petit« ausfällt, denn ein Kaffee mit einem Croissant ist doch wirklich nicht ausreichend, oder? Die Herrschaften tragen ausnahmslos rubinrote Hausmäntel, und ob Johann das Frühstück serviert, bleibt uns verborgen.

Weiter geht es Richtung Bordeaux, einer lebhaften Hafenstadt, die ein wichtiger Umschlagplatz für den Weinhandel ist. Mehr als die Hälfte aller französischen Qualitätsweine stammt aus den Weinanbaugebieten Médoc, Graves, Sauternes oder Côtes de Bordeaux. Wir überqueren die Gironde auf einer überfüllten Flussfähre und wähnen uns auf dem Meer ob der Breite des Flusses. Auf der »Route Nationale« fahren wir zügig voran, je näher wir aber der spanischen Grenze kommen, umso überfüllter werden die Ausfallstraßen.

Ich hätte gerne noch einen Abstecher nach San Sebastian in Spanien gemacht, einer Stadt, die an einer kreisrunden Bucht mit einem herrlichen Sandstrand gelegen ist. In reizvollem Kontrast zu den breiten, meist mit Arkaden gesäumten Straßen der Neustadt sollen, wie ich hörte, die engen Gassen der Altstadt am Monte Urgull stehen, den ein Kastell krönt. Vom Monte Igueldo soll man einen herrlichen Blick auf die bezaubernde Bucht, das glitzernde Meer und die baskischen Berge haben. Es gäbe so viel zu besichtigen, das Angebot ist aber auch zu groß, man muss einfach Prioritäten setzen. Genau das tun wir und fahren weiter Richtung Mittelmeer auf der Suche nach der Wärme, von welcher wir bald reichlich bekommen werden.

Toulouse, an der Garonne gelegen, gilt heute als der kulturelle und wirtschaftliche Mittelpunkt Südfrankreichs. Allerdings hatte die Region zwischen Toulouse, Albi und Carcassonne während der Zeit der Renaissance für mehr als ein Jahrhundert eine »goldene Ära« und galt als das in Deutschland durch Märchen bekannte »Pays de Cocagne«, das »Schlaraffenland«.

Die »Boule de Cocagne« ist eine aus der »Bleu de Pastel«, der guède oder Färberweid-Pflanze, durch Trocknen und Pressen gewonnene Kugel in Tischtennisballgröße, die den blauen Farbstoff in konzentrierter Form enthält. Auf diese Weise wurde er früher leicht transportierbar in die textilverarbeitenden Zentren der damaligen Welt nach Flandern, England und in die Mittelmeerländer verkauft und begründete so Reichtum und Prestige der ansässigen Kaufleute und den wirtschaftlichen und kulturellen Aufstieg in dem auch »Triangle bleu« genannten Dreieck zwischen Albi, Toulouse und Carcassonne. Der Farbstoff diente zum Einfärben der Seiden und Stoffe sowie als Pigment für die Farbe der bekannten blauen Fensterläden und Türen. Durch die Verwendung der Pigmente in der Malerkreide für Künstler entstand dann später die Bezeichnung »Bleu de Pastel«, pastellblau. Die Pflanze ist und war auch in deutschen Regionen wie Schlesien oder Hessen bekannt und wurde in ähnlicher Weise verwendet. Durch das preiswertere Indigo aus Asien geriet die Blaufärberei in Europa dann in Vergessenheit.

Ein Artikel in der Frauenzeitschrift »Brigitte« machte uns zu einem späteren Zeitpunkt auf den Ort Lectoure im Département Gers aufmerksam. In einer ehemaligen Färberei wurde 1994 ein Betrieb eingerichtet, der die alte Technik der Blaufärberei wieder aufleben lässt, und Stoffe, Farben, Pigmente und Pastellkreiden anbietet. Eine interessante Führung bietet einen Überblick über Fertigungsmethoden und Geschichte des Blau. In einer kleinen Boutique werden Kleidung, Accessoires und Dekorationsgegenstände angeboten. Bei unserem Besuch im Jahre 2006 verlieben wir uns in die intensiv blauen Schals in Ausbrenntechnik und erwerben einiges zur Dekoration und zum Verschenken.

Unter anderem erfährt man, dass der Begriff »blaumachen« hier seinen Ursprung hat. Die Pigmentbälle werden in Flüssigkeit eingeweicht, um die Pigmente freizusetzen; diese Flüssigkeit war früher menschlicher Urin; da an Wochenenden traditionell viel Wein getrunken wurde, nutzte man diese Überproduktion an Urin zum Lösen der Farbstoffe. Allerdings sind die gefärbten Stoffe anfangs gelb und werden erst durch den Trocknungsprozess in der freien Luft und in der Sonne blau. Die Stoffbahnen wurden üblicherweise montags früh aufgehängt, und man hatte den Rest des Tages nichts weiter zu tun, als abzuwarten, dass die Stoffe blau wurden, man machte also »blau«. Die Franzosen nennen diesen Begriff »passer au bleu« oder »bleu de travail«, den Arbeitsblues.

Am Canal du Midi geht es nun entlang nach Carcassonne. Zu unserer Rechten erhebt sich hoch oben die mittelalterliche Festungsstadt über der Unterstadt. Von der untergehenden Sonne angestrahlt, leuchtet die aus gelbem Sandstein erbaute Festung dem Besucher entgegen. Der Gebirgsfluss Aude, der dem Département den Namen gibt und der Canal du Midi trennen Carcassonne in zwei Stadtteile, in die »Ville basse« und in die auf dem Hügel liegende »Cité«.

Die »Cité« ist eine in ihren Ursprüngen 600 v. Chr. angelegte Festung, »Julia Carasso« genannt. Die von den Römern erbaute Ringmauer wurde im Jahre 1120 verstärkt, und die »Ville basse« entstand ab dem 14. Jahrhundert. Als Carcassonne ab dem Jahre 1160 seine strategische Bedeutung verlor, begann der Verfall der Stadtmauer.

200 Jahre später wurde ihre Restaurierung in Angriff genommen, und dies wird bis heute fortgesetzt.

Die mittelalterlich wirkende »Cité« dient oftmals als Kulisse für Konzerte und Spektakel, wie das großartige Feuerwerk am Vorabend des 14. Juli, dem Nationalfeiertag der Franzosen. Die innere Festungsmauer hat eine Länge von 1 100 m und wird flankiert von 26 Türmen, während die äußere 1 500 m lang und ebenfalls von 26 Türmen flankiert ist. Zwei Tore führen in die »Cité«, wie schon im 14. Jahrhundert, und durch die doppelte Ringmauer mit ihren 52 Türmen wurde sie uneinnehmbar. Das Innere der »Cité« birgt ein Gewirr unzähliger winkliger Gassen. Häufig diente die Stadt wie aus dem Märchenbuch als Szenerie für Filme mit geschichtlichem Hintergrund.

Um die Namensgebung der Stadt ranken sich etliche Legenden, so auch die von der Belagerung der Stadt durch die Truppen Simon de Montfors während der Katharerkriege. Man sagt, die damalige Burgherrin »Carcas« habe sämtliche Glocken der Stadt so heftig läuten (sonner) lassen, dass die Belagerer entnervt abzogen und die Stadt verschonten. Daher der Name der Stadt Carcassonne, Carcas sonne, Carcas läutet. Sofern der Inhalt völlig aus der Luft gegriffen sein sollte, so finde ich, ergibt die Zusammensetzung der beiden Wortsilben doch einen Sinn.

Der Tag geht zur Neige, und seit dem Mittag trage ich keine Strümpfe mehr, derer ich am Atlantik so dringend bedurfte. Der Wunsch nach einem ausgiebigen Duschbad ist fast unerträglich geworden, alles klebt am Körper, zumal unser Wagen keine Klimaanlage besitzt. Und so halten wir Ausschau nach einem Campingplatz. Wir kommen von Moissac aus eine Anhöhe herunter, biegen in eine Haarnadelkurve ein, da leuchtet uns ein kleines, verwittertes Schild entgegen mit der sehnlichst gewünschten Aufschrift »Camping Castelsarrasin«. Die gewundene Straße herauf bewegt sich schwer ächzend ein Lkw, zu unserer Rechten fließt träge der

Canal du Midi dahin, über welchen eine schmale alte, mit hohen Eisenbögen bestückte Brücke führt. Durch diese hohle Gasse muss er kommen, denke ich noch, und wirklich, wir müssen hinüber. Mein Mann gewährt dem Lkw Vorrang, dann steuert er drauflos, auf beiden Seiten des Pilzdaches nur wenige Zentimeter Abstand zu den rostigen Eisenträgern. Hinter der Brücke fahren wir auf einen etwas versteckt liegenden Platz, der rundum eingerahmt wird von einer Anzahl sehr alter Pappeln. Ein stationärer Wohnwagen dient als Rezeption. Diese Mobilheime findet man sehr oft hier in Frankreich, sie stehen gelegentlich im Feld oder auf einem kleinen Grundstück und werden von ihren Besitzern das ganze Jahr über bewohnt. In Deutschland – schwer vorstellbar! Eine freundliche Frau in mittleren Jahren kommt, gefolgt von zwei Pekinesen und einem Dackel, auf uns zu und bittet meinen Mann – sie spricht etwas Deutsch –, die Formalitäten im Büro, also dem Wohnwagen, zu regeln. In der Mitte des Platzes liegt ein lang gestrecktes Gebäude mit den sanitären Anlagen, umgeben von Blumenbeeten, an denen die Campwartin ausgiebig hackt und werkelt. Ein geeigneter Stellplatz nach freier Wahl mitten im Grünen ist schnell gefunden. Wir haben die freie Auswahl, da es noch relativ früh ist. Hinter der Umzäunung des sehr ruhig gelegenen Platzes dehnt sich weit ein Laubwald, und wieder einmal glitzern die Sonnenstrahlen durch die Baumwipfel zu uns herab. Ob die Restwärme der Sonne es noch schafft, meine Wäsche zu trocknen, bevor sie sich zur Ruhe begibt? Schnell ist eine kurze Wäscheleine vom Wagendach zum herabhängenden Ast des nächsten Baumes gezogen und die Wäsche mit dem von der Fahrt noch heißen Wasser gewaschen. Waschmaschinen gab es zur damaligen Zeit noch nicht auf den abseits gelegenen Campingplätzen. Mir gefällt die kleine, vollgestopfte Leine mit ihren bunten Wäscheklammern recht gut. Allerdings ist die Wäsche am nächsten Morgen noch so nass, dass ich sie in diesem Zustand in einen Plastiksack stopfen muss und in der Dusche abstelle.

Überaus sauber sind die Toiletten und Duschen, allerdings in dem großen Gebäude nach einer so eigenwilligen Methode aufgeteilt, dass ich mich jedes Mal verirre. Um warm duschen zu können, ist es erforderlich, sich im Büro Jetons für zwei Francs pro Person zu holen. Manche Münzuhren sind von Campern derart manipuliert worden, dass ein kleines Holzstäbchen ausreicht, um die Dusche in Bewegung zu setzen. Madame passt aber höllisch auf, dass alle ihren Obolus entrichten.

Wir sind gerade beim Abendessen, als Madame mit einem Korb voll frisch vom Feld gepflückter süß duftender Melonen kommt. Für nur zwei Francs das Stück sind sie zu haben. Nachdem wir ihr einige abgekauft und uns etwas unterhalten haben, genießen wir die frischen Früchte, in denen noch die Wärme der Sonne und des Feldes steckt. Inzwischen ist uns gegenüber ein blauer Renault mit einem Faltwohnwagen platziert worden, der unser großes Interesse weckt, denn ursprünglich hatten wir eine solche Anschaffung in unsere Überlegungen einbezogen. Gespannt beobachten wir das Aufrichten der Wände durch einen kräftigen Zug, und mit einem leichten Knall schnellt das Dach nach oben. Mithilfe von Stützen wird der Wagen ausnivelliert und die Möbel im Inneren aufgerichtet. Alles in allem hat die ganze Aktion circa zwanzig Minuten in Anspruch genommen, und wir fragen uns, ob dies für uns eine Alternative zum Wohnmobil sein könnte.

Uns bleibt noch etwas Zeit für einen abendlichen Spaziergang. Vom Campingplatz führt ein gewundener Pfad über einen Holzsteg, unter dem das schmutzig grüne Gewässer eines Flussseitenarmes steht. Hier können wir lange Zeit zwei dicke braune Bisamratten beobachten, die sich im dichten Schilf verborgen halten und ab und zu hervorlugen. Ob ihre Leibesfülle von den Abfällen des Campingplatzes herkommt? Wir sind glücklich, nicht in einem Zelt nächtigen zu müssen! Zu diesem Zeitpunkt ist uns auch noch nicht bewusst, dass es sehr kleine Tierchen gibt, die überall einen Durchschlupf finden und mit denen wir auf äußerst unangenehme Weise Bekanntschaft machen würden.

Kleine, hell leuchtende Lämpchen säumen den schmalen Pfad, als wir uns auf den Heimweg machen, um in unsere Betten und alsbald in tiefen Schlaf zu versinken. Tief in der Nacht weckt uns das schaurige Heulen von Hunden oder Wölfen. Gibt es in den Pyrenäen Wölfe, denn nur ihnen ist dieses typische Heulen zu eigen, welches mir eine Gänsehaut an Rücken und Armen entlangjagt. Ich frage mich, ob ich in diesem Urlaub in jeder Nacht geweckt werden soll. Es ist ein anderes Schlafen, man befindet sich in freier Natur und ist deshalb auch hellhöriger, und ich, die auch zu Hause einen leichten Schlaf hat, fahre hier alle Sinnesantennen auf Geräusche aus.

Auf unserem Weg zur spanischen Grenze besichtigen wir das »Château de Salses«, von den Spaniern im 15. Jahrhundert zum Schutz des katalonischen Roussillon gegen das französische Languedoc errichtet. Wir haben Glück, denn gerade beginnt eine Führung, in französischer Sprache allerdings. In der Hoffnung auf eine englische Übersetzung verstehen einige englische Familien überhaupt nichts und bitten uns, ihnen zu helfen. Wir versuchen dies mit einigen Schwierigkeiten, denn man müsste Simultanübersetzer sein, um erst einmal verstehen und gleichzeitig ins Englische übersetzen zu können.

Die massive Festung liegt nicht wie üblich auf einem Hügel, sondern wird von einigen Metern tiefen Gräben umgeben. Die 15 Meter hohen Mauern sind 10 Meter stark. Im Inneren wandern wir durch ein Labyrinth an Gängen und Fallen, wie man sie in der Art nirgendwo findet. Wir hören, dass Salses zu den zehn ersten Festungswerken des Abendlandes gehört und dass einige seiner Aspekte unserem heutigen technischen Stand sehr nahekommen.

Albrecht Dürer hielt sich hier im Jahre 1507 auf und fertigte vom Fort viele Skizzen an, die in den Nürnberger Archiven aufbewahrt werden. Nachdem wir unsere Fremdsprachenkenntnisse auf den neuesten Stand gebracht hatten, können wir beruhigt unsere Fahrt fortsetzen.

Nicht weit entfernt entdecken wir ein »Relais de Roussillon«, ein kleines Hotel, welches wir ansteuern, um zu übernachten und am nächsten Morgen ein petit déjeuner einzunehmen. Diese einfache, aber angenehme Unterkunft besuchen wir in den späteren Jahren noch öfter auf unseren Fahrten mit dem Wohnmobil. Für mich ist es unverzichtbar, wieder einmal in einer Badewanne zu liegen und in einem größeren Raum die Schönheitsarbeiten an sich selbst vornehmen zu können. Das abseits gelegene Hotel war nicht immer gut besucht, trotzdem war unsere Überraschung groß, nach einigen Jahren zu sehen, dass dieses Gebäude einen Anbau erhalten hatte und nun in ein Altenheim umfunktioniert worden war.

Von Salses aus wenden wir uns gen Süden, fahren durch Elne, das auf uns einen sehr düsteren Eindruck macht, nach Argelès sur Mer, einem während der Sommermonate immens lebhaften Badeort. Etwas außerhalb gelegen besuchen wir das imposante Château Valmy mit seinem verwunschenen Park, in dem viele Konzerte stattfinden. In den folgenden Jahren dient uns der unterhalb des Châteaus gelegene Campingplatz »Les Mimosas« als Stützpunkt für Fahrten an den Pyrenäen entlang und nach Andorra hinauf. Argelès s. M. nennt sich auch die europäische Camping-Hauptstadt, denn es gibt hier mehr als 60 Campingplätze.

Von hier aus Richtung Spanien liegt das malerische Städtchen Collioure mit einem kleinen Hafen, um den herum viele Restaurants, Cafés und Bistros liegen. In diesen Räumlichkeiten kann man die Gemälde der Künstler wie Picasso, Matisse und anderen bewundern, die ihre Mahlzeiten mit ihren Bildern bezahlten. Hier entstanden auch die Kunstrichtungen des Fauvismus und des Kubismus.

In St. Pierre sur Mer finden wir einen 3 km langen und fast 150 Meter breiten Sandstrand. Die Siedlung besteht fast nur aus Strandhäusern für Urlauber. Verwaltungsmäßig gehört der Ort zu dem etwas südlicher gelegenen Narbonne-Plage, mit weiteren 3 Kilometern Sandstrand, wo es wesentlich lebhafter zugeht. Hier in St. Pierre finden wir eine Weite und Einsamkeit am Strand, die uns später zu Hause so recht keiner glauben will. Zum Land hin ist der Strand durch einen einspurigen, selten befahrenen Betonweg befestigt, dahinter dehnt sich ein riesiges Freigelände für eine kleine Anzahl Sonnenhungriger. Zu unserer großen Enttäuschung erkennen wir einige Jahre später diese Idylle nicht wieder, überall stehen Betonburgen, sprich Ferienhäuser, und dahin sind Weite und Einsamkeit.

Ideal scheint uns heute ein etwas entfernter Campingplatz zu sein. Mein Mann begibt sich zur bombastisch ausgestatteten und vielversprechenden Rezeption, die den Eindruck einer Westernranch erwecken soll. Vom Wagen aus sehe ich, dass jedes kleinste Fleckchen Bodenfläche des Platzes belegt ist, und frage mich, wo Platz für uns sein soll, denn kein Millimeter ist hier verschenkt worden. Zelt- und Wohnwagenwände nehmen engste Tuchfühlung zueinander auf, dem Nachbarn kann man das Mittagessen von der Herdplatte stehlen, ohne sich selbst vor die eigene Tür begeben zu müssen.

Nach Erhalt einer Plakette weist uns ein junger, blonder, braun gebrannter, uns auf dem Fahrrad vorausfahrender Halbgott – oh, die Mädchen hier werden ihn sicherlich anhimmeln – einen staubigen Stellplatz zu, der sich an der Ecke einer sich gabelnden, stark frequentierten Wegkreuzung befindet. Ist das jetzt ernst gemeint? Wir sind aber Grünfläche und Baumbewuchs gewohnt! Ich gucke zu meinem Mann hin und sehe die Antwort in seinen Augen, als er den Wagen wendet, dem verdutzten jungen Mann wortlos die Plakette reicht und durch das gewaltige Tor nach draußen fährt zu dem großen freien Gelände, welches ich zuvor beschrieb. Auch hier stehen wir auf festem Sandboden, jedoch kann keiner in den Suppentopf gucken, sofern ich überhaupt Suppe kochen wollte, ist eben so eine Redensart. Wohnwagenbesitzer sind relativ sesshaft und finden es toll, während Wohnmobilisten eher zu den Nomaden zu zählen sind und diese Art auch toll finden.

In meinem Reisetagebuch finde ich folgende Eintragung: Hier verbringen wir nun drei herrlich geruhsame Tage. Frühmorgens nach dem Frühstück tragen wir Strandliegen und Sonnenschirm zum fast menschenleeren Strand. Sabine ist oftmals schon vor uns draußen, es gibt uns eine gewisse Beruhigung, dass wir sie vom Wagen aus sehen können.

Leichter Nebel liegt morgens für gewöhnlich über dem stillen Meer und verbirgt die wärmenden Sonnenstrahlen vor uns. Doch es dauert niemals lange, da verflüchtigt sich der Wolkenschleier, und heiß brennt die Mittelmeersonne von einem klaren Himmel herab, gelegentlich unterbrochen von einem angenehm kühlenden Vormittagslüftchen. Mittlerweile haben sich noch einige Camper zu uns gesellt, man schaut immer, an welcher Stelle einer einen geeigneten Platz gefunden hat, und dorthin zieht es andere ebenfalls, oftmals auch zu einem kleinen »Klönschnack« von Haus zu Haus und nicht, um Schutz zu suchen, nein, das war gewiss zur damaligen Zeit nicht so dringend erforderlich, obwohl ein Verbund von mehreren Wohnmobilen eine gewisse Sicherheit für die Nacht bedeutete. Auf unserer vierwöchigen Reise wurden wir nicht ein einziges Mal bedroht oder bestohlen oder kamen in schutzbedürftige Situationen, obwohl wir, bis auf vier Nächte, keinen Campingplatz aufsuchten. Allerdings darf man das Schicksal auch nicht zu leichtfertig herausfordern, weshalb wir vor unseren Ausflügen alle Türen und Fenster gut verriegelten und keine Wertgegenstände zurückließen. Aus purer Bequemlichkeit lassen Camper oftmals viele Wertsachen im Wagen zurück. »Moi jamais!« Ich niemals! Hier trage ich eine große Strandtasche mit mir herum, die alle Papiere und Devisen enthält, ich trage sie unter den Arm geklemmt zur Seite meines Mannes und niemals zur Straßenseite hin, um auf diese Weise nicht das Opfer von Dieben auf Motorrädern zu werden. Für mich eine

Horrorvorstellung, im Ausland ohne Geld und Papiere dazustehen! Gewiss hatten auch wir als Mitglied beim ADAC Versicherungen abgeschlossen, dies ist jedoch nicht gleichbedeutend mit der Abgabe des Gehirns.

Am Strand hat diese Tasche ihren Platz unter meinem Kopf und dient mir als Kopfkissen, folglich wird uns niemand gemeinsam im Meer baden sehen, denn einer bleibt immer bei der Tasche. Außerdem würde unser Kleiner mit allen vieren zur Verteidigung ansetzen, denn als echter Schnauzer ist er sehr angriffslustig. Meine Vorsichtsmaßnahmen sind mir in all den Jahren zur Gewohnheit geworden und können zur Nachahmung empfohlen werden. Bei der Rückgabe unseres Wagens erfuhren wir, dass vor einer Woche beim gleichen Wagentyp, einem Bedford Blitz, das rückwärtige Schloss aufgebrochen und der Wagen total ausgeraubt worden war, und das nicht etwa während der Nacht, sondern am hellen Tag auf einem Campingplatz. Entweder hatten wir alles richtig gemacht oder aber einfach nur Glück gehabt.

Ich glaube, ich bin schon wieder vom Thema abgekommen, denn ich wollte noch den zarten, feinen Sand in den höchsten Tönen loben, der zu Hause in Cremedosen klebt und aus gelesenen Büchern herausrieselt. Hier bei St. Pierre s. M., einem winzigen Ort mit Häuschen wie Streichholzschachteln und mit einer ganz kurzen Einkaufsstraße, fühlen wir uns restlos glücklich. Konnte es einen erholsameren Ort geben, an dem man ungestörter baden und campen konnte? Ja, es konnte, jedoch für uns in diesem Moment sicher nicht. Auf unserer Route am Mittelmeer entlang von Narbonne bis Monaco suchte dieses Fleckchen Erde seinesgleichen, aber wie gesagt: Es war einmal. Herrlich weiße Sandstrände gibt es zwischen Gruissan und Montpellier schon, wobei die schmalen Straßenränder durch Autokolonnen zugeparkt sind.

Am frühen Mittag des nächsten Tages nehmen wir Abschied und Kurs auf Montpellier. Der alles verdrängende Gedanke an ein erfrischendes Bad lässt uns nach besagtem Hinweisschild Ausschau halten. Hinter Lunel, einer kleinen verschlafenen Ortschaft, geht es scharf links in die Weinberge hinein. Der auf dem Schild mit 2 km Entfernung ausgewiesene Campingplatz lässt sehr lange auf sich warten, offensichtlich messen die Franzosen Luftlinie. Der Wagen kriecht auf löchrigen Wegen dahin und nichts als gleichförmige Weinberge und dazwischen hie und da ein verträumt liegendes schlossähnliches Weingut.

Aus der Ferne vernehmen wir Hufgetrappel, und dann kommt uns auch tatsächlich eine Gruppe von mindestens zehn Pferden entgegen, begleitet von drei Gardiens und zwei Hütehunden, was ich vor Schreck nicht alles so recht mitbekomme, denn wie üblich sehe ich unsere Kaution dahingaloppieren. Wir fahren an den äußersten rechten Rand, so weit es uns möglich ist, trotzdem kommen die Tiere frontal auf uns zu, um im letzten Augenblick kurz vor uns auszuscheren. Stolz und hoch erhobenen Hauptes lassen ihre weit aufgerissenen Pupillen bedrohlich das Weiße sehen. Die Kaution von 650 DM, die der Vermieter im Falle einer Beschädigung einbehält, ist erst einmal gerettet, denn alles geht glatt, und am Ende von Saturargues finden wir auch besagten Campingplatz, der an ein unendlich großes Kohlfeld grenzt. Vom Besitzer des Platzes werden wir freundlich in deutscher Sprache begrüßt, und uns wird ein schöner Platz für die Nacht zugewiesen. Die deutschen Sprachkenntnisse des Platzwarts erweisen sich als recht rudimentär, doch er ist offensichtlich glücklich, diese anwenden zu können. Wahrscheinlich ergeht es uns ebenso mit unseren dürftigen französischen Kenntnissen. Im Preis inbegriffen ist warmes Duschen, so viel man will, ein Umstand, der die Kabinen zu einer ständig belagerten Festung werden lässt. Ein kleiner Laden bietet eisgekühlte Getränke zu moderaten Preisen an sowie Postkarten und frische Croissants, und zum ersten Mal in Frankreich geht unsere Tochter sich alleine ein Eis kaufen. Kurz nach unserem Eintreffen zeigt ein von Hand geschriebenes Schild mit der Aufschrift »complet« allen neu eintreffenden Campern die Weiterfahrt an, denn so gegen 17 Uhr sollte man sich um einen Stellplatz bemühen, danach wird's schwierig, noch einen freien Platz ergattern zu können. Am Sonntagmorgen gibt es köstlich frische Croissants, die wir uns genüsslich schmecken lassen, ich zähle auch nicht die eventuellen Kalorien, das wird auf später verschoben! Alles in allem ein gepflegter, sauberer Platz, eine Tatsache, die ich den Besitzer bei unserer Abfahrt wissen lasse.

Monsieur freut sich sichtlich und meint: »Wenn gefallen, wiederkommen!« Und in diesem Augenblick bestätigen wir dies aus vollstem Herzen.

Auf unserem Weg nach Aigues Mortes, der Stadt der »Toten Wasser«, liegt La Grande Motte, die erste französische Ferienstadt aus der Retorte, die zur damaligen Zeit schon 40 000 Besucher aufnehmen kann. Von der Luft aus gesehen, auf Postkarten, sehen die Hochhäuser wie Pyramiden aus. Am Westrand der Camargue gelegen, inmitten einer melancholischen Landschaft von Sümpfen, erhebt sich das historisch bedeutungsvolle Städtchen Aigues Mortes mit vollständig erhaltener Stadtmauer, die einen prächtigen Rundgang ermöglicht. Die Stadt ist im Stil der Bastiden erbaut, das heißt mit einer schachbrettartigen Verteilung der Straßen, die alle rechtwinklig zueinander stehen. Der Ort gehört zu den besterhaltenen und befestigten Festungen des Mittelalters. Bereits die Römer schöpften hier das berühmte »Fleur de Sel de Camargue«, die Blume des Salzes, welche im Sommer »wächst«, durch Sonne und Wind entsteht und im September »geerntet« wird. Die Salztöpfchen sind ein beliebtes Mitbringsel für Freunde und Bekannte.

Schon im 12. Jahrhundert züchteten die Templer Pferde in der Umgebung, die sie dann auf ihre Kreuzzüge mitnahmen. Die Mauer der Stadtbefestigung ist 11 Meter hoch und 1 634 Meter lang, mit 15 Türmen und 10 Eingangstoren. Die Festungsmauern wurden nie zerstört und boten im Inneren Platz für circa 15 000 Bewohner, heute lebt hier gerade mal ein Drittel davon, das sich ganz dem Tourismus widmet. Einstmals diente Aigues Mortes als Einschiffungshafen für die Kreuzzüge. Der Rückzug des Meeres und die Versandung des Hafens führten später zum Niedergang, den auch ein zur Küste gegrabener Kanal nicht mehr aufhalten konnte. Einzigartig zeigt sich dem Betrachter die Silhouette der Stadt der »Toten Wasser« mit ihren gewaltigen Mauern, Toren und Türmen. Viele Gefangene saßen schon im »Tour de Constance«, der eine Festungsanlage für sich bildet und auf eine grausame Geschichte zurückblickt.

Wir können, wie viele andere Wohnmobilisten auch, direkt bis an die Stadtmauer im Süden fahren, dort parken und unbehelligt übernachten. Früh am Morgen schreiten wir durch eines der mächtigen Stadttore in die Innenstadt hinein und wähnen uns im Mittelalter, wären da nicht die unzähligen kleinen Souvenirläden. Durch die »Porte des Moulins«, das Mühlentor, kommen wir auf den »Place Saint Louis«, den Platz des heiligen Ludwig, mit der Bürgermeisterei und einem imposanten Brunnen. Hier trifft man Besucher aus aller Welt. Vor den Toren der Stadt an der Nordseite bietet sich uns das Bild eines farbenprächtigen Marktes. Wir stehen und staunen. Können die Augen des Betrachters diese Eindrücke in sich aufnehmen und speichern? In eben diesem Augenblick arrangiert ein älterer Herr leuchtende Früchte und frisches Gemüse höchst malerisch in seinen runden Weidenkorb, und bevor ich die Kamera zücken kann, schleicht er sich von dannen. Ich nehme dieses Bild in mich auf und versuche es zu konservieren. Heute würde ein Korb, gefüllt mit diesen Herrlichkeiten, unsere Platzkapazitäten sprengen, ich bedauere es sehr. Irgendwann, ganz bestimmt irgendwann, werde auch ich mir solch einen Korb füllen und ihn stolz erhobenen Hauptes nach Hause in mein eigenes Domizil im Süden tragen. Dann werden wir uns Gäste einladen, als Vorspeise werde ich überbackene Austern reichen, und die weitere Vorgehensweise werde ich mir später ausmalen.

Hinter Aigues Mortes empfängt uns die sengende Sonne der Camargue. Der mit Kindern gesegnete und den Kindern fast jeden Wunsch erfüllende Leser kann sich sicherlich im nun Folgenden wiedererkennen und in unsere Lage versetzen. Unsere liebe Kleine kann es seit unserem Aufbruch von zu Hause kaum erwarten, die prächtigen wilden Pferde mit ihren wehenden, silbernen Mähnen durch die Sümpfe möglichst dicht an uns vorüberpreschen zu sehen, eben genau wie auf den überall erhältlichen Postkarten. Den Fotoapparat schussbereit, knipst sie jede müde und teilnahmslos herumstehende Schindmähre auf der Weide, in der irrigen Annahme, es sei eines der stolzen, freien Wildpferde. Eindringliche Erklärungen, jene Pferde seien nur mit einem Führer in ganz speziellen Gebieten zu sehen, werden uneinsichtig abgetan. Tatsächlich sehen wir auch viele weiße Pferde, jedoch es sind nur ihre zahmen Geschwister, die von profitorientierten Kleinunternehmern zum Ausritt für Urlauber in der sengenden Sonne bereitstehen.

Auf der Autokarte hat mein lieber Mann einen »Zoo der Camargue« speziell für unsere Tochter entdeckt. In freier Wildbahn sollen, laut Beschreibung, Flamingos und andere seltene Tiere zu bewundern sein. Mittlerweile ist es um die Mittagszeit, eine glühende Sonne brennt auf das Wagendach herab, als wir die angenehme Kühle des Wageninneren verlassen und aussteigen. Sofort überfällt uns eine schwüle Hitze, die mir, wie noch oft in den nächsten Tagen, den Atem raubt. Die hohe Temperatur, gepaart mit einer überaus hohen Luftfeuchtigkeit, ist für mich schwer zu ertragen. Die Luft flirrt vor Hitze, und nicht der kleinste Wind bietet etwas Kühlung. Ich laufe Zickzack auf der Suche nach Schatten spendenden Sträuchern und Gräsern, Bäume sind hier Mangelware. Bei dieser alles versengenden Hitze verstecken sich doch sicherlich alle, die noch irgendwie kriechen können. Mich interessiert nun beim besten Willen kein Tier mehr, geschweige denn ein ganzer Zoo! Welche Tiere lassen sich bei dieser Hitze überhaupt besichtigen? Ich hätte es vorgezogen, beim

Hund im kühlen Wagen zu bleiben, jedoch energischer Einspruch von Groß und Klein und der Gedanke, ein ungewöhnliches Erlebnis zu verpassen, lässt mich wankelmütig werden, und so ergebe ich mich in mein Schicksal. Schon der Eingangsbereich scheint meiner Vorahnung recht zu geben, jedoch der stattliche Eintrittspreis lässt mich stutzig werden, hat man doch dementsprechend Großartiges zu bieten? Rechts neben dem Eingang befindet sich, nicht gerade einladend, ein kleiner Tümpel. Auf der schillernden Brühe schwimmen drei Teichhühner, etwas weiter steht ein Graureiher auf einem Bein. Die Luft ist wie in einem fauligen Treibhaus. Unsere allseits begeisterungsfähige Tochter bricht angesichts eines jeden neu entdeckten Tieres in Entzücken aus. Ermattete Hühner, Enten und anderes Getier starrt bewegungsunfähig die vereinzelten Besucher träge an. Schließlich endet die Umzäunung, wir kommen durch ein Tor. Ein mit gelbem Kies bestreuter Weg schlängelt sich durch hohes Schilf und kleine Gewässer hindurch.

In diesem Augenblick entdecke ich eine von wiegenden Gräsern beschattete Bank, welche mich zum Verweilen einlädt, und ermattet sinke ich auf sie nieder. Hier genieße ich Ruhe und Frieden, und kein Laut dringt zu mir her, außer dem Schrei meiner Tochter. Ich springe auf und renne zu ihr hin. War sie ins Wasser gefallen? Nein, sie steht dort mit ausgestrecktem Zeigefinger! Ein seltenes Tier, also doch!? Und als meine Augen dem Finger folgen, sehe ich eine kleine Ente davonschwimmen. Wie schön, dass unsere durch jedes noch so kleine Tier zu begeisternde Tochter keineswegs enttäuscht ist. Ich glaube, die Kinder von heute sind schwerer zufriedenzustellen. Während meine beiden weiterziehen, genieße ich den kühlenden Schatten so lange, bis ich abgeholt werde. Ich hatte nicht viel versäumt, außer einigen Flamingos. Am Beispiel dieses Tierparks zeigt sich die erstaunliche Fähigkeit der Franzosen, eine an sich belanglose Sache mit fantasievollen Beschreibungen und Bezeichnungen zu einem Ereignis von großartiger, erhabener Bedeutung hochzustilisieren (siehe auch Speisekarten und Menübezeichnungen).

Wenige Tage später schließen wir uns dem Touristenstrom bei Saintes-Maries-de-la-Mer an, jenem Ort, an dem der Legende nach die Schutzpatronin der Zigeuner »Sarah, le Noir«, die schwarze Sarah, an Land gegangen sein soll. Jedes Jahr pilgern die Zigeuner aus ganz Europa zu den berühmten Prozessionen am 24.–25. Mai und zu einem Wochenende nahe dem 22. Oktober, um zu den drei heiligen Marien zu beten. Durch die heilige »Marie Jacobe« und die heilige »Marie Salomé« kommt der Plural der Namensgebung des Städtchens zustande. Und da man den Zigeunern Unabhängigkeit in ihrer ganzen Lebensweise nachsagt, zieht es vermutlich viele junge Leute hierher, um mitzufeiern.

Wir erreichen den Ort nicht zu Zeiten einer Wallfahrt, aber ich kann nur bestätigen, was ich in einer Broschüre las, nämlich, dass dieser Rummelplatz nicht zu ertragen sei. Eben durch diese Wallfahrten ist der Ort zu einer Pilgerstätte für Urlauber geworden, jeder muss einmal dort gewesen sein, so auch wir. Der Name an sich hat schon etwas Mystisches, Geheimnisvolles, das uns drängt, dorthin zu fahren. Plötzlich scheint die Straße zu Ende zu sein, überall Sand. Vor und hinter uns Autos, uns entgegenkommende, rechts und links parkende, und wir mittendrin in einer Sandwehe. Gibt es kein Entkommen? Falls wir zurückwollen, müssen wir drehen oder rückwärtsfahren, um wieder auf die befestigte Straße zu gelangen. Vorwärts gibt es aus eigener Kraft kein Entrinnen, also zurück! Mein Mann fährt so weit wie möglich nach rechts an die parkenden Wagen heran, dann Rückwärtsgang rein und millimetergenau nach Spiegel zurück! Schließlich sind wir in der Lage zu wenden, und heilfroh, diesem Inferno entronnen zu sein.

Unser vorläufiges Ziel Les Sablettes, in der Nähe von La Seyne sur Mer gelegen, streben wir für den Abend an. Les Sablettes, ein sehr kleiner Ort, der wie so viele andere nur vom Tourismus lebt, kennen wir vom vorigen Jahr, als wir mit dem Pkw auf unserer schier endlosen Suche nach einem Nachtquartier hier gerade noch so eben ein Atelier mit Vollpension bekommen hatten. Unter dem Begriff Atelier verstand man ein sehr kleines Einzimmerappartement in einem Hochhaus, und im gegenüberliegenden voll ausgebuchten Hotel konnten wir die Mahlzeiten einnehmen. War nicht so nach unseren Vorstellungen, fährt man jedoch einfach ins Blaue hinein, muss man nehmen, was man kriegen kann.

Die Gegend hatte uns damals recht gut gefallen, und so wollen wir uns nun die nähere und weitere Umgebung ansehen, da wir jetzt nicht mehr an Hotel und bestimmte Essenszeiten gebunden sind. Auf Anhieb finden wir einen idealen Stellplatz, ebenerdig, fester Boden, rundum grünes Buschwerk und strandnah.

Der Wagen kann sich nun ausruhen, denn wir unternehmen viel zu Fuß, ein strahlender Himmel begleitet uns, ein leichtes Lüftchen weht, kurzum, es ist so recht, um übermütig zu werden. Voll des Übermuts streben wir dann auch eines Nachmittags nach einem Ausflug heimwärts, als uns auf den letzten Metern eine Ameisenkolonne in Marschrichtung begleitet. Sie kennt nur eine Richtung, unsere, sie hat das gleiche Ziel – unser Wohnmobil! In solchen Situationen bin ich erst einmal sprachlos vor Entsetzen, und als sich uns das ganze Ausmaß des Überfalls dieser kleinen Krabbeltiere erschließt, kommt Bewegung in uns.

Zuerst einmal weg aus diesem Krisengebiet und an einen weniger belebten Ort, um die Völkerwanderung zu unterbrechen. Über das linke Vorderrad und den Motorraum hatten sich die kleinen Gesellen Zugang zum Inneren verschafft, und nun führt eine stetige schwarze, bewegliche Linie direkt zum Oberschrank mit den Lebensmitteln. Man muss sich das mal vorstellen, eine Packung mit Nudeln, in der es von kleinen schwarzen Lebewesen wimmelt, ebenso im Mehl und im Zucker und in all den Dingen, die man so zum Kochen benötigt. Wie in einem Horrorfilm, nur halt real! Man steht zunächst ungläubig staunend still und verspürt ein ständiges Kribbeln auf der Haut.

Nun folgt die Entsorgung unserer gesamten Lebensmittel, sofern sie sich nicht in Gläsern oder Dosen befinden. An Ungezieferspray hatte ich natürlich nicht gedacht, was aber tun in Ermangelung eines solchen? Ich weiß mir keinen anderen Rat, als mein geliebtes Eau de Toilette von Joop zu opfern, und sprühe, was das Zeug hergibt, um diese Kleintierkarawane zu stoppen. Nach dem Einsatz des 12-Volt-Staubsaugers wird gewischt und aufgeräumt, und mit Dichtmaterial und Silikon werden alle eventuellen Zugänge unpassierbar gemacht, so weit dies uns möglich ist. Die gesamte Aktion hat vom Mittag bis zum Abend gedauert, und während das Mittagessen völlig ausfiel, nehmen wir noch ein kurzes Abendessen zu uns, bevor wir total geschafft in die Betten fallen. Für die Zukunft nehmen wir uns vor, alle Stellplätze gründlicher zu inspizieren und die Unterbringung der Lebensmittel sorgfältiger zu überdenken.

Auf der anderen Seite der Bucht liegt Toulon, Frankreichs bedeutendster Kriegshafen. Direkt vor unserem ehemaligen Hotel befindet sich der Anlegeplatz des täglich halbstündlich verkehrenden kleinen Dampfers zwischen Les Sablettes und Toulon und retour. In Ermangelung eines eigenen Sandstrandes kommen frühmorgens ab 8 Uhr die Sonnenhungrigen aus Toulon herüber nach Les Sablettes. Jeden Abend scheint das kleine Schiffchen vor Überladung zu versinken, wenn alle fast zur gleichen Zeit nach Hause wollen.

Im abendlichen Nebeldunst sieht man den ganz in grauer Tarnfarbe gehaltenen Flugzeugträger »Clemenceau« aus der Bucht auslaufen, lautlos strebt er dem offenen Meer zu. Hinter Les Sablettes schließt sich die Ortschaft St. Mandrier s. M. an, deren äußerster Zipfel zum militärischen Sperrgebiet gehört. Sehr oft stößt man auf solche Sperrgebiete, die mit hohen Mauern und zusätzlichem Stacheldraht gesichert sind. Unser Ameiseneinbruch zwingt uns, nach einem besseren Stellplatz Ausschau zu halten, und den finden wir in St. Mandrier sur Mer auf dem Hafengelände nahe der Kaimauer, mit einem herrlichen Blick auf die Bucht von Toulon. Kein Verbotsschild, nichts!

Nach einem idyllischen Postkarten-Sonnenuntergang und einem ausgiebigen Abendessen in einem kleinen Bistro am Hafen legen wir uns zur Ruhe. Mitten in der Nacht schlägt unser Hund an, und beklommen lauschen wir in die Stille hinaus. Da, ein Glucksen und leises Plätschern, ein Boot? Vorsichtig schieben wir die Gardine etwas zur Seite, lugen durch die Fensterscheibe in die Dunkelheit hinaus und werden Augenzeugen einer Nachtübung von Kampfschwimmern der französischen Marine. In diesem Moment entsteigen dunkle Gestalten in Neoprenanzügen und mit Schwimmflossen an den Füßen dem Wasser. Nach etwa einer halben Stunde ist der Spuk vorbei, man hat uns unbehelligt gelassen. Unter dem speziellen Schutz der Marine der »Grande Nation« können wir beruhigt weiterschlafen.

Eines frühen Morgens begeben wir uns zu einer zwanzigminütigen Dampferfahrt nach Toulon. Es herrscht eine starke Brandung, und das kleine Schiffchen hebt und senkt sich heftig, denn größere vorüberfahrende Schiffe lassen gewaltige Wellen entstehen, und die Gischt spritzt hoch bis auf unser Dach. Ein junger Franzose erklärt während der Überfahrt die Umgebung und gibt auch einige Anekdoten über Napoleon und dessen Schiffe zum Besten. Zu diesem Zeitpunkt und mehrmals noch in den folgenden Jahren bedaure ich zutiefst, im Französischunterricht in der Schule nicht fleißiger gewesen zu sein! Aber Frankreich schien für mich zu diesem Zeitpunkt geistig so überaus weit entfernt.

Dem kühlen Dampfer entstiegen, tauchen wir ein in die Hitzeglocke der Uferpromenade von Toulon. Hier sitzen alte Fischer, die Haut vom Wetter gegerbt, und flicken ihre Netze, betagte Fischerboote schaukeln neben blitzblanken Segeljachten, Postkartenidylle pur. Entlang der breiten Uferpromenade wechseln sich Souvenirläden und kleine, gemütliche Bistros ab, Letztere laden zum starken Espresso zwischen den Einkäufen ein. Zunächst lenken wir unsere Schritte über den prachtvollen Boulevard de Strasbourg zur Altstadt hin mit ihren malerischen Gassen. Herrlich, hier hindurchzuschlendern! Auf dem stark frequentierten Marktplatz bieten Händler der unterschiedlichsten Couleur verschiedene Dinge an. Selbst gefertigte Schuhe, Ketten aus Holzperlen, Basttaschen in jeder Größe und Farbe, luftige Seidentücher, Armbänder, Gürtel aus marokkanischem Leder, aus Holz geschnitzte afrikanische Elefanten, aus Silberdraht gefertigter Schmuck und, und, und. Wahnsinn, was hier angeboten wird! Ähnliches habe ich noch nie gesehen. Sehenswert sind aber auch die kleinen Boutiquen der Altstadt mit ihren Kunstgewerbeartikeln und den Poterien, den Töpfereien. Mein Kaufzwang ist übergroß, denn ich liebe handgefertigte Töpferwaren, jedoch ich muss den Zwang bis auf den Kauf einiger kleiner Mitbringsel unterdrücken, da der Stauraum im Wagen begrenzt ist.

In dieser Nacht kommt ein gewaltiger Sturm auf, der unseren Wagen und uns aufs Heftigste durchschüttelt. Ich muss schon sagen, dass meine Tochter und ich Angst hatten, fortzufliegen oder umzukippen. Der Sturm tobt die ganze Nacht hindurch und tobt am Morgen weiter, als unser Schnauzer sein Morgengeschäft verrichten muss. Sabine und ich wollen auch augenblicklich mit ihm vor die Tür. Mein Mann liegt noch im Bett, warnt uns, wegen des starken Windes mit dem Öffnen der Tür vorsichtig zu sein.

»Wartet, bis ich komme, dann halte ich euch die Tür auf!«, hören wir ihn noch rufen, da ist es schon geschehen. Es reißt mir mit einer solchen Wucht die Türklinke aus der Hand, dass ich hinterher nicht mehr weiß, wie mir geschah. Die Tür schlägt nach außen um und gegen den Kotflügel, wo sie sich verkantet und nicht mehr zu bewegen ist. Mein Mann flitzt aus dem Bett ins Fahrerhaus, um sich den Schaden anzusehen. Oh, habe ich ein schlechtes Gewissen, ich hoffe, man merkt es mir an! Asche über mein Haupt, all solche blödsinnigen Gedanken jagen durch meinen Kopf, aber das Lachen gelingt uns erst viel später. Hätte ich doch gewartet! Jetzt ist unsere Kaution unwiderruflich vertan! Die angeschraubten Scharniere sind derart verschoben und das Blech verbogen, dass die Tür schief in den Angeln hängt, von einer Beule und einem Knick im Blech einmal ganz abgesehen. Zu allem Übel ist es die Fahrertür, die sich nun nicht mehr schließen lässt.

Hätten wir doch nicht! Wären wir doch nicht! Alle Konjunktive und alles Jammern helfen jetzt auch nicht mehr. Selbst wenn unser »Herr und Gebieter« noch so böse Blicke in unsere Richtung wirft, nun ist er gefordert und muss sein technisches Können unter Beweis stellen. Im Hintergrund des Wagens hat sich Sabine verkrümelt und weint still vor sich hin: »Wie kommen wir mit offener Tür wieder nach Hause?« Eigentlich bin ich nicht in der Lage, ihre Frage zu beantworten, versuche jedoch das verängstigte Kind zu beruhigen, denn ich bin mir sicher, mein handwerklich geschulter Mann wird alles wieder richten. Schon befördert er aus dem hintersten Winkel seine vorsorglich eingepackte Werkzeugkiste hervor und macht sich sofort mit Hammer und diversen anderen Gerätschaften an der Autotür zu schaffen, begleitet von ständigem Gemurmel und Gebrummel. »Eine Erkältung holt man sich hier, nur weil ihr nicht mal eine Sekunde warten könnt!« Er hat ja recht, er werkelt schweißüberströmt vor sich hin, während der Wind an seinem T-Shirt zerrt. Mein bedauernswerter Mann klopft und biegt und drückt, schraubt und hämmert, es knackt und kracht, die Tür klafft noch immer einen Spalt auseinander, und das Schloss greift noch immer nicht ineinander.

Der Sturm ist aber auch gewaltig, er heult und pfeift und rüttelt und schlägt, und alles, was nicht niet- und nagelfest ist, macht sich selbstständig. Wir sind so auf unsere Tür und ihre Instandsetzung fixiert, dass wir kaum das Geschehen um uns herum mitbekommen. Der Morgen und mit ihm unser allmorgendliches gemütliches

Frühstück scheinen verdorben, trotz am Ende erfolgreicher Wagenreparatur. Soeben hatte mein Mann ohne Kfz-Mechaniker zu sein, sein Meisterstück im Kfz-Handwerk vollendet. Die Tür passt wieder und schließt auch einwandfrei, und sogar den nur noch leichten Knick im Kotflügel könnte man mit etwas gutem Willen übersehen.

Als sich die heftigen Winde am Nachmittag noch immer nicht gelegt haben, unser mobiles Zuhause immer noch bedrohlich schwankt und sogar der Dampfer aus Toulon seine Runden eingestellt hat, nehmen wir Abschied, fest entschlossen, so weit zu fahren, bis wir sturmfreie Gegenden erreichen würden. In Bandol finden sich sogar einige Todesmutige an den Stränden ein, obwohl die Strandwacht, »Poste de secours«, die rote Sicherheitsfahne, hisste. Hier scheint der Sturm besonders stark gewütet zu haben. Wir sehen Strandliegen und Sonnenschirme verstreut am Strand liegen, die starke Brandung hatte Boote von ihren Ankerplätzen losgerissen und brach Mast und Takelage eines Segelbootes entzwei.

Erst bei La Ciotat kommen wir in eine windärmere Zone und zu einem herrlich gepflegten Kiesstrand. Ich mag Kiesstrände sehr, sie lassen mich verschiedene Arten von Steinformationen erkennen, und einige sammle ich, um kleine Sprüche daraufzuschreiben. Zuerst wundern wir uns ob der wenig Badefreudigen, um bald des Rätsels Lösung zu finden. Besagter Strand liegt in einer Bucht vor der kleinen Ortschaft La Ciotat, einige Hundert Meter weiter schließen sich Werften an mit riesigen alten, in Docks liegenden verrottenden, rostigen Tankern. Das Meer muss folglich an dieser Stelle recht tief sein und dadurch bedingt auch temperaturmäßig unter den Wärmeeinheiten anderer Badestrände.

Der Strand, ein etwa 200 Meter langer und 15 bis 20 Meter breiter Streifen, an der sehr belebten Durchgangsstraße gelegen, bietet sich nicht wirklich zum Verweilen an. Empfehlenswert ist aber die von der Gemeinde betriebene kleine Anlage mit Imbiss, Duschen und Toiletten, die jeden Morgen gesäubert und abends pünktlich geschlossen wird. Ständig frequentiert wird der Strand von zum Teil recht penetranten fliegenden Händlern, die behängt sind mit allerlei »Méli-Mélo«, mit Krimskrams.

Die Promenade von La Ciotat ist ungefähr einen Kilometer lang und führt in die sehr belebte Innenstadt mit wirklich interessanten Läden. Zu unserer Freude entdecken wir einen kleinen Delikatessenladen mit fertig zubereiteten Salaten und Sandwiches, belegt mit Gemüse, Fisch oder Fleisch, unbedingt konkurrenzfähig zu einigen sehr bekannten Delikatessenläden in Deutschland. Das Angebot ist äußerst vielfältig und übertrifft alle Erwartungen unsererseits. Ja, was hatten wir denn erwartet? Ich habe keine Ahnung, aber offensichtlich waren wir bisher an solchen Läden vorbeigefahren. In den folgenden Tagen erstehen wir mehrere Portionen der appetitlichen, leckeren Sachen und verspeisen sie mit frischem Baguette und einem guten Rotwein der Region. Die Baguettes gibt es gleich nebenan in der besten Boulangerie bisher. Frische Backwaren von süß bis salzig, kleine und große Brote, Brötchen, Sandwiches und recht einfallsreich bunt dekorierte Torten werden angeboten, wie man sich das im Schlaraffenland vorstellt.

Weiter führt unser Weg an der Küste entlang nach Fréjus. Wir parken den Wagen am Hafen in unmittelbarer Nähe anderer Autos, lassen den Hund im kühlen Wagen zurück und schlendern in die Stadt. Und wieder einmal scheint der lautstarke und entschlossene Einsatz unseres Zwergschnauzers uns davor bewahrt zu haben, Opfer eines Einbruchs zu werden. Denn an den benachbarten Fahrzeugen sind die Dreiecksfenster oder Seitenscheiben eingeschlagen und die Fahrzeuge ausgeraubt worden, während wir ungeschoren davonkamen. Auf dem Parkplatz des Château de Salses hatten wir ein ähnliches Erlebnis. Man glaubt es kaum, aber dieser kleine Hund kann so bösartig die Zähne blecken und aus dem tiefsten Inneren knurren, dass einem angst und bange wird. Und tatsächlich hacken diese kleinen, spitzen Zähnchen sehr tiefe Löcher ins Fleisch, was unvorsichtige Opfer bestätigen können.

Von Fréjus aus geht es über das Massif de l'Esterel und dann am Meer entlang nach Cannes und Antibes nach Nizza. »Les Trois Corniches«, drei Panoramarouten verbinden Nizza und Menton miteinander. Im Lexikon finde ich folgende Erklärung: Corniche ist eine kurvenreiche Küstenstraße an einem felsigen Steilhang. Die »Petite Corniche«, die kleine oder untere, immer staugefährdete Küstenstraße fädelt alle an ihr liegenden Orte auf. Bereits in schwindelerregender Höhe über dem Meer schlängelt sich die »Moyenne Corniche«, die mittlere.

Ist schon die mittlere Corniche nichts für ängstliche Gemüter, so ist die »Grande Corniche«, große oder obere Corniche, der Höhepunkt des Ganzen. Schon Napoleon ließ die »Grande Corniche« als befahrbare Trasse ausbauen, und ihr Verlauf entspricht der Via Julia Augusta, einer römischen Heerstraße.

Ich weiß heute noch nicht, was meinen lieben Mann dazu bewogen hat, die »Grande Corniche« zu befahren, und wem er etwas beweisen wollte. Sein Sitzplatz befindet sich zur Straßeninnenseite, ich aber sitze nahe am Abgrund und blicke hinunter in denselben. Die Straße ist schmal, das Wohnmobil breit und der nahe Abgrund tief. Ich fühle mich nicht in der Lage, die herrlichen Ausblicke über das Meer genießen zu können. Gelegentlich fällt mein Blick auf winzige, wie Spielzeuge wirkende Segelboote auf dem Meer, und ohne meine Angst wäre mir wohler.

Ohne Zwischenfälle erreichen wir das kleine Fürstentum Monaco, parken am Stadion und nehmen den Fußweg zur Stadt, um den Wachwechsel am Palast zu beobachten. Anschließend nutzen wir ausgiebig die Gelegenheit, das ozeanografische Museum zu erkunden. Der nächste sehenswerte Ort ist das malerische Menton, wo alljährlich ein großes Zitronenfest stattfindet.

Kurz hinter der italienischen Grenze machen wir einen Abstecher nach Ventimiglia, bevor hier unsere eigentliche Rückfahrt beginnt. Zurück geht es über die Grande Corniche, diesmal ohne Angstzustände, denn ich sitze dieses Mal auf der dem Land zugewandten Seite, allerdings auch ohne den direkten herrlichen Ausblick. Im nahen Hinterland der Côte d'Azur holen wir uns in Grasse, der Hauptstadt der Parfumkreateure, eine große Nase voll der teuren Gerüche mit nach Hause.

Ab Mougins nehmen wir nach langer Zeit wieder einmal die Autobahn unter die Räder, um über Aix en Provence bis Cavaillon, der Hauptstadt der Melonen, zu gelangen. An endlosen Melonenfeldern entlang und durch wunderschöne Alleen erreichen wir L'Isle sûr la Sorgue, das größtenteils auf einer Insel im Fluss Sorgue gelegen ist und aus diesem Grunde als kleines Venedig bezeichnet wird. An jedem Wochenende finden hier Antikmärkte statt, die an Größe nur noch von denen in Paris übertroffen werden. Gern hätte ich mir die Antiquitäten angesehen und eigentlich doch wieder nicht, denn kaufen wäre aus Platzmangel unmöglich gewesen. Leider oder auch zum Glück, von welcher Seite auch immer man es sehen mag, regnet es derart stark, dass wir den Besuch der Stadt auf unbestimmte Zeit vertagen müssen.

Bis heute ist uns dies noch nicht gelungen, jedoch Wünsche zu haben, ist etwas ganz Spezielles. Allein die Freude, dass Wünsche einmal in Erfüllung gehen könnten, macht einen glücklich. Ist der Wunsch in Erfüllung gegangen, so ist die Freude auf die Erfüllung verloren, oder sehe ich da etwas verquer?

Nach einer regenreichen Übernachtung in Carpentras fahren wir am nächsten Morgen bei strahlendem Sonnenschein über Baume de Venise, vorbei an Richerenches, dem Hauptumschlagplatz für Trüffel in den Wintermonaten, weiter nach Vaison la Romaine und Montelimar, wo ich die besten Croissants, die ich je gegessen habe, und den berühmten Nugat de Montelimar bekomme.

Schon seit Tagen geht es mir nicht gut, es geht mir sehr schlecht, trifft den Befund genauer! Ich habe wahnsinnige Schmerzen in der rechten Schulter, offensichtlich durch einen Luftzug verursacht. Sowohl meine Beteiligung an Besichtigungen als auch mein Urteilsvermögen halten sich stark in Grenzen, kurzum, ich bin unleidlich. Über Landstraßen geht unsere Fahrt weiter nach Crest und Valence über Romans sur Isère in Richtung Grenoble. Von dort gelangt man zum Kloster »Grand Chartreuse«, wo die berühmten hochprozentigen Kräuterliköre »Chartreuse vert« und »Chartreuse jaune« nach althergebrachten Methoden destilliert werden. Mein Mann verzichtet auf die Besichtigung des Klosters und den Kauf der Liköre, denn mit dem Gedanken an meine Schmerzen ist ihm jeglicher Spaß vergangen.

Da die Autobahn nach Genf noch nicht vollständig fertiggestellt ist, gelangen wir nach zahlreichen Umleitungen und Baustellen nach Aix les Bains, einem bekannten Badeort. Hier führt unser erster Weg zum »Centre Hospitalier«, dem örtlichen Krankenhaus. Nachdem wir der diensthabenden Ärztin Herkunft und Verlauf meiner Schmerzen beschrieben haben, verschreibt diese Schmerztabletten, die wir sofort in der nahen Apotheke besorgen. Von da ab ist mein Erinnerungsvermögen derart getrübt, dass ich nicht mehr sagen kann, wie viele Tabletten mir verordnet worden waren. Den Verlauf der folgenden Tage kann ich jetzt auch nur nach den Erzählungen meines Mannes und von Sabine beschreiben. Jedenfalls erweisen sich die Tabletten als derart stark, dass ich fortan kaum mehr ansprechbar bin. Ich weiß noch, dass ich mich in irgendeiner Stadt an einem großen Brunnen zum Schlafen niederlegen wollte und meine beiden mich sofort hochzogen. In meinen klaren Momenten weiß ich, dass ich dabei bin, unseren Urlaub zu verderben. Am nächsten Abend übernachten wir auf einem Campingplatz in Villeneuve bei Evian auf der französischen Seite des Genfer Sees. In meiner Erinnerung sehe ich mich meine Schulter der Sonne entgegenstrekken, in der irrigen Hoffnung, ihre Wärme könnte mir helfen. Die

Schmerzen sind nach wie vor vorhanden, in meiner Benommenheit jedoch nehme ich sie nur unbewusst wahr. Am nächsten Morgen wollen mir meine beiden Lieben eine Freude bereiten, mit einem Frühstück in einem Café in Montreux auf der Schweizer Seite des Genfer Sees. Da ich auch davon keine gesteigerte Notiz zu nehmen scheine und keinen Appetit habe, haben sie auch keine rechte Freude mehr daran.

So erklärt mein Mann kurz entschlossen unsere Tour für beendet und fährt von hier in einem Rutsch nach Hause zurück. An die Heimfahrt kann ich mich überhaupt nicht erinnern, ich habe alles verschlafen.

In unserem Heimatort liefert mich mein Mann sofort in der Notaufnahme der Johanniter ab, wo der behandelnde Arzt mein Problem sofort erkennt und mir einige Spritzen in die Schulter verpasst. Schier entsetzt ist der Arzt ob des mir verschriebenen total ungeeigneten Schmerzmittels, welches reines Morphium enthielt. Langsam setzt die Wirkung der Spritzen ein, und ich begreife das volle Ausmaß der ganzen Geschichte. Entsetzlich leid tut es mir, den beiden den Resturlaub verdorben zu haben, und ich habe ab sofort für solche Fälle die geeigneten Medikamente dabei.

Ab 1980 im eigenen Wohnmobil unterwegs

»Try one, before you buy one!"
Man bietet uns Probemiete für eine Woche an, und sollten wir den späteren Kauf in Erwägung ziehen, so sei uns der Mietpreis erlassen. Hört sich alles vernünftig an, und so entscheiden wir uns spontan für ein gebrauchtes Modell Typ Autohome auf Ford Transit F-T 100 L-Basis mit rotem Fahrerhaus und beigefarbenem Alkovenaufbau. Ein 2-Liter-Benziner mit 4-Gang-Getriebe und 90 PS, der an guten Tagen mit Rückenwind bis 130 km/h schafft. Von der Farbe her gefällt mir der Wagen kein bisschen, er bietet jedoch einen guten Wiedererkennungswert.

Unser Probewochenende verläuft im goldenen Oktober an der malerischen Mosel entlang, wo die Weinbauern an den steilen Hängen die reifen Trauben ernten und ihre Weinernte einfahren. Wir kommen durch herbstlich leuchtende Wälder nach Luxemburg und übernachten in der Nähe des Europäischen Gerichtshofes. Die Tage und Nächte verlaufen ohne Zwischenfälle, und so werden wir in unserer zuvor gefassten Meinung bestätigt, dass wir das richtige Modell ausgewählt haben. Da der geforderte Preis unser Budget nicht übermäßig strapaziert, machen wir den Kauf perfekt.

Das Fahrzeug erweist sich als wendig und gut manövrierbar und passt mit seinen Maßen exakt auf einen normalen Pkw-Parkplatz. Die rückwärtige Eingangstür ermöglicht einen prima Ein- und Ausstieg und mit ihren bis zum Boden reichenden Fensterscheiben ein problemloses Rückwärtsfahren. Da sowohl die Gardinen als auch die Polsterbezüge in ihrer Farb- und Mustergestaltung aus den Siebzigerjahren zu stammen scheinen, lassen wir dies von unserem Raumausstatter renovieren. Ebenso ersetzt er die dünne Schaumstoffmatratze durch eine rückenfreundlichere Federkernmatratze und verlegt einen neuen Teppichboden. Für das eigene Wohlfühlen ist nun auch Rechnung getragen, beruhigt können wir im Wagen auch barfuß laufen. In der Folgezeit stehen immer mal wieder Reparatur- und Verbesserungsarbeiten an, die meinen Mann sehr stark fordern. Durch eine Zeitungsannonce ist auch bald eine Unterstellmöglichkeit in einer Scheune am anderen Ende der Stadt gefunden, da zu Hause der Platz fehlt.

Unsere ganze Liebe, außer Frankreich, gehört der Stadt München mit ihren Menschen und deren freundlichem Wesen, der Atmosphäre, den Isarauen und überhaupt …! Aus all diesen Gründen verbringen wir unsere ersten Osterferien mit dem eigenen Wohnmobil in München. Etwas außerhalb an der Isar parken wir den Wagen unter Schatten spendenden Bäumen, versorgen den Hund mit Wasser und Futter und fahren mit der S-Bahn in die Innenstadt. An manchen Tagen geht es mit dem Wohnmobil nach München hinein. Dieser Tour folgen noch viele Städtetouren in Deutschland, Holland, Dänemark und der Schweiz und immer wieder längere Fahrten nach Südfrankreich.

Vor einiger Zeit hatten wir eine französische Austauschschülerin bei uns aufgenommen, die mit unserer Tochter zusammen zur Schule ging. In diesem Jahr soll nun Sabine die französische Familie besuchen, während Ditmar und ich den Osterurlaub in der Provence verbringen wollen. Der Wetterbericht verspricht kalte Ostertage, und von den Bergen weht ein eisiger Wind, als wir bei der Gastfamilie ankommen. Vor nicht langer Zeit haben Madame und Monsieur ihr neues Haus in der Nähe von Mougins bezogen und drängen uns, in ihrem Gästeappartement zu übernachten. Damit haben wir nun gar nicht gerechnet, holen dann aber total überrumpelt schnell das Nötigste aus dem Wagen, um uns stadtfein zu machen, da in einem nahe gelegenen Restaurant bereits ein Tisch für uns reserviert ist. Jeder der Ehepartner, er Bankdirektor und sie Sekretärin, nennt einen alten, klapprigen Alfa GTV sein Eigen, mit denen wir am Abend in die Stadt fahren. »Es ist besser, nicht durch einen neuen teuren Wagen aufzufallen, hier an der Côte d'Azur«, klärt uns Monsieur auf, »denn diese Wagen werden oft aufgebrochen.«

Von diesem Abend ist mir noch das blutige Steak unserer Austauschschülerin Nadine in Erinnerung und das hellrote Blut auf ihrem Teller, welches sie mit wenigen Baguettestücken auftunkt und genüsslich verspeist. Auf den herrlich mediterran gedeckten Tisch wird eine große Schale mit in heißem Fett frittierten Fischchen aufgetragen, die man aufgrund ihrer Winzigkeit komplett mit Kopf und Schwanz und allen Innereien verzehren muss. Soll eine Delikatesse sein. Nach einer großen Schlemmerei und vielen alkoholischen Getränken fahren wir nach Hause. Während das Wohnmobil gesichert im Innenhof wartet, schlafen wir traumlos im Gästeappartement mit eigenem Badezimmer.

Am nächsten Morgen, Madame und Monsieur sind schon zur Arbeit gefahren, sieht unsere Planung eine Fahrt ans Meer vor. Tja, so sah die Planung noch am Abend zuvor aus, jedoch die abendliche Hektik hatte uns das Abschalten des Kühlschranks vergessen lassen, der über die Batterie läuft. Na toll, Batterie leer, ausbauen, zur Werkstatt, neue Batterie kaufen, dann einbauen! Auf Nadines Fahrrad transportiert Ditmar die neue Batterie nach Hause. Zum Glück ist es noch früh am Tage, später wäre wegen der Mittagsruhe, auf die kein Franzose verzichtet, die Werkstatt ein bis zwei Stunden geschlossen gewesen. Ditmars Urlaub fängt wie immer mit unerwarteter Arbeit am Wohnmobil an, da dieses zwischen den einzelnen Fahrten lange Zeit stillstehen muss, was einigen Teilen nicht gut bekommt. Immer wieder sind die Kupplung und die Bremsbeläge festgerostet und bedürfen einer langwierigen Reparatur.

Nach dieser Geschichte mit der Batterie genießen wir die Tage an der Côte d'Azur, Sabine hat ihr Französisch aufgefrischt, und wir bringen eine gesunde Bräune mit nach Hause. Gesundheitsbewusste werden jetzt sicherlich monieren, Bräune könne niemals gesund sein. Dem entgegne ich, es kommt ganz einfach auf die Dosierung an. Genieße ich die Sonne in Maßen und übertreibe nicht, dann fühle ich mich wohl.

Unsere liebe Nadine hatte bei uns begeistert das dunkle Bauernbrot verspeist und wollte auch ihre Eltern an diesem Genuss teilhaben lassen. Also besorgten wir frisches, duftendes Bauernbrot, verpackten es in Folie, und Nadine stieg frohgemut ins Flugzeug nach Frankreich. Als wir nun bei ihnen frühstücken, finde ich ein Großteil eben dieses Brotes gewellt und hart wie Stein neben allerlei Baguettestücken im Brotschrank liegen. Franzosen wissen offensichtlich mit dieser Art von Brot wenig bis gar nichts anzufangen.

Als Tourist in Frankreich und was man als Mieter erlebt

Im Laufe unserer zehnjährigen Wohnmobilzeit fanden viele Fahrten nach Südfrankreich statt. In der Zwischenzeit hatte der Wagen viel stille Zeit in der Scheune oder bei Freunden auf dem Bauernhof verbracht. Die kleine Tochter von einst hatte mittlerweile die Schule beendet und befand sich im Arbeitsleben, und der kleine Schnauzer war verstorben und im Hundehimmel. Es fand sich ein Käufer, und schweren Herzens wurde das Wohnmobil in gute Hände abgegeben.

Den ersten Urlaub ohne Wohnmobil und mit dem Pkw buchen wir nicht, sondern fahren einfach drauflos, Ditmar und ich. Wir kommen gut voran, und irgendwo in der Nähe von Bandol ergattern wir noch ein Zimmer in einem Haus, welches sich Hotel nennt. Alle anderen sind »complet«. Man drückt uns einen Stapel Bettwäsche sowie den Zimmerschlüssel in die Hand, und alles Weitere sollen wir selbst erkunden. Während sich das Restaurant ebenerdig befindet, reihen sich im oberen Stock einige Zimmer und auf dem Flur mehrere Duschen und Toiletten aneinander. Auf Letzteren wähne ich mich in einem amerikanischen Westernsaloon, denn im unteren Bereich sind meine Füße und die Waden von außen sichtbar. Man kann auch sagen, dass ich mich wie in einer Umkleidekabine fühle, nach oben hin ist alles offen, und die Geräusche dringen auf den Flur. Es ist so recht zum Fortlaufen! Der Mensch in seiner Not sieht sich manchmal gezwungen, auch auf die rustikaleren Unterkünfte zurückzugreifen, denn die vollständige Belegung dieses Hotels lässt nur so diesen Schluss zu. Uns reicht der gewonnene Einblick in die niedere Hotelbranche, wir bleiben nur die eine Nacht und verzichten am Morgen auf das uns noch zustehende Frühstück.

Im nächsten Jahr buchen wir übers Reisebüro ein kleines Ferienhaus in Argelès sur Mer in einer ruhig gelegenen Anlage. Da uns die Größe der Wohnfläche wichtig ist, buchen wir eine Immobilie von 50 Quadratmetern und finden ein Haus mit vielen kleinen und kleinsten Räumchen vor. Später finden wir heraus, dass die Ferienimmobilien auf französischen Familienstandard ausgerichtet sind, was heißt, dass die Franzosen mit vielen Familienmitgliedern oder mit Freunden in Urlaub fahren und ein kleines preisgünstiges Haus mit möglichst vielen Schlafmöglichkeiten suchen. Alles andere scheint Nebensache zu sein.

Und so stehe ich denn staunend vor einem spartanisch kleinen Waschtisch, eigentlich ist es nur ein Waschbecken, den eine Funzel von Glühbirne mit mäßigem Erfolg auszuleuchten versucht. Daneben befindet sich der enge Einstieg in eine lichtfreie, kahle Dusche. Neben dieser Nasszelle, einem Wohnraum und einem Kocheckchen liegt ein Schlafzimmerchen, ausgestattet mit einem französischen Bett, zu dem ich nur auf akrobatische Weise gelangen kann. Den Körper seitwärts gedreht, den Rücken zum Fußende des Bettes, während das Gesicht heftigen Kontakt zum – vom Besitzer gefüllten – Einbauschrank hat, so bewege ich mich in Trippelschritten zu meiner Seite des Bettes. Ein fülliger Mensch hätte mit erheblichen Problemen zu rechnen gehabt, ebenso auf dem Weg die wirklich steile Treppe hinauf zur offenen Empore mit den beiden Stapelbetten, die man bei Bedarf nebeneinanderlegen kann. Im daran anschließenden Räumchen unter der Dachschräge noch ein französisches Bett von einem Meter zwanzig Breite und wie hier üblich einem Meter neunzig Länge. Ja, viele Franzosen sind von recht kleiner Statur, heutzutage jedoch findet man auch Betten von zwei Metern Länge in den Angeboten. Nach Wunsch hätten wir fast jeden Abend in einem anderen Bett übernachten können. Die beiden oberen Räumlichkeiten sind nur geduckt begehbar, und die winzigen Dachluken lassen ein spärliches Licht und noch weniger frische Luft herein. Offensichtlich sind wir die ersten Gäste für dieses Haus in dieser Saison, denn überall tummeln sich Kleinstlebewesen an Böden und Wänden. Bei unserer Ankunft verteilt ein junges englisches Pärchen an der Rezeption Bettwäsche in reichlicher Anzahl, und ich beginne, die Betten zu beziehen und das Haus von den Tierchen zu befreien. Währenddessen holt Ditmar unser Gepäck vom Wagen auf dem Parkplatz. Das heißt, man kann das Auto nicht bis ans Haus fahren, sondern muss es auf dem gemeinschaftlichen Parkplatz im Innenbereich der durch einen starken, hohen Zaun gesicherten Anlage abstellen.

===============

Durch unsere Fahrten mit dem Wohnmobil haben wir immer wieder Argelès und Argelès s. M. und Umgebung als Fixpunkt in unser Programm aufgenommen. So auch in dem Jahr, als Sabine und ihr Freund mitkommen. Über ein Reisebüro finden wir genau die von uns gewünschte Konstellation der Räumlichkeiten. Ein Appartement mit zwei Schlafzimmern und zwei Bädern in einem Wohnblock im neuen Hafen von Argelès s. M. erscheint uns ideal. Die Tür zum Eingangsbereich öffnet sich zu einem großen, rechteckigen Wohnraum mit kleiner Küche und ebensolcher Essecke. Und während sich die riesigen Glastüren auf einen schmalen, langen Balkon öffnen, hat man einen herrlichen Ausblick auf den neuen Hafen mit seinen vor Anker liegenden Booten und Jachten. Ich rekele mich in den weichen Kissen der breiten Couch und genieße die freie Sicht auf die in der Ferne hoch aufragenden Pyrenäen, deren oberste von Schnee bedeckten Spitzen strahlend weiß leuchten. Rechter und linker Hand vom Wohnraum aus gibt es jeweils ein recht großes Schlafzimmer mit je einem geräumigen Badezimmer, das eine mit einer Dusche, das andere mit einer Badewanne ausgestattet. Alle vier sind begeistert! Zu später Stunde begeben wir uns zu Bett und freuen uns auf ein wenig Schlaf in den recht guten Betten. Meine vergeblichen Einschlafversuche werden jedoch begleitet vom »Kling-kling« der Bootstakelagen, die im heftigen Wind tanzen, und den Gesängen und Rufen fröhlicher Menschen in den Restaurants und Bars unter unseren Schlafzimmerfenstern. Es hat schon was, die Nacht zum Tage zu machen, oder umgekehrt. Trotzdem wird es ein gelungener Urlaub, Ohropax macht‘s möglich!

Schon seit Tagen sprechen die Menschen von nichts anderem mehr als dem Lkw-Fahrer-Streik, und da unsere Heimreise ansteht und auch die Nachrichten nichts Gutes verheißen, so verkürzen wir unseren Aufenthalt und fahren schon am Freitag in der Frühe los. Als wir im Autoradio hören, dass die A7 bereits ab Bollène gesperrt sei, fahren wir in Pont St. Esprit von der Autobahn ab und tanken in dem kleinen Ort St. Marcel de Ardèche nochmals randvoll bleifrei, »sans plomb«, nach, was sich im Nachhinein als Glücksfall erweist, denn wenig später sind die Tankstellen dem Ansturm nicht mehr gewachsen. Viele Tankstellen werden von Lkw-Fahrern oder deren Sympathisanten blockiert, und wo es kein bleifreies Benzin mehr gibt, tanken die verzweifelten Autofahrer eben bleihaltiges und ruinieren damit ihre teuren Katalysatoren. Das bleifreie Benzin ist zu dieser Zeit an den kleineren Tankstellen noch nicht überall erhältlich. Bei unserer Weiterfahrt über Nebenstraßen können wir in den Dörfern teilweise dramatische Szenen an den wenigen offenen Tankstellen beobachten, verzweifelte und aufgebrachte Männer und Frauen prügeln sich ums Benzin. Weit kommen wir auf diesen Wegen auch nicht mehr, denn abseits der Autobahnen beginnt man an den Kreiseln mit der Blockade durch quer gestellte Traktoren und Anhänger. Auch die Bauern haben sich dem Streik angeschlossen.

So stelle ich mir den Krieg vor, ich will fliehen aus dem besetzten Land und werde daran gehindert! Nie mehr in meinem Leben habe ich den Bezug zum Krieg derart vehement herstellen können. Ich will nur weg, nur raus aus diesem Land, das mich in meiner Freiheit behindert! Wir sind ja mit zwei Autos unterwegs, Sabines Freund, ein junger dynamischer BMW-Fahrer, ist der Meinung, der »alte Mann« vor ihm sei viel zu ängstlich, da wir die Autobahn verlassen wollen, und bleibt auf der Autobahn. Später erfahren wir, dass sie kurz vor Bollène viele Stunden auf der Autobahn im Stau stehen und dann doch auf die Landstraßen ausweichen müssen, wo sie notgedrungen irgendwo mithilfe eines Trichters verbleites Normalbenzin tanken, was der Katalysator sehr übel nahm.

Uns gelingt es, dank aktueller Michelin-Straßenkarten, auf Nebenwegen westlich der Rhône und der A7 über Bourg St. Andeol und Viviers zu kommen, kreuzen dann bei Le Pouzin auf die östliche Seite nach Loriol s. Drôme, um immerhin bis Port les Valences südlich von Lyon zu gelangen. Dort geht dann für einige endlose Stunden gar nichts mehr, und hier kommt es zu massiven Handgreiflichkeiten zwischen Pkw-und Lkw-Fahrern, Blut fließt und Barrikaden und Autoreifen brennen. Einige Pkw-Fahrer versuchen in ihrer Verzweiflung, querfeldein über Äcker und Wiesen dem Chaos zu entfliehen, und fahren sich prompt im weichen Boden fest. Plötzlich kommt etwas Bewegung auf, und es bildet sich ein kleiner Konvoi, der sich, angeführt von einem einheimischen Autofahrer, einen Weg über schmale Feld- und Wirtschaftswege bahnt. Uns gelingt es, diesem zu folgen in Richtung Osten über Chabeuil zu den Baustellen der neuen Autobahn A49 bei Bourg de Péage, die sich noch in der Fertigstellung befindet. Dort sind auf Teilstücken die Absperrungen von Autofahrern beiseitegeräumt worden, und wir kommen mit der gebotenen Vorsicht bis Marcellin relativ zügig voran.

Ab hier kann man auch wieder von geregelten Verhältnissen reden, und so kommen wir über Grenoble nach Genf, wo wir uns zu später Stunde ein Nachtlager suchen müssen. Dieses finden wir schließlich nach vielen vergeblichen Versuchen, alles scheint von aus Frankreich geflohenen Autofahrern belegt zu sein, in Morges im Hotel »Fleur du Lac«, wo wir am nächsten Morgen feststellen, dass dies der reinste

Glücksgriff ist. Herrlich am See gelegen, gefällt es uns so gut, dass wir dieses Hotel in den folgenden Jahren noch häufiger aufsuchen, allein schon das reichhaltige Frühstücksbuffet und die exzellente Küche rechtfertigen dies. In der Schweiz angekommen, hat man das Gefühl, nach der Flucht aus einem besetzten Land, in dem Anarchie herrscht, in einem freien, demokratischen Land gelandet zu sein. Trotzdem dauert es Tage, bis sich bei mir die Beklemmung unserer Flucht löst. Sabine und ihr Freund erreichen erst am nächsten Morgen völlig übermüdet ebenfalls die Schweiz und schlafen sich im Auto auf einem Parkplatz am Genfer Flughafen erst einmal aus.

In den Tagen danach, so erfährt man in den Nachrichten, spitzt sich die Lage so dramatisch zu, dass schließlich das Militär eingesetzt wird und mit Panzern die Lkw-Blockaden auflöst. Nach zähen Verhandlungen und weiteren Streikandrohungen erreichen die Lkw-Fahrer weitgehend ihre Ziele, dabei ging es um Arbeits- und Lenkzeiten, Rentenalter und selbstverständlich um die Erhöhung der Gehälter.

Die Franzosen sind ein Volk, das gerne und spontan in einen Streik tritt. Meistens geschieht dies zu einem Zeitpunkt, an dem die größtmögliche Wirkung zu erwarten ist. Also oft zur Urlaubszeit, wenn mit erhöhtem Verkehrsaufkommen zu rechnen ist, werden Autobahnen blockiert und wichtige Verkehrsknotenpunkte mit Barrikaden aus brennenden Paletten lahmgelegt. Ebenso werden Bahnhöfe, Flughäfen, Großmärkte und Tanklager blockiert. Dies geschieht manchmal unabhängig davon, welche Berufsgruppe gerade die den Streik auslösende ist. Winzer, Lkw-Fahrer, Piloten, Eisenbahner etc., alle unterstützen sich gegenseitig, eine Welle der Solidarisierung, wie man es von keinem anderen Land der Erde kennt.

Auf einer unserer Wohnmobilfahrten erlebten wir, wie die Weinbauern im Languedoc auf der Autobahn mit Traktoren den Verkehr anhielten und an einer Brücke ein Transparent aufhängten. Diesem Stopp folgten noch mehrere, an jeder Brücke das gleiche Spiel, und als die Transparente zu Ende waren, wurden die Parolen mit Pinsel und Farbe an die nächsten Brücken gemalt und Wein auf die Fahrbahn gekippt. Diese Aktion dauerte ungefähr zwei Stunden und wurde begleitet und abgesichert von einer Polizeieskorte.

Im Sommer 2008 erleben wir im Süden eine viel sympathischere Art des Protestes. Winzer und Fischer besetzen gemeinsam an einigen Tagen aus Protest gegen die hohen Treibstoffpreise diverse »Gare de Péage«, Zahlstellen, und veranstalten »Passage gratuit«, freie Fahrt. Die Schranken an den Zahlstellen werden geöffnet, und die Autofahrer dürfen unentgeltlich passieren. Die Angestellten der Autobahngesellschaft müssen wohl oder übel bei diesen zeitlich begrenzten Aktionen mitspielen, zur großen Freude der begünstigten Autofahrer.

===============

Das letzte gemietete Ferienhaus, bevor wir uns für ein eigenes entscheiden, ist ebenfalls in einer ruhigen Anlage, diesmal in Cap d'Agde gelegen.

Ich kann es heute nicht mehr so recht nachvollziehen, welcher Teufel uns geritten hat, ausgerechnet am 14. Juli, »dem« französischen Feiertag schlechthin, ihrem Nationalfeiertag, unseren Urlaub antreten zu wollen, bestimmt ist Ditmars Firmenplanung schuld daran. Jedenfalls ist halb, ach was sage ich, nein, ganz Frankreich ist auf den Beinen. Wir befinden uns mittendrin im Feiertags- und Touristenstrom auf der Autobahn Richtung Süden. Ab Autobahnabfahrt bis Cap d'Agde ein Stau, mehr *stop* als *go*, zudem gießt es in Strömen, und wir würden nicht pünktlich an der Schlüsselübergabestelle sein. Mein Anruf bei dieser Stelle versetzt dort niemanden in Panik, man versichert mir, Verspätungen seien an diesem Tag eingeplant. Ditmar fährt schon den ganzen Tag, mehr als zehn Stunden, und ich leide unter Migräneattacken. Während des Staus werfe ich mir eine Tablette ein, die die aufsteigende Übelkeit und das Dröhnen im Schädel nicht zu lindern vermag.

Bei Ankunft an der Rezeption hänge ich noch immer in den Seilen, während der Himmel nicht aufhört, sich auszuschütten. Ditmar erledigt die Formalitäten, sucht die weitläufige Anlage nach unserer Bleibe ab, fährt den Wagen auf den Terrassenvorplatz, und während ich mich auf das erstbeste Bett werfe, muss der arme Mensch auch noch alle Gepäckstücke durch den Regen an vor Nässe triefenden tief hängenden Oleanderzweigen vorbei ins Haus schleppen. Es wird eine Zeit kommen, wo all diese Aufgaben mir zufallen werden. Ein gerechter Ausgleich?

Die ganze Nacht hindurch hält der Himmel seine Schleusen geöffnet, es ist heiß und feucht und moderig und unmöglich, ein Fenster zu öffnen. Und nachdem ich mich im Badezimmer über der Toilette übergeben habe, jammere ich ob des unschönen Urlaubsanfangs. Das Häuschen ist klein, aber sauber, und mit einfachsten 5-DM-Ikea-Klappstühlen ausgestattet, eben alles sehr einfach und minimalistisch. Unser Schlafzimmerfenster liegt zur Seite des Nachbarhauses hin, dem eine Sommerküche angebaut ist, in welcher die Hausherrin des Nachts bis um 3 Uhr morgens mit Töpfen und Pfannen klappert. Die winzigen Dachluken auf der Mezzanine versuchen vergebens etwas Sauerstoff zu uns hereinzulassen, während selbst nächtens Reklamefahrzeuge mit plärrenden Lautsprecherdurchsagen und fideler Musikunterlegung auf der Hauptstraße entlangtuckern, um alle Welt lautstark auf irgendwelche idiotischen Spektakel aufmerksam zu machen.

Der gewaltige Oleanderstrauch auf der Terrasse schreit geradezu nach einer Beschneidung. Die Aufstellung eines Liegestuhls ist zwar möglich, jedoch mir hängt das Geäst im Gesicht. Da es uns kaum vergönnt ist, irgendwo in Ruhe abzuhängen, unternehmen wir viele schöne und weite Wanderungen in die Umgebung, sodass wir abends todmüde ins Bett fallen und uns die Straßengeräusche nur noch von Ferne tangieren.

Kauf eines Ferienhauses in Südfrankreich

Es ist eines dieser kalten Winterwochenenden im Januar. Weihnachten und Silvester sind noch stark in Erinnerung, eine gewisse Lethargie hat sich unser bemächtigt, und doch sieht man im Geiste ein sich langsam aufhellendes Licht am Ende des Tunnels. Will sagen, Frühlingserwachen, etwas vorzeitig, aber doch irgendwie spürbar. Ein Spaziergang in der klaren, kalten Luft scheint uns angebracht, soll bekanntermaßen gesund sein für das allgemeine Wohlbefinden und die Knochen im Besonderen. Ditmar kann noch mit mir Schritt halten, das heißt, wir beide laufen spazieren, sodass wir ins Schwitzen geraten, eine Spezialität unserer Familie. Das macht den Kopf so richtig frei!

In der Bahnhofsbuchhandlung empfangen uns die Titelbilder der Immobilienzeitschriften, sie springen uns regelrecht an und rufen uns zu: Nimm mich mit, nimm mich mit! Und wir, wir sind aufnahmebereit. Winter ade, Sommer, Sonne und Süden bonjour!

Eine Sonderausgabe der Zeitschrift Bellevue wirbt mit Ferienhäusern in Südfrankreich. Darin bietet ein deutscher Immobilienmakler aus München Gebäude der verschiedensten Preislagen, neu sowie aus zweiter Hand, in der Nähe von Agde und Narbonne an. Da uns das Languedoc-Roussillon von unzähligen Fahrten mit dem Wohnmobil bekannt ist, setzt sich bei uns so ein kleines Teufelchen fest und lässt uns nicht mehr los. Immer wieder geht uns der kleine Kerl durch die Gedanken und fragt uns: Was wäre, wenn ihr euch dazu entschließen könntet? Nach wochenlangen Überlegungen wird schließlich eine telefonische Vereinbarung mit dem Makler getroffen, uns während der Osterferien an der Autobahnabfahrt Narbonne-Est zu treffen.

Von nun an begleiten uns starke Ängste und Zweifel. Ist unsere

Entscheidung zu schnell vonstattengegangen, haben wir nicht sorgfältig genug überlegt? Was sollen all diese Fragen? Nichts ist bis jetzt entschieden, keine Unterschrift ist geleistet, wir besichtigen einfach nur einige Immobilien. Diese Zeit des Zweifelns sei völlig normal, beruhigen uns Freunde kurz darauf.

Der Wagen mit dem Münchner Kennzeichen ist nicht zu übersehen, und so fahren wir Richtung Narbonne-Plage, über das Hochplateau »La Clape« nach St. Pierre sur Mer und dort einen steilen Hang hinauf. Das niedrig gebaute, reichlich mit Efeu bewachsene, sechs Jahre alte Haus liegt in einer ruhigen Feriensiedlung, was alles zunächst einmal nicht negativ zu bewerten ist. Als interessierter Käufer will man selbstverständlicherweise das Drumherum einer Immobilie begutachten. Sowie ich durch die Tür trete, fegt ein derart starker Wind über die ungeschützte, kahle Terrasse, Mistral oder Tramontane ist mir im Augenblick völlig egal, dass ich direkt in den Wohnraum zurückflüchte. Das Haus steht auf dem höchsten Punkt des Berges, der vor der Terrasse ziemlich steil abfällt. Das heißt, wir stehen an exponierter Stelle auf einem Felsvorsprung oberhalb des Ortes, und die rundum geflieste Terrasse bietet keinen Schutz vor den Winden, denen man hier oben völlig schutzlos ausgesetzt wäre.

Wir denken an den »Mistral«, der kalt und gewaltig von Norden durch das Rhônetal herabbläst. Die trockene Kälte vertreibt jegliche Wolken und bewirkt einen herrlich azurblauen, blank geputzten Himmel und das berühmte klare Licht des Südens, das nicht nur die Maler so sehr begeistert. Der »Tramontane« fühlt sich ebenfalls sehr kühl an, bläst aber mehr aus Nordwesten über das »Massif Central« und die Cevennen und ist von einer Intensität, dass man den »Kopf verlieren« kann – »perdre le tramontane«, wie man hier sagt. Man spricht sogar von milderen Urteilen, wenn eine Tat an diesen Tagen begangen wird! Dann gibt es noch den »Marin«, der aus Südost vom Meer her kommt und unangenehme, feuchtwarme Luft sowie Bewölkung mit sich bringt. Der »Sirocco« bläst im Sommer von Süden trockene, warme, sandbeladene Luft aus Nordafrika und verschmutzt sämtliche Autos und besonders die Fensterscheiben im Haus. Der Sand dringt in alle Ritzen und würde in Deutschland eine hysterische Feinstaubdebatte auslösen, während dies hier als gegeben hingenommen wird. Es gibt auch noch andere Winde, man spricht sogar von dreizehn, die jedoch weniger bedeutsam und teilweise mehr regionaler Erscheinung sind. Aus diesen Gründen fällt diese Immobilie durch unser Raster.

Das nun folgende Objekt, ein Neubau, befindet sich in der Nähe eines Tennisplatzes. Das tägliche »Plopp-Plopp« ist somit vorprogrammiert, fällt folglich ebenfalls bei uns durch. Unsere Vorstellungen eines Hauskaufes sind ganz bestimmter Art, die da sind:

- kein Fluss in der näheren Umgebung, folglich Hochwassergefährdung ausgeschlossen
- keine Tennisplätze oder andere Lärmquellen in der Nähe
- nicht in unmittelbarer Nähe von Wäldern, wegen der Brandgefahr
- Das Meer sollte zu Fuß erreichbar sein, um Autoknackern zu entgehen. Ein großer, unbewachter Parkplatz in Strandnähe ist während der Saison wie ein Supermarkt mit reichlich »Angeboten« für die »Voleurs«, die Diebe und Kleinganoven. Angebote mit ausländischen Autokennzeichen sind dabei besonders gefragt. Jedoch auch hier gilt wie in Deutschland: Regeln beachten und nichts im Wagen liegen lassen. Leichtsinn wird meist sofort bestraft.

Die letzte Immobilie klebt förmlich am Berghang. Von vorn macht das Haus den Eindruck, als sei es in den Berg gebaut, malerisch zwar, keine Frage. Von der Straße her steigt man hoch über einige mit kleinen Blumen umwachsene Eisenbahnschwellen zur pastellblau gestrichenen Haustür. Das Innere gefällt mir zunächst recht gut, geht man jedoch ins Detail, wird es heftig. Die Aussicht aus dem Küchenfenster geht zum nahen Berg hinaus, ich strecke den Arm zum Fenster hinaus und verfehle mit der Hand nur um wenige Zentimeter die direkt dahinter hoch aufsteigende Felswand. Zwischen den Gebäuden und dem rotbraunen Berggestein verläuft eine schmale gemauerte Wasserrinne am Boden, die die bei Regen herabstürzenden Wassermassen aufnehmen und weiterleiten soll. Und wann würde der Regen die Schlammlawine gegen das Haus drücken? Ich bin entsetzt. Und wo bitte soll der im Prospekt angepriesene Meerblick zu finden sein? Diesen gibt es wirklich im oberen Stockwerk auf Zehenspitzen stehend durch ein kleines Toilettenfenster. Tatsächlich erhasche ich ein kleines Eckchen des in weiter Entfernung liegenden Meeres. Ich frage mich: Wer ist so blöd und kauft solch ein Haus?

Unser Makler hat noch ein Objekt im Angebot. Er scheint mir etwas ungehalten, vielleicht weil die bisherigen Immobilien nicht unseren Vorstellungen entsprachen, ich weiß es nicht. Unser Wunsch war gewesen, mit den preiswerteren Objekten zu beginnen, dass diese sich als so unvereinbar mit unseren Wünschen erweisen würden, hatten wir nicht erwartet.

Groß ist unsere Verwunderung, als er meint, Mittag machen zu wollen. Hallo, wer will denn Geld verdienen, oder hat er es nicht mehr nötig? Er ist Deutscher, hat er sich die französische Lebensart schon so sehr zu eigen gemacht? Der Franzose hält seine Mittagszeit ein, komme, was da wolle!

Ditmar hatte einmal einen Autoeinbruch vor einem Supermarkt bei der Polizei in Brumath nahe Strasbourg zu melden. Obwohl er sein Anliegen kurz vortragen konnte, bedeuteten ihm die Polizisten, dass ein Protokoll erst nach der Mittagspause möglich sei. Es handelte sich um einen Firmenwagen, und für die Versicherung war ein polizeiliches Protokoll dringend erforderlich. So musste er zwei Stunden Geduld aufbringen, um dann mit eingeschlagenen Seitenscheiben vorn und hinten auf der Beifahrerseite, mit flatternder Plastikfolie abgeklebt, über die Autobahn fast 200 km weit heimwärts zu zuckeln.

Wir gönnen dem Makler seine Mittagszeit, obwohl unser Zeitplan etwas »pressé« ist, das heißt, wir sind nur über das Wochenende hier. Ich an des Maklers Stelle hätte lieber gehungert, als mir eine fast sichere Provision entgehen zu lassen. Na ja, ich bin aber nicht an dessen Stelle. Netterweise nennt er uns die Adresse einer in der Nähe von Agde befindlichen Anlage und die Telefonnummer des dafür zuständigen Maklers. So müssen wir den Deutschen nicht mehr bemühen und können die Anlage alleine besichtigen. Monsieur Dupont, der französische Makler, empfängt uns in seinem Büro, welches am Eingang der Anlage liegt und sich als erstes Anschauungsobjekt entpuppt. Dieses Haus gehört zum ersten, bereits fertiggestellten Bauabschnitt, liegt nahe an der stark befahrenen Straße und ist niedlich mit blauen, mediterranen Möbeln eingerichtet. Es ist eines dieser südlichen Ferienhäuschen, bei denen man wie in Frankreich üblich durch die Haustür direkt in den »salle de séjour«, in den Wohnraum, tritt, in die angrenzende oder integrierte Küche sieht und von dort durch eine Tür in die Garage gelangt. Das Wetter ist uns wohlgesinnt, da nimmt es allerdings Wunder, dass ein kalter Wind von der Garage unter dieser Tür hindurchpfeift. Sofort ist uns klar, sollten wir ein Haus dieser Bauart erwerben, dann bitte ohne diesen direkten Zugang zur Garage.

Unserem Wunsch gemäß hatte uns der deutsche Makler zuerst die preiswerteren Objekte gezeigt, die Wertsteigerung bekommen wir jetzt deutlich vor Augen geführt. Es ist eine neue Anlage, gehobenen Anspruchs, und die Lage des zu errichtenden Hauses auf dem Grundstück selbst aussuchen zu können, erscheint uns ideal. In der Mitte der Anlage sind würfelförmige Häuser ohne Garage geplant, mit einer Terrasse zum Innenhof mit den Autoabstellplätzen. Die größeren Gebäude besitzen eine seitlich angebaute Garage zum Innenhof der Anlage und eine ebenso große, separate Küche nach der rückwärtigen Seite. Vom Wohnzimmer und der Küche tritt man auf eine die ganze Hausbreite einnehmende Terrasse von etwa vierzig Quadratmetern, mit Sicht auf das kleine, aber feine Weingut Domaine St. Michel.

Mit dem Plan in der Hand stellen wir uns genau auf die freie Stelle des Grundstückes, an der unser fiktiver Traum eventuell entstehen soll. Zwei alte knorrige Korkeichen, die ihre kahlen jetzt noch blattlosen Arme der Sonne entgegenstrecken, begrenzen genau unseren Bauabschnitt auf der dem Weingut zugewandten Seite. Sollten wir je hier bauen, diese beiden würden uns im heißen Sommer Schatten spenden. Und auf dem Bauplan können wir genau erkennen, welche Grundstücke bereits verkauft oder reserviert sind. Zur damaligen Zeit, Mitte bis Ende der Neunzigerjahre herrscht ein starker Bau- und Kaufboom von Ferienhäusern, wie wir an der Küste entlang beobachtet haben. So lassen wir »unser« Grundstück für uns reservieren, unterschreiben einen »Promesse de vente«, einen Vorvertrag, und fahren heim.

Immer wieder einmal hört man haarsträubende Geschichten von Deutschen, die im Ausland von gewieften Verkäufern, ja selbst von den eigenen Landsleuten übers Ohr gehauen wurden. Deshalb halten uns zu Hause vielleicht manche hinter vorgehaltener Hand für nicht ganz richtig im Kopf, eine Immobilie im Ausland kaufen zu wollen. Besonders die Verwandtschaft glaubte, wir seien auf Betrüger hereingefallen. Vielleicht ist dies ihre Art, uns zur Vorsicht zu mahnen, ich glaube jedoch, so etwas wie versteckten Neid und Missgunst zu spüren. Ihre Meinung ist sicherlich, dass die popelige Verwandtschaft einfach kein Glück haben könne und früher oder später auf die Nase fallen müsse. Ich habe da so einen feinfühligen Sinn für die Spitzfindigkeiten im Familien- und Freundeskreis.

Unser Gefühl, mit seriösen Partnern verhandelt zu haben, hat sich mit jedem Schritt der folgenden Bauabschnitte verfestigt und mit der weiteren Abwicklung jedenfalls vollständig bestätigt.

Träume oder – besser gesagt – Wünsche hat wohl jeder Mensch, der eine im Geheimen, der andere teilt sie uns mit, und der dritte verwirklicht sie. Viele aus unserem Bekanntenkreis führen das Prinzip des Timesharings an und denken, dies sei unsere Auslandsimmobilie. Diese Art des eigenen Besitzes im Ausland will ich hier nicht kommentieren, nur so viel, dass dies für uns völlig indiskutabel ist. Bis alle unser Vorhaben begriffen haben, ist unser Haus einzugsbereit. Ach, was soll's!

Zunächst muss unser netter Bausparkassenberater konsultiert werden. Normalerweise geht man die Reihenfolge anders an, würde ich auch heute jedem raten, weil es nervenschonender ist. Bei Herrn Hanke ist offenkundiges Interesse spürbar, nicht nur geschäftsmäßig, sondern freundschaftlich, wir können ihm vertrauen wie schon in früherer Zeit. Unser Bausparvertrag ist zuteilungsreif, so erfahren wir von ihm, das Wohngebäude in Deutschland wird belastet, und der Weg zum Ferienhaus scheint geebnet. Zusätzlich besorgen wir uns einige hilfreiche Schriften mit dem Titel: Worauf Sie bei dem Kauf einer Immobilie im Ausland achten sollten.

Zur notariellen Unterschrift fahren wir an einem der darauffolgenden Wochenenden in das Languedoc-Roussillon, 1 100 km hin und 1 100 km zurück. Die Formalitäten werden bei dem Notaire in Sète erledigt, einem netten Herrn mit guten deutschen Sprachkenntnissen, der die Bauüberwachung durchführen wird und der uns auch bei späteren Angelegenheiten hilfreich sein sollte. Unser Schulfranzösisch erweist sich als für den täglichen Gebrauch geeignet, jedoch nicht für die juristischen Feinheiten des französischen Immobilienrechts. Jeden Bauabschnitt begutachten wir, schießen Fotos von allen Seiten, um danach beruhigt nach Hause zu fahren. Bis jetzt hat uns noch keiner um unser Geld betrogen, wie vereinbart bezahlen wir jeweils erst nach Fertigstellung eines jeden Bauabschnitts und der Bestätigung durch den Notar.

Da wir noch voll im Berufsleben stehen, die Immobilie nicht oft würden nutzen können und selbstverständlich auch um unser angeschlagenes Budget aufzufüllen, stellen wir uns eine Vermietung des Hauses an Feriengäste vor. Diese Möglichkeit ist hier gegeben, denn die meisten Hausbesitzer dieser Anlage wollen außerhalb ihrer eigenen Urlaubszeit vermieten. Eine kleine private Agentur in der Schweiz hat dies bereits für den ersten Bauabschnitt übernommen und wird nun auch unser Haus anbieten. Schlüsselübergabe, Kontrolle und Reinigungsarbeiten wird Danielle, die junge attraktive Tochter des Bauleiters, übernehmen.

Der Kauf des Ferienhauses läuft nun folgendermaßen ab. Mit Monsieur Dupont wird ein »Contrat de Réservation Préliminaire« abgeschlossen, die »Conditions particuliers« ausgehandelt und ein »Dépôt de Garantie« von 5 % des Kaufpreises per Scheck beim Notar hinterlegt. Dieser Scheck verbleibt bis zur Schlüsselübergabe auf dem Notaranderkonto als Sicherheit. Die Erschließung der Anlage erfolgt über den Bauträger »SCI les Bastides«, einem französischen Bankenverbund, sowie einer Schweizer Bank. Die Bauausführung wird überwacht, der jeweilige Stand von einem Sachverständigen beglaubigt und vom Notar bestätigt. Außerdem besteht eine zehnjährige Garantie auf die Qualität der Bauausführung, abgesichert durch eine Versicherung. Die weitere Bezahlung erfolgt dann jeweils nach Baufortschritt und Bestätigung.

1. »Fondation, Elevation«, Fundament, Errichtung der Mauern
2. »Hors d'Eau«, Wasser draußen, das heißt, es kann nicht mehr hineinregnen, das Dach ist drauf
3. »Electricité, Plomberie terminées«, Elektrizität, Wasser und Sanitäranlagen sind montiert
4. »Hors de Vent«, Wind draußen, das heißt, Fenster, Läden und Türen sind eingebaut.
5. »Mur, Clôture, Terrasse, Auvents«, Zaun, Mauer, Terrasse und Vordächer sind fertig
6. »Reçu d'achat vente«, Schlüsselübergabe, Erhalt der Notarakte und Restzahlung beim Notar in Sète

Wir sind jetzt Eigentümer unseres Hauses und Mitglied der »SCI«, der »Société Copropriétaire Immobilière«, der Eigentümergesellschaft, die für die Unterhaltung und Instandhaltung der Anlage, Schwimmbad, Grünanlagen und Reinigung sowie Reparaturen und Verwaltung zuständig ist. Alle anfallenden Kosten werden anteilig auf alle Miteigentümer umgeschlagen und zweimal jährlich mit einem »Appel de fonds«, einer Zahlungsaufforderung angefordert, wobei auflaufende Über- oder Unterzahlungen mit der »Recompte de charges«, der jährlichen Schlussabrechnung, verrechnet werden. Auf der jährlich im April stattfindenden »Assemblée générale« werden angefallene Fragen diskutiert und Maßnahmen beschlossen, der Vorstand gewählt oder bestätigt und der Kassenstand besprochen. Wer nicht selbst teilnehmen kann oder möchte, kann einem Nachbarn eine »Procuration« erteilen und ihn mit der Wahrnehmung seiner Interessen beauftragen. Nach der Versammlung erhält jeder Eigentümer ein »Procès verbal«, ein Protokoll, zugesendet.

Einmal im Jahr ist die »Taxe foncières«, die Grundsteuer, zu entrichten, hierin sind die Gebühren für Müllabfuhr, Gemeinde, Region und Département enthalten. Ebenfalls einmal im Jahr ist die »Taxe d'habitation«, die Wohnsteuer, fällig, mit dieser gemeinsam wird die »Redevance audiovisuel«, die Rundfunk/TV-Gebühr, generell erhoben, es sei denn, man erklärt schriftlich, kein derartiges Gerät zu besitzen. Der Kauf eines solchen Gerätes wird normalerweise vom Händler dem Finanzamt mitgeteilt. Darüber hinaus ist der Wasserverbrauch an die Gemeinde zu zahlen. Eine Versicherung für »Tous risques«, berechnet nach Anzahl der Räume und Wohnfläche, ist ebenfalls notwendig. Nicht zu vergessen ein eventueller Festnetzanschluss der »France Télécom«.

Zum Schluss das Allerwichtigste überhaupt: der Strom von der »EDF«, der »Electricité de France«! Das bedeutet nicht nur Strom. Mit der Bezahlung der ersten »EDF«-Rechnung erwirbt man praktisch alle Rechte eines französischen Bürgers. Dieser Beleg dient als

Ausweis für fast alles. Man muss ihn vorlegen als Adressennachweis, zur Um- oder Abmeldung eines Fahrzeuges, um ein Bankkonto zu eröffnen, eine Versicherung abzuschließen und für alle Behördengänge von der »Mairie« über die Préfecture bis zum »Trésor public«. Ersatzweise werden auch die drei letzten bezahlten Telefonrechnungen der »France Télécom«, dem Festnetz-Telefonanschluss, anerkannt.

Während an unserem Haus heftigst gebaut wird, erstehen wir Betten und Schränke und allerlei notwendige Dinge in Deutschland, denn in Frankreich würden wir nicht die Zeit zum Einkauf finden. Die Vermietung soll baldmöglichst beginnen, der Rubel muss rollen! Unserem Wunsch gemäß soll alles in den Osterferien einzugsbereit sein.

Startklar wie unser Umzugsunternehmen sind auch wir. Mit Tochter und Oma, die alles zum ersten Mal sehen werden, verbringen wir die erste Nacht im Hotel in Balaruc Les Bains. Pünktlich am nächsten Morgen fahren die Möbelpacker auf den damals noch matschigen Hof, denn es hatte die ganze Nacht stark geregnet. Ab jetzt geht alles sehr schnell. Der Makler übergibt Haus und Schlüssel in unsere Obhut, und die Möbelleute schaffen Möbel und Kisten und Kästen ins leere Haus. Ach ja, einen Hund haben wir ja auch noch dabei, den lieben Rolf unserer Tochter, eine mittelgroße gutmütige Promenadenmischung, dessen Matschpfoten das Haus zuerst in Besitz nehmen. Wir lachen alle sehr. Unser Haus ist das erste im zweiten Bauabschnitt der Anlage, welches zu diesem frühen Zeitpunkt fertiggestellt wurde. Da kann man doch nicht klagen, oder? Na ja, bis auf die Außenbereiche ist alles fertig.

Es ist früher März, und da können sich auch in Südfrankreich die Temperaturen in den unteren Bereichen aufhalten. Diese Kälte bekommen wir nun zu spüren, denn sofern wir mehrere Heizkörper plus Kaffeemaschine oder dergleichen einschalten, fliegt die Sicherung heraus. Dann muss jemand auf den Hof zum Hauptverteilerkasten laufen, der uns provisorisch versorgt, und muss jedes Mal aufs Neue die Sicherung hereindrücken. Das Stromnetz ist halt noch in Bearbeitung.

Im oberen Stockwerk befindet sich ein süßes kleines Badezimmer mit Dusche und Toilette. Süß deshalb, weil es mit den herrlichsten spanischen Fliesen gefliest ist, weiß und blau sind die vorherrschenden Farben mit geschmackvollen, kleinen Mustern. Bei der Vergrößerung des Badezimmers nach einigen Jahren waren diese Fliesen vergriffen. Beim Einkauf großer Mengen, wie in diesen Anlagen, sind Sanitäranlagen und Fliesen in Spanien äußerst günstig zu beziehen. Überhaupt nutzen hier viele Südfranzosen die Nähe zu Spanien zu ihren Gunsten aus, beispielsweise beim Autokauf und der Anmeldung von Fahrzeugen.

Ich habe mir so sehr gewünscht, über die Schwelle unseres Hauses getragen zu werden, jedoch in Ermangelung jeglicher romantischen Veranlagung der männlichen Seite geht dieser Augenblick ungenutzt vorüber.

In unserer ersten Nacht folgt auf den starken Regen des vorangegangenen Tages ein so heftiger Sturm, der die losen Fensterläden an den anderen unfertigen Gebäuden dergestalt klappern lässt, dass an erholsamen Schlaf nicht zu denken ist. Am nächsten Tag geht es ans Auspacken der Kisten, wir stellen auf und um, hängen die von unserer letzten Ausstellung übrig gebliebenen Gemälde auf und legen ein »livre d'or«, ein Gästebuch aus, damit sich die späteren Mieter eintragen können, was auch gern genutzt und mit positiven Kommentaren und Sprüchen versehen wurde. In all den Jahren der Vermietung beklagte sich dort nur einer, dass der Weg zum Strand nicht 350 Meter betrage, wie in der schweizerischen Agenturanzeige angegeben, sondern fast 400 Meter. Nun ja, wenn er sonst keine Probleme hatte!

An den langen Wochenenden um Himmelfahrt und Fronleichnam fahren Ditmar und ich gen Süden. Während Ditmar einen neuen Schließzylinder an der Haustür anbringt, dessen Schlüssel nur mit passender Karte und Codenummer zu vervielfältigen sein werden, versuche ich, den steinigen Erdboden rund um die Terrasse für die Bepflanzung von 25 Oleanderbüschen vorzubereiten. Vom Muskelkater geschädigt, kommen wir nach solchen Tagen am Sonntagabend wieder zu Hause an, nicht ohne »huitres«, Austern, und »Picpoul de Pinet«, einen zu den Austern hervorragend passenden Weißwein aus der Region, für Familie und Freunde mitzubringen.

Während der französischen Sommerferien im Juli und August soll nun unsere neu erbaute Immobilie vermietet werden. Es gibt so unermesslich viele Ferienhäuser und Wohnungsangebote, sodass ich mich immer wieder frage, wie die alle zur Zufriedenheit vermietet werden können. Nach der Einführung des Euros ist auch tatsächlich ein leichter Rückgang der Vermietungen zu bemerken, der sich mit der Zeit wieder stabilisiert.

Frankreich sieht uns in den Herbstferien im herrlich warmen Oktober wieder. Wir kommen noch einmal alle fünf, um das Haus für den Winter vorzubereiten. Danielle hat ihre Sache zufriedenstellend ausgeführt, Faxe sind hin und her gegangen, und wir haben sie auch persönlich kennengelernt. Da nun alles zu einem guten Abschluss gebracht ist, laden wir Danielle mit ihrem Vater, dem Bauleiter der Anlage, und unseren Monsieur Dupont, den Immobilienmakler, zu einem Champagnerfrühstück zu uns ein. Monsieur Dupont ist von kleiner Statur, zur Leibesfülle neigend, die besonders in seinen pausbäckigen Gesichtszügen deutlich wird. In kurzen Trippelschritten eilt er meist aufgeregt und wichtig über den noch unvollendeten Innenhof der Anlage. Über alles und jeden weiß er Bescheid, nichts entgeht seinen wachen Blicken, und seine Menschenkenntnis trügt nie. Dass er mit dem Verkauf der Ferienhäuser mehrerer Anlagen gut verdient hat und auch so manches zusätzliche Schnäppchen für sich verbuchen konnte, beweist seine eigene Immobilie auf dem Mont St. Clair, dem Hausberg von Sète, mit weitem Blick über die geschäftige Stadt und das nahe Meer. Windumtost und auf Grundstücken zu immensen Preisen versammeln sich hier die Villen der Gutbetuchten.

Ständig erzählt uns Monsieur Dupont von Dänen, die ein Haus erwerben wollen, und betont den Vornamen der Dänin »Vivi« immer wieder. Als ich daraufhin frech die Frage aufwerfe, ob wir uns auch mit dem Vornamen anreden wollten, da meint er lakonisch, das tue man nur unter guten Freunden. Zack, mein vorlautes Mundwerk bekommt einen Dämpfer, so weit sind wir also noch nicht. Auch als wir uns besser kennen, spreche ich ihn weiterhin mit »Monsieur Dupont« an. So etwas sagt man zu mir nur einmal, und das merke ich mir! Wie wir später erfahren, hat seine gute Freundin Vivi dann doch kein Haus bei ihm gekauft, was der Freundschaft einen erheblichen Knacks versetzte, er sprach nicht mehr von ihr, vielleicht enttäuschte Liebe, die nicht erwidert wurde.

Vor unserer Einladung teile ich dem Makler meinen Wunsch mit, Monsieur David einladen zu wollen, einen ständig dort wohnenden Hausbesitzer vom ersten Bauabschnitt.

Seine Antwort kommt prompt und heftig: »Pas avec moi!« Gut, also nicht mit ihm. Nur warum? Später erklärt er uns, Monsieur David sei ein Besserwisser und Wichtigtuer. Wir hatten diesen Herrn kennengelernt und ihn für recht freundlich und hilfsbereit gehalten. Wie recht der Makler allerdings mit seiner fest gefassten Meinung hatte, sollten wir und alle Hausbesitzer in den nächsten Jahren feststellen. Das genaue Gegenteil ist »Monsieur Pignol«, der Bauleiter und Geschäftspartner von Monsieur Dupont. Von großer, schlanker Figur, so stelle ich mir den typischen, aristokratischen Franzosen vor. Schwarzhaarig, sympathisch, gut aussehend, in seine teure Barbourjacke gekleidet, so schreitet Monsieur Pignol durch die Anlage, hier und da seine Anweisungen erteilend. Aus einer wohlhabenden Familie stammend, gesegnet mit vielen Ländereien, auf denen Wein angebaut wird oder von ihm schwarze Stiere für die

Arenen der Region gezüchtet werden. Eine anspruchsvolle Freizeitbeschäftigung, in der Tat.

Feriengäste wollen nicht braten und backen, sondern grillen und die Mikrowelle benutzen, so wird uns gesagt. Das Letztere ist vorhanden, muss nur noch ein Barbecue herbei. In der Garage wartet schon ein Barbecuegrill aus Beton in Einzelteilen auf seine Zusammensetzung. Ihn hatten wir in Deutschland preisgünstig in einem Baumarkt erstanden. Bei der Einweihung des Grills soll es zünftig zugehen, und so sammeln wir am Strand Holz und Hölzchen en masse. Man kann sich vorstellen, dass der Qualm gewaltig sich in alle Richtungen verteilte. Fleisch, Wurst und Gemüse schmecken köstlich, dazu reichen wir Baguette und vin rouge, blanc ou rosé, den man vom Fass abgefüllt, in bauchigen Glasflaschen direkt vom benachbarten Weingut bekommt, »impeccable«, großartig!

Zufriedenheit und Glück sind kaum zu überbieten. Wie heißt es so schön? Genieße den Augenblick! Das tun wir, das tun wir ausgiebig! Dann aber, drei Wochen vor Weihnachten, erleidet mein Mann einen Schlaganfall mit gravierenden Folgen.

»Big Bang« – und alles wird anders

Montag 9.35 Uhr. Der Gong zur großen Pause ertönt, die Kinder stürmen laut schreiend auf den Schulhof. In diesem Augenblick werde ich in das Sekretariat ans Telefon gerufen. Der Chef meines Mannes teilt mir in knappen Worten mit, mein Mann habe heute Morgen einen Schlaganfall erlitten. Ich glaube, den Boden unter den Füßen zu verlieren.

»Wo ist er, wie geht es ihm?«, bringe ich hervor.

Er lebt und liegt im Kreiskrankenhaus, das ist alles, was der Chef weiß. Ich rase in die Kreisstadt, ein guter Kollege begleitet mich, denn mein Kollegium hat Angst, mich jetzt alleine fahren zu lassen.

Abgeschirmt von anderen, liegt Ditmar auf der Intensivstation des Kreiskrankenhauses. Ein gutes Zeichen, er erkennt mich!

»Was hast du bloß gemacht?«, frage ich ihn.

»Ich weiß doch auch nicht«, kommt seine genuschelte Antwort.

Der linke Mundwinkel hängt herunter, gelblich weißer Speichel tropft langsam und stetig übers Kinn zum Hals. Ich tupfe ab. Das linke Auge sieht irgendwohin nur nicht mich an. Zwischendurch kommt ein Pfleger und gibt Ditmar eine Spritze, durch meine Anwesenheit steigt der Blutdruck an, den die Ärzte mit allen Mitteln zu senken und niedrig zu halten versuchen. Meine Anwesenheit regt ihn demnach auf, das will ich nicht. Ditmar ist an mehrere Monitore angeschlossen, die für mich unverständliche Diagramme aufzeichnen. Ich wünschte, ich könnte sie deuten – oder ist es besser, sie nicht verstehen zu können?

Der Arzt gibt mir ein Zeichen. »Ich komme bald wieder«, verspreche ich meinem hilflosen Mann.

Auf meine eindringlichen Fragen antwortet mir draußen der behandelnde Arzt: »Wir wissen nicht, ob er am Leben bleiben wird. Sein Blutdruck war über zweihundertzwanzig hoch. Wir müssen ihn stabilisieren, erst dann kann er auf die Station, so lange muss er auf der Intensiv verbleiben.«

Wie ich nach Hause gekommen bin, ich weiß es nicht mehr. Es ist Winter, Eis auf den Straßen, die Äste und Zweige schwer vom Schnee. Ich ziehe einen schweren blauen Müllsack mit den Kleidungsstücken meines Mannes hinter mir her. Der dicke Wintermantel beult den Sack derart aus, dass ich ihn nicht tragen kann. Zu Hause angekommen rufe ich als Erstes unsere Tochter in Freiburg an, wo der Anrufbeantworter meine Nachricht speichert. Wo ist Sabine?, denke ich, ich brauche sie so dringend. Später, sie ruft zurück und weint. Sie will sofort losfahren, bei diesem Wetter, ich habe Angst um sie, kann aber nicht sprechen im Augenblick, die Kehle ist wie zugeschnürt. Meine Mutter sitzt bei mir und versucht zu trösten.

Bei meiner Schwiegermutter läuft im Hintergrund der Fernseher, als ich sie anrufe. »Wie kann man fernsehen, wenn der Sohn im Sterben liegt?«, denke ich laut.

»Sie hat es doch eben erst erfahren«, beruhigt mich meine Mutter.

Die Welt da draußen existiert in diesem Moment nicht für mich. Ich bin ganz gefangen in meinem Schicksal und denke, jeder Mensch ist mit mir gefangen. Aber dem ist nicht so, die Welt bleibt nicht stehen, das Leben geht weiter. Und ich muss mir sagen, das ist auch gut so. Da dies so ist, muss auch ich an das Nächstliegende denken, ich rufe meinen Rektor an, um ihm mitzuteilen, dass ich mich im Augenblick nicht in der Lage sehe zu unterrichten. Er versteht mich, ich habe sein Mitgefühl.

Was war eigentlich passiert? Ditmar wollte seinen Firmenwagen zur Inspektion bringen und bemerkt beim Abbiegen auf den Hof der Autowerkstatt, dass ihm der linke Arm nicht mehr gehorcht. Dadurch rammt er einen dort aufgestellten Blumenkübel und schiebt diesen gegen einige parkende Wagen. Dieses aufsehenerregende Geschehen ruft augenblicklich und zum Glück die Angestellten des Autohauses auf den Plan. Nicht lange danach kommt der Krankenwagen und mit ihm der Notarzt. Es heißt ja, bei Schlaganfallpatienten komme es auf jede Minute an. Vielleicht hat meinem Mann die schnelle Versorgung das Leben gerettet.

Ursprünglich hatte er geplant, auf einen Ersatzwagen zu verzichten und die zwei Kilometer durch die Wiesen am Bach entlang bis nach Hause zu Fuß zurückzulegen. Nicht auszudenken, wenn ihn der Schlaganfall dort getroffen hätte, er wäre lange nicht gefunden worden und womöglich erfroren.

Ditmars Kollegen zeigen sich sehr betroffen, die meisten sind im gleichen Alter, der tägliche Stress reibt sie auf. Bei Männern in diesem Alter kommen oftmals eine ungesunde Lebens- und Ernährungsweise und das damit verbundene Übergewicht sowie Bluthochdruck und Stress zusammen und führen zu Schlaganfall oder anderen Krankheiten. Bei Ditmar hatte der hohe Blutdruck eine Stammganglie im Gehirn platzen lassen, wodurch Nervenverbindungen betroffen waren.

Unser Hausarzt versucht mich zu beruhigen: »Die Ärzte im Krankenhaus tun ihr Bestes.«

Auch meine Cousine Dörte, die ehemalige Operationsschwester, mahnt eindringlich: »Du musst den Ärzten vertrauen, sonst gehst du kaputt.«

Ich werde für eine Woche krankgeschrieben, danach fangen eh die Weihnachtsferien an.

Abends um 19 Uhr ist wieder Besuchszeit, ich bin schon sehr früh im Warteraum, ich halte es zu Hause nicht länger aus. Man muss klingeln, um eingelassen zu werden.

Plötzlich stürzt Sabine ganz aufgewühlt zur Tür herein. Ihre Augen groß aufgerissen, sie atmet in kurzen Stößen, sie muss gerannt sein, denke ich. »Wie geht es ihm?«, bringt sie hervor, um sofort in Tränen auszubrechen. In dieser Verfassung bleibt sie besser bei meiner Mutter im Wartezimmer, beschließen wir.

Hinter Gardinen, bei abgedunkeltem Licht, flimmert und piepst es, grüne Linien steigen auf und nieder. Ich habe keine Ahnung, was sie bedeuten, auch nicht, was mich jetzt erwartet. Ditmar liegt, den Kopf etwas erhöht, im Bett, der linke Mundwinkel hängt herunter, dem Speichel den Weg bereitend abzufließen. Der Pfleger hat ihn kurz zuvor gesäubert, denke ich, um den Anblick für mich erträglicher zu machen. An der Wand hinter mir hängt eine große Uhr, Ditmar kann sie gut sehen.

Mein Herz klopft heftig, ich wage kaum zu atmen, als ich frage: »Siehst du die Uhr, kannst du mir die Uhrzeit nennen?«

Mit einem schiefen Lächeln gibt er die genaue Zeit mit den Sekunden an. Er hat mich durchschaut und weiß, dass ich sein Können testen will. Er ist in der Lage zu denken, er kennt die Uhr, schießt es mir durch den Kopf, ich werfe mich über sein Bett und umarme ihn, dann weinen wir beide. Der Pfleger kommt und verpasst ihm eine Spritze, oje, ich muss vorsichtiger sein.

An einem der nächsten Abende auf der Intensivstation versucht Ditmar, mir etwas mitzuteilen. Der schiefe Mundwinkel bereitet ihm erhebliche Schwierigkeiten, nicht nur beim Sprechen, sondern auch bei der Essensaufnahme, wie ich an dem großen Lätzchen feststelle, welches der Pfleger heute anscheinend zu entfernen vergessen hat.

Schließlich entnehme ich seinem Gestammel: »Aber an Ostern fahren wir nach Südfrankreich!«

Ich glaube, in diesem Moment setzte mein Herzschlag kurz aus, wie kann er in dieser Situation überhaupt einen Urlaub in Erwägung ziehen? Wie er mir später erzählt, habe er in keiner Minute die Schwere seiner Krankheit registriert. Er weiß auch nicht, was ich weiß, nämlich »keine Veränderung«, das heißt keine Verbesserung, aber auch glücklicherweise keine Verschlechterung seines Zustands.

Die Ärzte versuchen, den Blutdruck mit Medikamenten zu stabilisieren, gleichzeitig stehen sie mit der Universitätsklinik in Gießen zwecks eventueller Operation am Kopf in Verbindung. Eine Operation würde den starken Druck lösen, der durch die Blutung auf dem Gehirn lastet. Kurz darauf teilt man mir mit, dass Ditmar eine Überführung in die Uniklinik nicht würde überleben können und man eine OP ebenfalls nicht hätte in Erwägung ziehen können, da die betroffene Region zu ungünstig gelegen und das damit verbundene Risiko zu hoch sei. Soll ich das nun gut finden? Ich horche in mich hinein, komme jedoch zu keinem Ergebnis. Zu viele Möglichkeiten schwirren in meinem Kopf herum.

Ditmars großes Hobby ist das Lesen. Jeden Montag kommt der »SPIEGEL« ins Haus. Bei meinem nächsten Besuch solle ich ihm den neuen SPIEGEL mitbringen, bittet er mich, er wolle ein bisschen lesen. Das muss man sich einmal vorstellen, die Ärzte kämpfen um sein Leben, und er möchte »ein bisschen lesen!« Ich bin total sprachlos! Es wird vermutlich eine ganze Weile dauern, bis er wieder wird lesen können, denn das linke Augenlid ist auch von der Lähmung betroffen und lässt sich überhaupt nicht schließen. Folglich würde ihn das Lesen zu sehr anstrengen.

Bei meinem nächsten Besuch bringe ich noch die alte Ausgabe der Zeitschrift mit und warte herzklopfend auf Ditmars Kommentar.

»Das ist der SPIEGEL von der letzten Woche, ich möchte den neuen von dieser Woche haben!«

Erneute Sprachlosigkeit auf meiner Seite, er besitzt also auch noch die Fähigkeit zu lesen. Später fragt mich der behandelnde Arzt, ob ich Praxis im Umgang mit Schlaganfallpatienten habe, da ich meinen Mann solchen Tests unterziehe, das sei ja geradezu professionell. Nein, habe ich nicht, dies alles geschieht ganz intuitiv.

Eine ganze Woche lang voll bangen Hoffens und Wartens. Überall

Lichterketten, Weihnachtslieder, durch die hell erleuchteten Straßen hastende glückliche Menschen, mir ist das Herz schwer. Auch Sabine muss schließlich wieder zurück nach Freiburg zur Arbeit fahren, nachdem sie ihren Vater sehr oft besucht hatte und wir uns gegenseitig Mut zugesprochen hatten.

Am Abend ihrer Abfahrt finde ich auf meinem Kopfkissen im Bett eine Nachricht von ihr vor:

»Ich bin zwar nicht hier und war, als ich hier war, vielleicht gar nicht so eine große Hilfe, aber in Gedanken bin ich bei Euch, Eure Sabine.«

Verständlich, in letzter Zeit kommen mir oft die Tränen, so auch jetzt. Dieses Briefchen trage ich noch heute in meiner Handtasche mit mir.

Am Ende der Woche, als ich auf die Intensivstation komme, ist Ditmar schon auf die normale Krankenstation gekommen. Der Blutdruck ist mithilfe vieler Medikamente stabilisiert worden und somit der erste Abschnitt geschafft. Für mich persönlich habe ich diesen Schicksalsschlag in einzelne zu erreichende Abschnitte eingeteilt, immer in kleine Teilbereiche, die wir nach und nach würden schaffen müssen. Es waren noch einige Hürden zu nehmen, das volle Ausmaß jedoch war mir zu jener Zeit noch nicht bewusst.

Die nächste Etappe wird die Rehaklinik sein, so denke ich und höre, diese nehme nur Patienten ohne Katheter auf, und Ditmar ist an einen solchen angeschlossen. Ebenso muss die Privatkrankenkasse ihr Okay zur Kostenübernahme geben. Die Kasse lässt sich Zeit, und der Katheter sitzt immer noch. Ich verspreche dem Chefarzt, die Kontrolle über die Bettflasche zu übernehmen, wenn die Krankenschwester den Katheter entfernt. Ich verstehe, dass den Stationsschwestern die Zeit für derartige Experimente fehlt, da Ditmar kein Gefühl in diesen Körperzonen verspürt. Aus der Stationsküche hole ich Tee in großen Mengen und flöße diesen Ditmar mit der Schnabeltasse ein, während die Bettflasche in Habtachtstellung angelegt ist. Ich weiß nicht, nach wie vielen Tassen Tee Ditmar ein Druckgefühl verspürt und die Flasche sich zu füllen beginnt, jedenfalls laufen uns beiden die Freudentränen über die Wangen. Als am darauffolgenden Tag auch noch die positive Zusage der Krankenkasse kommt, steht der Überführung in die Rehaklinik nichts mehr im Wege. Wieder ein Abschnitt geschafft, Zeit zum Durchatmen, denke ich!

Am Morgen des 24. Dezember soll Ditmar in die Reha kommen, und als ich zu Hause nebenan zu meiner Mutter komme, klagt diese über starke Schmerzen in der Leistengegend. Der herbeigerufene Hausarzt diagnostiziert einen Leistenbruch mit augenblicklich erforderlicher Operation.

Ich fühle mich wie »Krambambuli«, dem Hund in der Erzählung von Marie von Ebner-Eschenbach, der sich zwischen zwei Herren entscheiden muss und darüber zerbricht.

Ich entscheide mich für das Nächstliegende, meine achtzigjährige Mutter ins Krankenhaus zu begleiten und die erforderlichen Formalitäten zu erledigen. Meine kleine, schmale Mutter ist zum ersten Mal im Krankenhaus und beichtet mir jetzt, dass sie diesen Bruch schon seit »ZEHN« Jahren mit sich herumtrage, nämlich seit sie meine alte, kranke und schwergewichtige Großmutter aus dem Bett heben musste. Auch ich wurde früher oftmals zu Hilfe gerufen und weiß, wie schwer Oma war.

»Weihnachten«, und zwei Patienten in Krankenhäusern an verschiedenen Orten in circa dreißig Kilometer Entfernung voneinander. Es ist ein besonders kalter und schneereicher Winter. Frühmorgens besuche ich meine Mutter, von dort fahre ich zu Ditmar, der meiner Ankunft schon entgegenfiebert. Als Einzelkind kann ich die Aufgaben einer Tochter leider nicht an Geschwister delegieren. Nur meine Tante, die Schwester meiner Mutter, vertritt mich viele Male bei meiner Mutter. In dieser Zeit merke ich, wie ich mich selbst bemitleide.

Überall Fröhlichkeit und weihnachtliche Musik. Sicherlich meinen es die Menschen gut mit den Patienten, erklingt jedoch zarter Kindergesang auf den Krankenstationen, so bleibt kein Auge trocken. Jeden Abend fahre ich mit zwei Packen Schmutzwäsche nach Hause und am Morgen mit frisch gewaschener und gebügelter Wäsche zu meinen beiden Patienten. Zu alledem fällt auch noch die Heizung in meinem Auto aus, und ich weiß nicht, woher ich die Zeit zur Reparatur nehmen soll.

Schnee, Schnee ohne Ende, und jeden Morgen schippe ich den verharschten Schnee vor unserem Haus weg. Sieht mich denn niemand, hilft mir denn keiner? Mein Innerstes schreit nach Hilfe. Zum Nachdenken komme ich momentan nicht, meine Gehirnwindungen schwirren durcheinander, gefühlsmäßig.

In deutlicher Erinnerung ist mir der Abend von Silvester. Ich bin lange bei meiner Mutter gewesen, Mitternacht will ich bei Ditmar verbringen und habe mir im Gästehaus der Klinik ein Zimmer reserviert. Um zur Rehaklinik zu gelangen, durchfährt man einige kleine Dörfer. Dazwischen liegen freie, schneebedeckte, von Pappeln und Nadelbäumen eingefasste Ebenen. Man passiert vorsichtig einen unbeschrankten Bahnübergang einer selten fahrenden Bimmelbahn. Schlanke, hohe Pappeln an der ganzen Bahnlinie und dazwischen kommt diese kleine, spärlich beleuchtete Bahn angezuckelt. Drum herum ist es dunkel, hoher Schnee, so weit das Auge reicht, alles scheint so unwirklich, wie in einer Puppenstube. Ich fahre an den Straßenrand, halte meinen kalten Wagen an und lasse meinen Tränen freien Lauf.

Ditmar ist schon in der Lage, rundum gestützt, im Rollstuhl zu sitzen. Ohne diese Stütze würde er nach der Seite umkippen. Da die Ehefrau des Zimmerkollegen ebenfalls zu Besuch ist, rolle ich Ditmar zu einer kleinen Sitzecke auf dem Stationsflur, wo uns ein wenig Privatsphäre vergönnt ist. Dort serviert man uns ein exzellentes Silvestermenü, welches wir sehr genießen. Selbstverständlich muss mein Mann von mir gefüttert und immer wieder abgewischt werden. Danach halten wir uns bei den Händen und schauen zum Fenster hinaus in den dunklen Tannenwald, der hinter der Klinik leicht ansteigt. Hin und wieder huschen kleine Waldbewohner über den hart gefrorenen Schnee. Wir fragen uns, wann wir zuletzt einen solch eisigen und schneereichen Winter hatten. Im Fernsehen läuft später eine Musikshow mit Rock 'n' Roll, da hält mich nichts mehr auf dem Stuhl. Ich drehe mich und Ditmar im Rollstuhl zur Musik, hin und her und her und hin. Genieße den Augenblick, denke ich befreit! Nach Mitternacht stolpere ich in der Dunkelheit durch hohen Schnee zum gegenüberliegenden Gästehaus und suche verzweifelt die Lichtschalter, deren Lage ich mir bei Tageslicht hätte einprägen sollen.

Im neuen Jahr fängt die Schule wieder an. Reges Interesse und Mitgefühl empfängt mich bei Kollegen, Schülern und Eltern. Zum täglichen Unterricht kommen zusätzlich die nachmittäglichen Vor- und Nachbereitungen der Unterrichtsstunden hinzu und außerdem die Krankenbesuche. Meine Mutter ist zum Glück wieder zu Hause und einigermaßen fit. Nach Schulschluss fahre ich zur Reha und abends, während die Waschmaschine läuft, erledige ich die schulischen Arbeiten. Hinzu kommen Konferenzen, Elternabende und, und, und!

Manche Telefonate sind nur frühmorgens möglich, so zum Beispiel bei der Ergotherapeutin, deren Terminplan sehr eng gefasst ist. Nach dem Rehaaufenthalt wird Ditmar zusätzlich zur Krankengymnastik auch zur Ergotherapie gehen müssen. Ich melde mich bei dieser Therapeutin morgens um 5.30 Uhr, ab 6 Uhr ist sie bereits in einer Klinik bei Patienten, und ich bin ab 6.45 Uhr auf dem Weg zur Schule. Aus irgendwelchen Gründen ist sie zu anderen Zeiten nicht zu erreichen.

Wie ich all das geschafft habe, ist mir heute im Nachhinein unerklärlich, sofern man jedoch gefordert wird, steigt das Können und das Belastungsvermögen offensichtlich ins Unermessliche. Sabine kommt zu Besuch und will ihren Vater an die frische Luft fahren. Dick eingepackt in Kissen und Decken, er darf sich keine Erkältung holen, schieben wir Ditmar im Rollstuhl von der Reha nach draußen. Es ist gar nicht so leicht, dieses Gefährt über unebene, mit Schnee bedeckte Bürgersteige zu bewegen, stelle ich fest.

»Mom, lass mich das machen«, sagt meine Tochter, »du hast ja nicht die Kraft dazu.«

Rolf, Sabines Hund, ist auch mit von der Partie. Still geht er an Ditmars rechter Seite, in seinen Augen spiegelt sich das unendliche Wissen und Verstehen der Tiere. Rolf erkennt instinktiv unsere jeweilige Gemütslage, und heute merkt er, dass etwas Geheimnisvolles im Gange ist, denn Ditmar ist verändert.

Während der letzten vier Wochen vor Rehaende dürfen die Patienten an den Wochenenden nach Hause, um sich so auf die Heimkehr vorzubereiten. Ditmars Entlassung kommt in greifbare Nähe, und Ende März kann ich ihn schließlich abholen. Der Zeitpunkt unseres ursprünglich geplanten Frankreichurlaubs ist verstrichen, und an den Sommerurlaub ist ebenfalls nicht zu denken.

Bis jetzt haben wir schon etliche Hürden gemeistert, weitere sollten kommen. Während seines Rehaaufenthalts habe ich Abschnitte seiner Verbesserung verzeichnen können. Das Geradesitzen im Rollstuhl war einer davon, danach lernte er durch ständiges Üben, am Stock zunächst zu stehen, dann zu gehen und alternierend Treppen zu steigen und auch abwärts zu gehen. Nun fahre ich Ditmar nachmittags nach der Schule zur Krankengymnastik und zur Ergotherapie, um die Bezahlung der Letzteren streiten wir noch lange mit der Privatkasse. Anfangs wuchte ich den Rollstuhl ins und aus dem Auto, denn Ditmar kann auch kürzere Strecken noch nicht laufen. Später dann gelingt es ihm, nur noch den Stock zu benutzen, bis heute.

Für ihn, der immer selber einen Wagen gelenkt hat, eine totale

Umstellung. Er ist nun seit über einem Jahr ganz auf mich angewiesen, muss warten, bis ich aus der Schule komme. Verständlich, dass er sich im Augenblick nichts sehnlicher wünscht, als selbstständig einen Wagen lenken zu können, um mich zu entlasten. Er benötigt einen Kleinwagen mit Automatikgetriebe und möglichst hoher Sitzposition, den es nun zu finden gilt. Durch das Studieren von Prospekten und Annoncen erscheint uns der »Smart fortwo« das geeignete Fahrzeug zu sein. Beim Smart-Center in Frankfurt werden wir fündig, und Ditmar ist in der Lage, dort auf dem Hof eine kurze Probefahrt zu unternehmen, der Wagen ist klein, wendig, mit Automatik, aus zweiter Hand und somit kostengünstig. Außerdem ist er feuerwehrrot und damit nicht zu übersehen, auch ein Sicherheitsfaktor.

Unser Mazda-Händler übernimmt die Überführung nach Hause und baut den Smart behindertengerecht um, denn Ditmars linker Arm und sein linkes Bein bleiben gelähmt. Ein Lenkradknopf wie beim Traktor und ein Verlängerungshebel für den Blinker erweisen sich als ausreichend. Wird Ditmar überhaupt in der Lage sein, den Wagen lenken zu können, denn ausprobieren konnte er es ja nur ganz kurz? Bei unserer Fahrschule um die Ecke möchte er im umgebauten Smart einige Fahrstunden nehmen, so haben wir es mit dem Fahrlehrer vereinbart und geplant. Doch schon am Tag der ersten Fahrstunde ruft mich Ditmar in der Schule an, um mir mitzuteilen, der Fahrlehrer habe seinen Fahrstil für gut befunden, sie seien bereits beim TÜV zur Abnahme gewesen, und den Eintrag in den Führerschein habe er auch schon. So schnell haben wir noch nie zuvor und danach eine deutsche Behörde funktionieren sehen! Wieder sind wir einen Schritt weiter.

Ditmar wird nun selbst zur Krankengymnastik fahren können. Für die Herbstferien planen wir nun einen Kurzurlaub in Südfrankreich ein. Die Strecke über 1 100 km würde ich jetzt fahren müssen, denn wie es so heißt: in guten wie in schlechten Zeiten …! Ditmar, der früher diese Strecke immer selbst gefahren ist, kann dies jetzt nicht mehr übernehmen. Längere Strecken strengen ihn zu sehr an, und mein Mazda ist nicht behindertengerecht ausgestattet, da ich kein Automatikgetriebe mag.

Wir lassen alles langsam angehen, deshalb kommt auch der Rollstuhl noch zum Einsatz. Im Ferienhaus muss einiges an die neuen Bedürfnisse angepasst werden. So ist zusätzlich zur rechten auch auf der linken Seite ein Treppengeländer erforderlich. Unter Anleitung bohre und schraube ich, und durch die ungewohnte Arbeit werden meine Handinnenflächen zu offenen Wunden. Das alles ist überhaupt nicht mein Metier, aber da muss ich durch!

Nun lernen wir endlich unsere französischen Nachbarn kennen, ein älteres Ehepaar, welches von März bis Oktober den Sommer hier verbringt und die übrige Zeit in Paris lebt. Jacques, ein kleiner weißhaariger Franzose, hat immer einen Scherz auf den Lippen und Ginette, seine kleine schmale Frau, kann man deshalb oft lauthals lachen hören. Ginette braucht die Pariser Luft zum Atmen, ganz in den Süden zu ziehen käme für sie nicht infrage, während Jacques überall mit ihr glücklich wäre. Jacques hat sogar angenehme Erinnerungen an »Sibérie d'allemand«, an »Deutschsibirien«, wie er es nennt. Als junger Mann ist er einige Zeit in Korbach in Nordhessen stationiert gewesen und hat noch die kalten Winter dort in Erinnerung. Ginette hatte nie einen Führerschein gemacht, der ihr in Paris als nicht zwingend erforderlich erschien, da alle Geschäfte in der näheren Umgebung sind. Hier dagegen ist man auf das Auto angewiesen, denn in den Ferienorten schließen viele Läden spätestens Ende Oktober und öffnen erst wieder im März.

Unser kleiner Ort besteht nur aus Ferienanlagen, ist ein Anhängsel des nahen Dorfes und erst durch die Notwendigkeit entstanden, Touristen in Meeres- und Strandnähe beherbergen zu können. Die beiden Ortsteile liegen ungefähr zwei bis drei Kilometer auseinander, und der Ort am Meer erhielt den Beinamen »-Plage« (Strand). Vielen

Ferienorten ist dieses »-Plage« angehängt worden, so zum Beispiel: Carnet-Plage, Vias-Plage oder Argelès-Plage zu Argelès-Ville. Viele französische Familien besaßen oder besitzen heute noch ein kleines Stück Land in Meeresnähe mit einer »cabane«, einer kleinen Hütte, die oftmals auch illegal errichtet worden war, jedoch darum scherte sich lange keiner, während heute dieser »cabanisation« zusehends der Kampf angesagt wird. Die heißen Sommertage verbrachten die Familien am Strand, grillten auf ihren Strandgrundstücken, feierten bis in die Nacht hinein und konnten dort auch übernachten. Man lebte einfach und bescheiden. Nun trug es sich aber zu, dass die Touristen aus dem kalten Norden dieses Fleckchen Erde für sich entdeckten. Zuerst fand die Okkupation der Côte d'Azur statt, die schon immer etwas Besonderes war und noch ist.

Diese Seite der Küste erwies sich für uns als inakzeptabel, da sie von den Preisen her für uns nicht erschwinglich war. Unser Augenmerk richtete sich mehr westwärts. Die Aufteilung der Autobahn bei Orange in Richtung Marseille oder Richtung Spanien bedeutet die Aufteilung zwischen den Reichen und den Schönen, die Reichen biegen ostwärts ab, Richtung Côte d'Azur, die Schönen nach Westen ins Languedoc. Ein alter Witz, man darf sich nicht kleinreden. Mittlerweile hört man, dass sich immer mehr Ruhe suchende Reiche hierher verirren.

Zurück zu den Einheimischen der kleinen »villages«. Es kamen Immobilienhaie, die kleinen Leute sahen ihren Lebensstandard steigen und veräußerten ihre Gelände. Bettenburgen entstanden, wie zum Beispiel in Grande Motte, oder es wurden neue Campingplätze angelegt, dort, wo noch keine waren. Dies ging so lange gut, bis die Verschandelungen der einst so herrlichen und ursprünglichen Landschaften allzu offensichtlich wurden und man dem Tun einen Riegel vorschob. Heutzutage ist in vielen Orten nur noch die Bebauung von Ferienhäusern mit höchstens einem Obergeschoss erlaubt.

Das Grundstück unserer Ferienanlage gehörte zum nahe gelegenen Weingut, war ehemals bewachsen mit Tausenden von Rebstöcken auf steinigem Boden und befand sich im Besitz eines echten »Comte«, welcher schon mehrere Weinfelder auf dem Geländeabschnitt zum Strand veräußert hatte. Von unserer Südterrasse aus haben wir einen freien Blick auf das Gutsgebäude mit seinem schönen alten Baumbestand. Abends taucht die untergehende glutrote Sonne dieses Anwesen in ein Licht von unvorstellbarer Schönheit und bringt uns immer wieder ins Schwärmen.

Jedoch nicht alle Einheimischen verkauften ihr Stückchen Land. Langsam verfielen die Hütten und die heftigen Winde, die jeden Winter über die weiten Strände fegten, fügten ihnen ständig neue Schäden zu. Den Garaus machte schließlich der Wintersturm im Jahre 1999, der so heftig gewesen war, dass er die noch bestehenden Hütten zerlegte und die Bretter derselben weit über den Strand verteilt lagen. So wurde ein großer Teil der illegalen »cabanisation« von der Natur im Einklang mit den Behörden beseitigt.

Zur folgenden Hauptsaison hatte man den Strand saniert und alles bereinigt, eine hohe Sandaufschüttung war erfolgt, mit kleinen Holzlattenzäunen eingefasst und mit spärlichem Strandbewuchs bepflanzt. Ein Parkplatz wurde angelegt und ein Boardwalk zum Strand, alles war nun bereit für die Touristen.

Wahlheimat Département Hérault

Die Region Languedoc-Roussillon ist die demografisch wachstumsreichste Region Frankreichs und hat in den Départements Gard, Lozère, Hérault, Aude und Pyrénées-Orientales im Jahre 2006 circa 2 466 000 Einwohner. Eine Projektion geht von einem Zuwachs auf 3 268 000 Einwohner bis zum Jahre 2030 aus.

Im Hérault waren es im Jahre 1980 noch 650 000 Einwohner, während sich die Zahl im Jahre 2006 schon auf knapp eine Million belief. Man erwartet, dass sich allein im Hérault diese Zahl bis 2030 auf 1 350 000 erhöht. Die Hauptstadt des Hérault ist Montpellier mit heute circa 250 000 Einwohnern. Dieses enorme Wachstum bedeutet den permanenten Ausbau der Infrastruktur, wie Flughäfen, Eisenbahnen TGV und Nahverkehr TER, Autobahn A 75 und Wohnungsbau mit der Folge der am stärksten steigenden Immobilienpreise ganz Frankreichs, noch vor der Region »PACA«, Provence, Alpes, Côte d'Azur.

Das Mittelmeer, man denkt unwillkürlich an blauen Himmel, Sand- und Kiesstrände und vor allem an Sonne pur, hier 3 000 Sonnenstunden im Jahr, was einen Spitzenwert in Europa bedeutet. Man denkt auch an blau blühende Lavendelfelder, im Wind wogende Olivenhaine, duftenden Rosmarin, deftigen Knoblauch, hervorragende Weine und regionale Käsespezialitäten. Und wer träumt nicht von der Provence, der Camargue, den unvergleichlichen Märkten und dem »Savoir-vivre«, der beschaulicheren, gesunden mediterranen Lebensart?

180 Kilometer Sandstrand im Languedoc, dahinter bis in die Sechzigerjahre Sumpfland. Ab 1965 begann man in groß angelegten Aktionen mit der Bodenentwässerung und dem Aufbau einer dem Tourismus förderlichen Infrastruktur. Viele bekannte Architekten

haben hier ihre Zeichen gesetzt und abwechslungsreiche Feriendörfer entstehen lassen mit großzügigen Grünanlagen. Die Städte Grande Motte, Port Camargue, Cap d'Agde sind die bekanntesten Beispiele für diese Zeit, daneben ziehen die traditionellen Orte und Fischerdörfer wie Collioure, Port Vendres, Banyuls oder Argelès sur Mer mehr und mehr Touristen an und wachsen beständig weiter. Praktisch alle Orte hier im Süden, bis hinein ins Hinterland, leben überwiegend vom Tourismus, sind aber glücklich, wenn der Trubel der Hauptsaison vorüber ist. Im Jahre 2003 besuchten 75 Millionen Touristen aus aller Welt Frankreich und ließen 32,3 Milliarden Euro im Lande, davon 9,2 % im Languedoc-Roussillon, das ist etwa so viel wie in Paris mit 9,6 %.

Einer neueren Umfrage zufolge ist das Languedoc-Roussillon eine Region, in der man gerne und zufrieden lebt. Nur 4 % der Befragten sind weniger bis gar nicht zufrieden.

Mir scheint, ohne die Touristen lebten die Südfranzosen noch wie im 19. Jahrhundert. Da wir durch Ditmars Gehbehinderung gezwungen sind, uns sehr langsam vorwärtszubewegen, kann ich in den Gassen so mancher Stadt einen Blick in geöffnete Fenster werfen. Es schlägt einem eine stumpfe, muffige Dunkelheit entgegen. Die hohen aus dunklem Naturstein errichteten Gebäude schlucken jeden Sonnenstrahl, sofern sich der in die engen Gassen verirrt. Während der großen Hitze empfängt einen hier eine angenehme Kühle, gepaart mit einer klammen Feuchtigkeit. Diese Steinhäuser sind während der Heizungsperiode nicht warm zu kriegen, denn die dicken Steinquader schlucken jede Wärme. Freunde aus Deutschland haben sich solch ein Steinhaus als Ferienhaus gekauft und wollten die Weihnachtsfeiertage darin verbringen. Alles Heizen half nichts, die Kälte der Wände ließ keine Heimeligkeit aufkommen.

Die Via Domitia führt in der Nähe vorbei und ist als gut erhaltenes Teilstück in Narbonne zu besichtigen. 118 v. Chr. von Domitius Atenobarbus erbaut, verband sie Rom mit Gallien und Spanien. Mit ihren 1 481 km Länge war sie die älteste Straße Frankreichs, Militär- und Handelsweg zugleich. Alle »mille pas« stand ein »Borne Milliaires«, ein Tausend-Schritte-Markierungsstein, wobei dies in heutige Maße übertragen 1 480 Metern entspricht.

Was man als Vermieter mit Touristen erlebt

Gespannt erwarten wir die nun kommenden Feriengäste. Während wir im ersten Jahr insgesamt acht Wochen von Juni bis September gebucht sind, belaufen sich die Buchungen im darauffolgenden Jahr bereits auf dreizehn Wochen. Die Gäste sind zufrieden und schreiben und malen in unser »livre d'or«, ins Gästebuch, manches Mal lange, positive Artikel über Haus, Ort und Sehenswürdigkeiten. Im vierten Jahr der Vermietung sind nur fünf Wochen gebucht, ich nehme an, bedingt durch die Fertigstellung der Nachbarferienanlage. Ab dem fünften Jahr gehen die Buchungen überall rapide zurück, diesmal ist es der neu eingeführte Euro, der die Menschen erst einmal zum Sparen anhält. Vollständig finanzieren lässt sich ein Ferienhaus durch Vermietungen eigentlich gar nicht, es sei denn, man inseriert zusätzlich zur französischen Agentur in der deutschen Tageszeitung oder im Internet und sorgt so für eine lange Vermietung des Hauses. Am allerbesten ist es, wenn man selbst vor Ort ist und selber kontrollieren kann, wie dies viele französische Familien machen. Allzu pingelig darf man dann auch nicht sein, denn durch viele Vermietungen fallen auch etliche Beschädigungen im Haus an. Während dieser fünf Jahre der Vermietung werden viermal die Toilettendeckel ausgewechselt. Unsere Einrichtung ist stabil und nicht billig gewesen, aber die Mieter haben diese aus Hartplastik bestehenden Deckel entzweibekommen. Ersetzt haben sie die Toilettenbrille mit dem dünnsten und billigsten Material, das in den Baumärkten angeboten wird. Jedes Mal ist der Deckel zerbrochen, einmal finden wir ihn in der Garage liegend vor. Danach erwerben wir eine hölzerne Toilettenbrille, nicht schön, aber mit Sicherheit haltbarer, wie sich herausstellen wird.

Stattdessen finden wir beim nächsten Mal eine Handtuchhalterstange, deren Aufgabe darin besteht, Badetücher zu halten, aus der Wand gerissen vor. Die Löcher in der Wand sehen uns vorwurfsvoll an, die Stange steht daneben. Nichts ist ausgebessert, und nichts ist von der Kaution einbehalten worden. Hat die Kontrolleurin das übersehen? Nun gut, da wir fast alles selber reparieren können, sehen wir darüber hinweg und nehmen dies als normalen Schwund hin. In mir jedoch keimt langsam, aber stetig eine schleichende, maßlose Enttäuschung auf, und ich bin erst einmal zu Tode betrübt, will heißen: nie mehr vermieten!

Im Jahr darauf, am Abend unserer Ankunft, sitzen wir auf der Couch vor dem Fernseher, das heißt, Ditmar sitzt dort und ich irgendwo sonst, als es plötzlich unter ihm kracht und er sich auf dem Boden sitzend wiederfindet.

Bei unserem Einzug hatten wir in einem exklusiven Möbelladen zwei französische Clic-Clacs mit zu den Bezügen passenden Gardinen anfertigen lassen, eine nicht ganz billige Angelegenheit. Die beiden Couchen sind mit jeweils einem eigentlich sehr stabilen Lattenrost ausgestattet und ausziehbar, wobei das namengebende Geräusch entsteht. Auf diese Art entstehen zwei als Doppelbetten zu benutzende Liegeflächen.

Sprachlosigkeit macht sich breit! Was ist da passiert?

Sofort nehmen wir diese Couch auseinander, um entsetzt feststellen zu müssen, dass die meisten Latten durchgebrochen sind. Wurde die Couch als Trampolin missbraucht?

Keine Vermietungen mehr, schießt es mir durch den Kopf! So geht man doch nicht mit fremdem Eigentum um! Früh am nächsten Morgen nehmen wir uns die zweite Couch vor – ebenfalls alle Latten zerbrochen! Während der Reparatur fällt uns auch noch das abgebrochene metallene Klappscharnier entgegen. Jetzt reicht es mir, die beiden Couchen sind gerade mal drei Jahre alt!

Unser Nachbar und Freund Jacky hilft uns, trägt das Eisengestell in seinen Wagen und lässt es beim Schlosser schweißen. Statt des Lattenrostes schrauben wir eine stabile Sperrholzplatte über die ganze Breite auf beide Clic-Clacs, haben es nun nicht mehr so bequem, ein Durchbrechen derselben fällt aber jetzt wesentlich schwerer. Dies zeigt wieder einmal, für Vermietungen sollte man nur die einfachste und robusteste Einrichtung verwenden.

Einmal lag eine unserer dicken, weichen Liegeauflagen feucht und schimmelig auf dem Garagenboden, allem Anschein nach hatte sie als Hundedecke fungiert. Ich denke, die Endkontrolle bei der Schlüsselabgabe scheint nicht perfekt funktioniert zu haben. Zugutehalten müssen wir, dass das Haus nicht abgebrannt ist oder unter Wasser gesetzt wurde oder Elektrogeräte fehlten. Einen gewissen Schwund bei den kleinen Dingen, Löffel oder Gabeln oder Ähnliches, kalkuliert man von vornherein schon ein, aber doch keinen Bruch von Holz und Eisen – oder zählt das noch zu den kleinen Dingen?

Die Gebäude in unserer Anlage sind entweder mit Geschirrspüler oder Waschmaschine ausgestattet, da wir Letztere besitzen, findet ein reger Austausch der Materialien der Mieter untereinander statt. Nur so viel sei dazu gesagt: Der Wasserverbrauch der Waschmaschine geht zu unseren Lasten, und der ist nicht gering. Zählt dies alles zu den kleinen Dingen?

Trotz alledem ging es in anderen Anlagen schlimmer zu, da wurden Außenwände beschmiert, Bettdecken und Elektrogeräte entwendet, oder Kinder beschmutzten vom Hochbett aus die Zimmerdecken mit den Schuhen. Da die Anlagen während der Wintermonate unbewohnt sind, kommt es auch zu Einbrüchen, wobei die Häuser leer geräumt werden. Es besteht ja leider überall jederzeit die Möglichkeit, sich Nachschlüssel anfertigen zu lassen, sofern man nicht eine spezielle Sicherheitsschließanlage installiert hat.

Dies alles ist uns nicht passiert, jedoch die Vorkommnisse in unserem Haus haben mir gereicht, und wir halten Krisenrat. Die Punkte, die gegen eine weitere Vermietung sprechen, überwiegen. Während wir bei der Einrichtung auf Komfort und Dekoration geachtet hatten, haben wir heute die Erkenntnis gewonnen, dass dies zweitrangig sein sollte. Außerdem, so glaube ich, benötigt man eine andere Einstellung, um sein Haus vermieten zu können, und diese spezielle Einstellung besitze ich nicht. Ich gehe davon aus, dass man auf anderer Leute Eigentum zumindest genauso achtet wie auf das eigene oder eher noch mehr Achtung entgegenbringt. So ist es nicht verwunderlich, dass dies mit dem Ende unserer Vermietung gleichbedeutend ist!

Ein Sturz und seine Folgen

Eines Tages erhalten wir in Deutschland einen Anruf unseres Maklers Monsieur Dupont, der uns fragt, ob er einem deutschen Ehepaar, welches in der Nachbaranlage bauen möchte, unsere Telefonnummer geben dürfe. »Mais oui«, darf er!

Es verwundert nicht, dass das Ehepaar aus Norddeutschland die gleichen Fragen hat, die uns einmal beschäftigten. Und so bedeutet es uns eine große Freude, Hilfestellung leisten und Bedenken ausräumen zu können.

Die Zeit wird lang bis zum ersten Kennenlernen des Ehepaars, da unsere Urlaubszeiten gar zu unterschiedlich sind und wir bisher nur in telefonischer Verbindung stehen. Als wir uns dann endlich gegenüberstehen, ist es Sympathie auf beiden Seiten, man findet Gemeinsamkeiten und hat sich so viel zu erzählen, dass die Urlaubszeit viel zu schnell vorübergeht. Christine und Lothar, beide Ende fünfzig, er Psychologe, seine Frau Juristin und ein temperamentvolles Energiebündel. Ihre Wortwahl in Gesprächen, meist von Ironie durchsetzt, auf die ein Normalbürger erst einmal kommen muss, birgt ein hohes Maß an Einfallsreichtum.

So teilt uns Christine eines Tages mit, groß in die Produktion von Olivenöl einsteigen zu wollen, denn sie hatten einen Olivenbaum in ihren Garten gepflanzt. Und jedes Jahr wieder bekommen wir die Ernte ihres Baumes geschenkt, da steckt ein Ästchen mit zwei Oliven an einem Geschenk für uns, und wir freuen uns königlich darüber. Selten habe ich so herzlich gelacht wie in ihrer Gegenwart. Helle, wache Augen, die unter kurz geschnittenen blonden Haaren hervorblicken, versprechen kurzweilige Unterhaltung. Lothar dagegen ist mehr der etwas stillere Teil, nicht minder humorvoll in seinen hin und wieder eingeworfenen Anekdoten, drückt dies aber mehr in schriftlicher Form aus und veröffentlicht seine Anthologien in einem Internetforum.

Obwohl wir uns von unserer Anlage aus über den Zaun die Hände reichen können, ist das Zueinanderkommen für Ditmar bedeutend schwieriger. Den ganzen Weg aus unserer Anlage heraus zur Straße müssen wir, durch das elektronisch gesicherte Tor zur Nachbaranlage und den ganzen Weg parallel noch einmal zurück. Dies bedeutet für Ditmar eine lange, unebene Strecke des Weges, und manchmal legen wir diese mit dem Wagen zurück.

An diesem Abend legen wir die Strecke zu Fuß zurück, als wir einer Einladung bei Christine und Lothar folgen. Die Speisen und Getränke munden wie immer fantastisch, und bei der Verabschiedung meint Lothar: »Soll ich euch fahren, der Wind ist gar zu heftig?« Es hatte sich tatsächlich ein ungemütlicher Sturm erhoben, der uns bisher entgangen war.

»Ach nein, lass mal, nach dem vielen Essen ist so ein Fußmarsch eine gute Übung für uns beide«, antworte ich. Da ich erbärmlich friere, sage ich zu Ditmar: »Ich laufe schon mal vor, damit mir warm wird, du kommst dann langsam nach.«

Ditmar ist einverstanden, beim Gehen wird ihm durch die Anstrengung immer schnell warm. Ich sehe gerade noch, wie der Wind an seiner Kopfbedeckung zerrt und ihn nur sehr langsam vorwärtskommen lässt, dann laufe ich los.

Zu Hause muss ich lange auf ihn warten, und als er dann schließlich hinkend auf mich zukommt, schwant mir Unheil. Vorwurfsvoll, jedes einzelne Wort sehr deutlich betonend, stößt er hervor: »ICH BIN GEFALLEN!« Die Jacke grau vom Staub des steinigen und unebenen Kiesweges, ebenso seine Schuhe, die Hände abgeschürft und blutig, das ist alles, was wir auf den ersten Blick registrieren.

Und dann kommen die Schmerzen. Das Atmen fällt ihm schwer, ja es pfeift beim Durchatmen, und er hat höllische Schmerzen auf der linken Seite des Brustkorbs. Im Bett findet er keine erholsame

Lage, auf welcher Seite auch immer. Da er infolge des Schlaganfalls täglich eine hohe Dosis an Medikamenten einnehmen muss, ängstigen wir uns, ihm zusätzlich Schmerzmittel zu verabreichen.

»Das geht schon wieder vorbei«, meint Ditmar, »das ist nur eine Prellung, und Prellungen sind oft schmerzhafter als Brüche.«

»Ja, aber das Pfeifen macht mir Angst, das kann doch nicht normal sein«, erwidere ich, »wenn sich das bis morgen nicht verbessert, gehen wir zum Arzt.«

Selbstverständlich müssen wir am folgenden Morgen den Arzt konsultieren, der Ditmar sofort in der nahe gelegenen »Radiologie«, der Röntgenstelle, anmeldet und ihm ein starkes Schmerzmittel verordnet, da diese Schmerzen ohne Medikamente nicht zu ertragen seien. Die Radiologie befindet sich in einem riesigen neuen Flachbau mit unzähligen Räumen und modernsten Röntgengeräten. Als uns der Arzt kurz darauf offenbart: »Cinq cotés sont cassés«, reiße ich Mund und Augen auf, was ihn dazu veranlasst, fünf Finger in die Luft zu strecken und seine Aussage noch in Englisch »five« und Deutsch »fünf« zu übersetzen. Ist ja nett von ihm, denn verstanden haben wir ihn schon, können jedoch die Tatsache, dass fünf Rippen gebrochen sind, nicht fassen. Effektiv dagegen tun kann man in solch einem Falle nichts, nicht bandagieren und auch nicht eingipsen, aber nun wissen wir wenigstens, was genau der Schmerzverursacher ist. Na, wenn das kein Trost in dieser Situation ist!

Im Laufe der kommenden drei bis vier Wochen werden die Schmerzen allmählich erträglicher, und auch die Nächte werden wieder ruhiger. Lachend fragen wir uns: Sind wir nicht trotz allem vom Glück verfolgt? Bei dem Gedanken an den Bruch des rechten Armes oder des rechten Beines bekomme ich Angstzustände, denn Ditmars einzige Hilfestellung geht vom rechten Arm und rechten Bein aus. Sollte er jemals nicht in der Lage sein, den Stock mit der rechten Hand halten zu können, so könnte er sich nicht vom Fleck bewegen. Für die Zukunft ermahnen wir uns zu mehr Vorsicht!

Nun, unserer Freundschaft zu Christine und Lothar tat dies keinen Abbruch, sondern wir freuen uns immer wieder auf ein Treffen im nächsten Jahr.

Da sie eine weite Anreise aus Norddeutschland haben, nehmen sie oftmals den Autoreisezug mit Schlafwagen, da man auf diese Weise schneller und ausgeruhter im Süden eintrifft. Bei einer solch langen Fahrzeit ist es recht kurzweilig, interessante Mitreisende anzutreffen, und so lernten sie einmal ein dänisches Ehepaar kennen, welches sich vor gar nicht langer Zeit ein Haus in Argelès gekauft hatte. Nein, was ist die Welt so klein! Argelès, unser bevorzugter Ort, den wir mit dem Wohnmobil bereisten und in dem wir einmal ein eigenes Ferienhaus besitzen wollten. Gesprächsstoff werden wir also auch mit diesem Paar haben, wenn wir uns demnächst bei Christines 60. Geburtstag sehen, denn seit ihrer gemeinsamen Autoreisezugfahrt sind die beiden Paare stark befreundet. Sicherlich wird es, wie hier so oft, eine multilinguale deutsch-englisch-französische Unterhaltung werden. Wir freuen uns schon sehr darauf!

Immobilienkauf im Département Hérault

Mein ganzes Leben lang bin ich sehr sesshaft gewesen, habe sechzig Jahre fast ununterbrochen am selben Ort und im selben Hause gelebt. Nun soll sich das ändern. Im Gegensatz zu Ditmar, der schon an diversen Orten lebte, ist dies für mich eine ganz neue Erfahrung, zumal es ins Ausland gehen soll. Um dies bewerkstelligen zu können, muss unser Wohnsitz in Deutschland veräußert werden, um dem Bankkonto die nötige Fülle zu bescheren.

Die vorläufige Planung sieht den Kauf einer größeren Immobilie im Süden vor, um Platz für die Inneneinrichtung aus der Heimat zu bekommen. Darauf folgen soll der Verkauf des Ferienhauses. Zum anderen muss eine sehr kleine Wohnung in Deutschland gefunden werden für die Zeit, die wir in der alten Heimat verbringen werden.

»Guckt euch doch einfach schon einmal um und informiert euch über das Immobilienangebot«, raten uns französische Freunde eines Tages.

Diesen Rat nehmen wir uns umgehend zu Herzen, setzen ihn in die Tat um und sehen uns Hausangebote bei einem Makler auf dessen PC an. Einige Immobilien entsprechen zwar unseren Preisvorstellungen, nicht jedoch in ihrer baulichen Substanz. Vor Ort besichtigen wir ein Gebäude, welches ebenerdig eine große Garage mit daran anschließender Einliegerwohnung besitzt, die eigentliche Wohnung ist jedoch nur über eine steile Außentreppe zu erreichen. Es hatte an diesem Tag geregnet, sodass wir Ditmar irgendwie nach oben schieben müssen, da er auf den glatten, nassen Fliesen keine Bodenhaftung findet. Oben angekommen gelangen wir in einen großen Wohnraum, dessen Fußboden mit dunkelbraun gemusterten Fliesen ausgelegt ist, denen aus den Siebzigerjahren sehr ähnlich. Mich schaudert! Zum Wohnraum hin öffnen sich die Türen zu Badezimmer, Toilette und Schlafzimmer dergestalt, dass man vom Esstisch direkt Einblick in die Toilette hat, sofern jemand diese betritt. Alle Wände und Böden bieten einen düsteren, hübschhässlichen Eindruck in schmutzigen Braun- und Grüntönen. Für den Fall eines Kaufes dieser Immobilie würden wir für lange Zeit auf einer Baustelle hausen müssen, und das entspricht in keinem Falle unserer Vorstellung eines Hauses im Süden, zumal Ditmar keine großen Arbeiten würde selber übernehmen können. So mancher Deutsche oder Engländer kauft sich ein altes Gebäude, um es dann selber auszubauen, würde bei uns nicht möglich sein. Nicht lange nach unserer Besichtigung stellen wir fest, dass das Gebäude einen Käufer gefunden hat und von einer französischen Familie bewohnt wird. Jeder Topf findet halt irgendwann seinen passenden Deckel.

Nur wenige Straßenzüge weiter liegt das zweite Anschauungsobjekt, und im Wagen der Maklerin geht es die Straße entlang, an deren Seiten großzügige Neubauten mit hübsch bewachsenen Gärten stehen. Die Maklerin verlangsamt das Tempo, ich halte den Atem an und hoffe inständig: Bitte lass es nicht das Haus mit den lila Fensterläden sein! Bitte lass es das mit den Säulen sein, bitte, bitte!

Der Wagen hält, wir steigen aus und folgen der Maklerin – auf das Haus mit den Säulen zu! Ausatmen und tief Luft holen! Herzklopfen! Ditmar und ich, wir sehen uns an und sind uns in diesem Augenblick wieder einmal unausgesprochen einig. Das ist es, genau das ist es! Später erzählt mir Ditmar, er habe genau dasselbe gedacht und erhofft wie ich. Das Haus ist noch vom Eigentümerehepaar bewohnt, das uns bereitwillig und ausführlich erklärend das Haus und den noch nicht angelegten Garten zeigt.

Zurück im Immobilienbüro vermögen meine zitternden Hände kaum die Kaffeetasse zu halten, nach deren Inhalt ich geradezu lechze. Wir sind tatsächlich im Begriff, ein Haus zu erwerben, obwohl der Verkauf der anderen noch nicht in Angriff genommen ist.

In diesem Moment zählen wir zu den glorreichen Besitzern von drei verschiedenen Gebäuden, die zum Teil noch nicht oder nicht mehr uns gehören, oder so ähnlich! Ich fühle mich ganz schrecklich, solch immense Zahlen haben mich schon immer fürchterlich erschreckt. Und so rufe ich noch vom Immobilienbüro aus unsere Tochter in Deutschland an, die sich auf mein aufgeregtes Gestammel zunächst keinen Reim machen kann. Ich erkläre ihr, dass unser zukünftiges Heim etwas erhöht auf einem Hügel liegt, die breite, lange Terrasse nach Süden geöffnet ist, ohne direkte Nachbarn, eine Doppelgarage von sieben Metern Höhe und eine große Wohnküche hat und, und, und!

Ohne jedwede Umbaumaßnahmen vornehmen zu müssen, würden wir einziehen können. Für spätere Verbesserungen oder Verschönerungen könnten wir uns Zeit lassen. Alles in allem entspricht dieses Haus unseren Erwartungen, und so unterschreiben wir das zunächst relativ unverbindliche »Promesse de vente«, das Kaufversprechen, von dem man ohne negative Folgen innerhalb der nächsten acht Tage zurücktreten kann.

Aber zuerst müssen wir in Deutschland klar Schiff machen!

Adieu Allemagne

Als es nun gilt, Abschied zu nehmen von Verwandten und Freunden, da ist der Verkauf des Hauses in Deutschland schon vonstattengegangen, denn der Immobilienmakler hatte täglich mehrere Interessenten durch unser Haus geschleust. Plötzlich geht alles so unglaublich schnell, dass wir völlig überrumpelt sind, ich habe mit bis zu zwei Jahren Wartezeit gerechnet. Bis zum endgültigen Verkauf und dessen Abwicklung sind es gerade mal vier bis fünf Monate gewesen.

Umzugskartons besorgen, Zeitungspapier sammeln und dann packen, packen, packen!

»Welche Dinge nehmen wir mit und welche verschenken wir?«, frage ich meine Tochter, denn viel Geschirr ist auch vom Haushalt meiner kürzlich verstorbenen Mutter übrig geblieben. Eine große Hilfe ist mir in dieser Zeit meine Freundin Steffi, die vor nicht allzu langer Zeit erfolgreich einen Umzug hinter sich gebracht hatte, bei welchem ich ihre Umzugsmannschaft mit Essen versorgt hatte. Mittlerweile stapeln sich die Kartons bergeweise im Keller, und ein Ende ist nicht abzusehen. Große Sorge bereiten mir die vielen Bücher, denn vor Überladung sind bereits einige Kartons durchgekracht. Mit der Zeit werden wir zu einem gut eingespielten Team, Sabine, meine Freundin Steffi und ich, und Ditmar gibt nicht immer gut gemeinte Ratschläge zum Besten, sodass es oft recht lustig zugeht. Dasselbe Umzugsunternehmen, das uns auch beim Ferienhaus geholfen hatte, ist bereits informiert und hatte angesichts der Kartonberge und Schränke festgestellt, dass ein Lastwagen mit Anhänger bereitgestellt werden müsse.

Trotzdem muss ich viele mir lieb gewordene Dinge zurücklassen, zum Beispiel aus dem Garten und dem Gartenhaus, unzählige Blumen, Pflanzen und Sträucher und unseren Mühlsteinbrunnen. Besonders vermisse ich meine Vogelscheuche, die von ehemaligen Schülern und deren Eltern selbst angefertigt wurde und mir vor langer Zeit zum Schuljahresende geschenkt worden war, als die Kinder die Schule verließen. Meine Andeutung während einer Projektwoche, mit den Schülern kreativ in die Vogelscheuchenherstellung einzusteigen, war bei Eltern und Schülern in Erinnerung geblieben. Ich liebe die Vielfalt von Vogelscheuchen sehr, und der Kreativität sind hier keine Grenzen gesetzt. Als die Eltern der Kinder die Abschiedsfeier ausrichten, stehe ich plötzlich einer solch wunderbaren Gestalt in Lebensgröße gegenüber und bin überwältigt. Eltern und Kinder haben sich zusammengefunden und gemeinsam gebastelt und gewerkelt, um mir eine Erinnerung zu bereiten. Mein Lehren und meine Erziehung haben Früchte getragen, die gemeinsame Arbeit ist immer mein Anliegen gewesen. Nun, man kann sich denken, wie ich mich gefreut habe.

Seit vielen Jahren steht meine Scheuche geschützt vor Regen und Wind im Garten unter einem Vordach und erschreckt so manchen Menschen, der ihr unversehens gegenübersteht. Sie heißt die Vögel willkommen, die sich unerschrocken das Stroh aus ihrem Körper als Nistmaterial für ihre Nester herausziehen, von wegen Scheuche, die Vögel sind heutzutage auch sehr anpassungsfähig.

Jeder im Fluss gesammelte Stein, jede gerade sich öffnende Blüte macht den Abschied schwer. Der harte Winterboden lässt mich aber auch rein gar nichts mit den »Würzelein« ausgraben. Obwohl, eigentlich sind wir so in den Umzugsvorbereitungen, die jede Nachdenklichkeit ausschließen. Diese befällt mich erst wieder in Frankreich, besonders da ich meine Tante, die Schwester meiner Mutter, zurücklasse. Wir beide leiden sehr unter dem Verlust des anderen.

Bis zum Ende durchdacht ist auch noch nicht die Versorgung der

Grabstelle meiner Mutter. Das Grab muss neu angelegt werden, und um den Blumenschmuck will sich Steffi kümmern. Eine Sorge weniger! Und für die Zeit, die wir in Deutschland verbringen werden, und sei sie auch noch so kurz, muss eine Bleibe gefunden werden. Weihnachten verbringen wir auf den Umzugskisten, und nur das Nötigste ist noch nicht verpackt.

Als Nächstes gilt es, die Abschiedsfeier zu organisieren und die Gäste zu benennen. Jetzt erst kommt uns das Ausmaß unseres großen Freundeskreises so recht zu Bewusstsein. Als Ort der Veranstaltung kommt nur das »Brunnenwärterhaus« infrage, ein Restaurant, welches von einem meiner ehemaligen Schüler geleitet wird, der als Koch im In- und Ausland in berühmten Häusern sein Handwerk erlernt hat. Das Häuschen ist malerisch an einem Mineralwasserbrunnen außerhalb des Ortes gelegen, umgeben von Wiesen und Wanderwegen, und vor allem, die Küche ist sternenmäßig.

Gemeinsam mit Wolfgang Zuleger, dem Besitzer, ist die Entscheidung für Achtertische schnell getroffen, jedoch die Sitzordnung stellt mich vor erhebliche Probleme. Die Frage ist: Wen kann ich zusammen mit wem platzieren und wen ganz und gar nicht?

Ich schreibe Namenskärtchen und breite sie zu Hause auf dem Fußboden aus, verschiebe und lege um und »grübel, grübel, grübel …!« Ditmar schaut sich täglich kopfschüttelnd meine Verschiebungen an. Ich glaube, diese Zweifel kennen Männer nicht, das ist ein typisches Frauenphänomen. Wie recht ich mit meinen Zweifeln hatte, und dass sich die Mühe gelohnt hat, erfahre ich nach der Feier, denn alle, ausnahmslos alle, loben die gelungene Sitzordnung und fühlten sich wohl.

Menü im Brunnenwärterhaus

Winterliche Blattsalate mit gerösteten Brotkrusteln
==========
Karotten-Ingwer-Suppe
==========
Hauptspeise vom Buffet
Medaillons vom Lachs & Zander mit Rieslingsoße & Duftreis
oder
Rosa gebratene Lammhüfte mit provenzalischem Gemüse
& Kartoffelgratin
==========
Ofenwarmes Schokoladensoufflé mit hausgemachtem Bananen-Joghurteis
==========
Weinempfehlung:
2004 Colombelle, blanc, Südfrankreich
2002 Syrah rouge, trocken, Südfrankreich

===============

Als die Gäste Platz genommen haben, stelle ich jeden der Reihe nach mit einigen erklärenden Worten vor, flechte hier und dort einen Scherz ein, um die anfängliche Befangenheit zu durchbrechen. Kommt übrigens gut an!

Nach dem ersten Gang erhebt sich Steffi, um ihre Rede zu halten. Meine Befürchtung hat sich also bewahrheitet. Ist ja lieb von ihr, ich kann jedoch wieder die Tränen nicht unterdrücken.

»Liebe Gaby, lieber Ditmar,

vor Jahren haben Gaby und ich uns als Freundinnen gefunden, heute sind wir alle vier freundschaftlich verbunden. Seit Jahren fühlen wir uns wohl miteinander, auf einmal vorbei? Aber nicht auseinander.

Was habt ihr euch dabei gedacht, uns alle hier zu verlassen?

Ich denke, es ist ein wohldurchdachter Entschluss, der auch nicht das Ende der Freundschaft bedeuten muss. Frankreich liegt nicht aus der Welt. Es wird sich zeigen, ob die Freundschaft hält.

Schon jetzt können wir sagen, wir werden euch vermissen!

Gaby mit ihrer Kreativität, ich spreche hier vom Bildermalen und anderen schönen Dingen, ihr tut halt immer alles gelingen. Und Ditmar, der mit viel Liebe und Schwung erzählt von Trüffeln mit Begeisterung. Jetzt kann er dieser Leidenschaft frönen und jubeln in den höchsten Tönen.

Ein Traum wurde zum Lebensziel. So etwas zu verwirklichen, dazu gehört viel.

Nun packt das Leben ganz neu an, mit recht viel Power und Elan. Das beste Motto im Leben ist: »Bleib möglichst immer Optimist!«

Wir wünschen euch von Herzen Glück. Denkt nach vorn und auch zurück! Freut euch, wenn euch jemand von den »Alten« grüßt, das heißt, dass man euch nicht vergisst.

Wir werden euch besuchen kommen und sind hoffentlich – so wie heute – willkommen!

===============

Drei Tage später fährt der Autoreisezug abends um 17 Uhr in Neu-Isenburg mit uns, unserem Mazda und Ditmars kleinem Smart ab. Mit vielen Mitreisenden sitzen wir vorher noch im Warteraum zusammen, als plötzlich in der Tür Steffi und ihr Mann Markus auftauchen. Einem großen Korb entnimmt meine Freundin vier Sektkelche, und Markus lässt den Korken der mitgebrachten Sektflasche knallen. Nein, daran hätte ich nicht im Traum gedacht. Immer wieder gelingt es Steffi, einen zu überraschen. Dieser Abschied hat alles abgerundet, ein bisschen traurig und wehmütig, aber auch zugleich überaus beglückend!

Bonjour les voisins en France

Schon immer wollte ich ein gutes Verhältnis zur Nachbarschaft haben, in Deutschland gelang mir dies nur bedingt, da manche Nachbarn von leider etwas unbedarfter Natur waren, deshalb ist es mir hier umso wichtiger, von Anfang an Freunde zu gewinnen. Später, als wir uns alle etwas besser kennen, geben unsere französischen Nachbarn zu, dass sie sich sehr wohl fragten, wer da in ihre Straße ziehe. Noch in Deutschland habe ich mir vorgenommen, eine Einweihungsfeier zu veranstalten und Einladungen in die Briefkästen der Nachbarschaft zu werfen. Hier in Frankreich trifft man sich am frühen Abend zum Aperitif, und die Menge der angebotenen Häppchen kann dabei sehr stark differieren.

Wir verteilen also Einladungskarten mit folgendem Text:

A l'occasion de notre arrivée au Belvédère, Gaby, Ditmar et Sabine serait heureux de vous invitez à notre pot de bienvenue qui se déroulerait.

Le samedi 6 mai à 18 heures

Merci de nous donner votre réponse dans la boite aux lettres.

Participera … Ne participera pas …

Aus Anlass unserer Ankunft im Belvédère freuen wir uns, Sie zu unserem Begrüßungsfest einladen zu dürfen.

Samstag, den 6. Mai ab 18 Uhr

Wir bedanken uns im Voraus für Ihre Nachricht in unserem Briefkasten.

Wir nehmen teil … Wir können nicht teilnehmen …

Nach und nach trudeln die Antworten ein, und etwa 35 Nachbarn nehmen unsere Einladung »avec plaisir«, mit Freude, an. Da niemand hungrig nach Hause gehen soll, koche und backe ich schon einige Tage vorher die Sachen, die man vorbereiten kann. Am frühen Morgen des betreffenden Tages backe ich vier »Tartes aux pommes de terre«, das sind »Torten« mit Kartoffeln und speziellen Zutaten, im heutigen Falle werden das jeweils eine mit frischem Lachs, eine mit grünem Spargel, eine mit Porree und eine gemischt mit den Zutaten der ersten drei sein. Es ist unglaublich, auch die gemischte Tarte begeistert alle. Für den neugierigen Leser folgt hier das Rezept zur Nachempfindung und Beurteilung.

Rezept: Tarte aux pommes de terre avec saumon
1 Pâte Brisée
1 Pâte Feuilletée
circa 400 g frischen Lachs
etwa 500 g rohe Kartoffeln
circa 300–400 g Crème fraîche
2–3 Tomaten
einige kleine Zweige frischen Rosmarin
Pfeffer, Salz, Butterflöckchen
Bei 200 Grad ca. 1 bis 1 1\2 Std. im Ofen backen

In eine gut gebutterte Springform lege ich die Pâte Brisée, das ist ein Teig, ähnlich einem dünnen Pizzateig, und lasse die Ränder überstehen. Darauf kommt jetzt eine Lage dünn in Scheiben geschnittene und leicht gesalzene Kartoffeln. Nun den in dünne Scheibchen geschnittenen, sehr kurz angebratenen, gesalzenen und gepfefferten Lachs darauf verteilen. Man kann den Lachs auch roh lassen. Frischen Rosmarin abzupfen, klein hacken und über dem Lachs verteilen. Nun die mit Pfeffer und Salz glatt gerührte Crème fraîche und wieder eine Lage Kartoffeln daraufgeben. Wer die Tarte nicht so mächtig mag, kann die zweite Kartoffelschicht weglassen. Es liegt ebenfalls an Ihnen, wie dick die einzelnen Lagen werden sollen, deshalb können meine Angaben auch nur Circa-Angaben sein.

Anschließend die Pâte Feuilletée, die Blätterteigplatte, auf die Größe der Tarte zuschneiden und oben drauflegen. Die überstehenden Ränder nach innen umbiegen und festdrücken (eventuell auch mit Eigelb). Zur Dekoration schneide ich die Tomaten in Scheiben und lege diese im Kreis auf den Blätterteig. Mit einer grobzinkigen Gabel oder einem spitzen Messer steche ich mehrmals in den oberen Teig ein, damit die Luft entweichen kann. Zuletzt verteile ich Butterflöckchen auf dem Teig rundum, das ergibt eine schöne, goldgelbe Farbe und verbessert den Geschmack.

Nun kommt die Tarte in den vorgeheizten Backofen. Nach etwa einer Stunde decke ich sie mit Silberfolie leicht ab, sonst wird sie zu dunkel. Wie bereits gesagt, variiere ich auch oft mit grünem Spargel, »asperge vert«, der nicht geschält werden muss, man schneidet nur die harten Enden ab. Zur Verzierung lege ich dann Spargelspitzen auf den Teig. Auch kleine Rosmarinzweige machen sich als Deko gut, dann müssen die Butterflöckchen direkt auf den Rosmarin, damit dieser nicht verbrennt.

Mancher mag jetzt sagen, diese Zubereitungsart nenne man »Quiche« oder »Tourte«, weil sie gedeckt ist, und nicht »Tarte«, aber selbst Franzosen sind einhellig der Meinung, man könne dies durchaus eine »Tarte« nennen, die Grenzen seien da fließend. »Punkt«. Meine Quiche ist folglich eine »Tarte«.

Gegen 18 Uhr an besagtem Abend, ich sehe die Straße hinunter, von dort bewegt sich eine Menschenansammlung auf unser Haus zu, vorneweg sehe ich zwei Beine mit einem riesigen Blumengebinde. Diese Beine gehören zu einem kleinen Menschen, der von den Blumen völlig verdeckt wird. Meine Befangenheit legt sich etwas, als sich ein Nachbar aus der uns noch fremden Menge löst, auf mich zukommt und mich umarmt. Das sind so Momente, die ewig im Gedächtnis haften bleiben. Später erfahre ich, dass er Jean heißt, und er wird sich als ein ganz liebenswerter Mensch erweisen.

Bei der Begrüßung stellen sich alle namentlich vor, ich lächle freundlich, aber mein überfordertes Hirn bekommt im Augenblick weder Vor- noch Nachnamen der Gäste richtig mit. Für mich sehen auch die Damen, bis auf sehr wenige, alle ähnlich aus, sie scheinen alle die gleiche kurz geschnittene Frisur zu bevorzugen. Ich bin total verwirrt.

Man bestaunt mein großes Buffet, und niemand geniert sich, kräftig zuzulangen. Die Tartestücke werden direkt aus der Hand gegessen, jemand schenkt die Getränke aus, und es ist kein Fremdeln zu verspüren. Außerdem gibt es gute und interessante Gespräche, denn ein jeder möchte vom anderen etwas erfahren. Es trifft sich gut, dass wir noch in der Renovierungsphase stecken, denn so lernen wir bei dieser Gelegenheit auch gleich unseren Elektriker und Installateur kennen. Diese beiden netten, jungen Herren sind auch in der Lage, mit Holzarbeiten umzugehen, und ein »Rendezvous«, eine Verabredung, ist schnell mit ihnen vereinbart.

Den »Tartes« wird reichlich zugesprochen, ebenso der deutschen Dosenwurst mit meinem selbst gebackenen Brot, dem vin rouge und vin blanc sowie meinen selbst gebackenen Kirschmuffins. Man verabschiedet sich auch nicht nach den sonst meist üblichen zwei Stunden, sondern sitzt noch lange auf der von der am Horizont langsam untergehenden Sonne beschienenen Terrasse.

Ein rundum gelungener und erfreulicher Einstand.

Mein Wunsch ist in Erfüllung gegangen, »avoir un bon voisinage«, ein gutes Nachbarschaftsverhältnis zu haben. Nun gilt es, dieses zu pflegen und zu behalten. Unser direkter Nachbar mit Frau, ganz liebe Leutchen, sind nicht gekommen, was ich ihnen nicht übel nehme, denn sie sind von sehr zurückhaltender Natur. Umso mehr freut es mich, als sie zu unserer Einjahresfeier kommen und sich sichtlich wohlfühlen. Mit ihnen hat sich sogar das dreifache »Bisous«-Küschen eingebürgert, und das bedeutet mir schon viel!

Es gibt zwar auch Nachbarn in der Straße, die überhaupt kein Verhältnis zu irgendjemandem aufgebaut haben. Das unvermeidliche »bonjour« ist dennoch nicht unfreundlich, jedoch es entbehrt jeder Herzlichkeit. Keiner in der Straße hat je viel mit ihnen gesprochen;

es habe gewiss nichts mit uns persönlich zu tun, versichert man uns, nachdem ich meine Begegnung mit eben dieser Nachbarin zum Besten gegeben habe.

Einige Tage waren seit unserer Ankunft vergangen, da treffe ich Madame im Garten und stelle mich über die Mauer hinweg vor: »Bonjour Madame, je suis votre nouvelle voisine …« – »Guten Tag Madame, ich bin Ihre neue Nachbarin …«, und möchte noch einige Worte mit ihr wechseln, sie aber schneidet mir die Worte ab und antwortet nur: »Je sais!«, ich weiß!

Da bleibt mir der Mund offen stehen, was soll ich darauf antworten???

Von aus Nordfrankreich zugezogenen Freunden, die einige Straßen von uns entfernt wohnen, erfahren wir, dass sie ihre nächsten Nachbarn überhaupt nicht kennen, obwohl sie schon viele Jahre nebeneinander wohnen. Die »Einheimischen« sind oft sehr wortkarg und anfangs teilweise nicht sehr zugänglich. Wir haben das große Glück, dass es in unserer Straße wenige im Ort Geborene gibt. Die zumeist aus dem Norden Frankreichs und der Region um Paris Zugezogenen sind durchweg aufgeschlossener und freundlicher.

Kälteerfahrungen und Heizen

In unserem Haus befindet sich eine »Pompe à chaleur«, eine Wärmepumpe, im Klartext ist das eine reversierbare Klimaanlage, das heißt, man kann im Winter heizen und im Sommer mit ihr kühlen. Die Belüftungsschächte sind an den Zimmerdecken über den Fenstern angebracht, was sich positiv auf die Kühlung auswirkt, nicht aber für die Warmluft, weil diese bekanntlich nach oben steigt. Unsere Bestuhlung hätte zur Zimmerdecke verlagert werden müssen, falls wir es gemütlich warm hätten haben wollen, was man bekanntlich im Winter möchte.

Folglich müssen Heizkörper her, die auch schnell besorgt sind, denn dank EDF wird hier im Süden überwiegend elektrisch geheizt. Zum besseren Verständnis will ich Folgendes vorausschicken: Die Mauerwände werden im Inneren eines Gebäudes nicht verputzt, was für Deutsche erst einmal unverständlich ist. Stattdessen werden Gipskartonplatten »Plaque en plâtre«, auch »Placoplatre« genannt, davorgesetzt, das sind Rigips-Trockenbauplatten mit Isolation. Hinter diesen Platten verlaufen flexible Kunststoffrohre, durch welche die Elektroleitungen geschoben und nach oben unters Dach geführt werden, wo sie alle in einem Verteilerkasten zusammenlaufen und von dort über einen zentralen Schacht im Sicherungskasten enden, der vom EDF-Hauptanschluss in der Garage versorgt wird. Man erspart sich so bei Ergänzungen oder Änderungen das spätere Aufklopfen der Wände. Man befestigt einen spiralförmigen Führungsdraht am zu verlegenden Kabel und schiebt mehr oder weniger kunstfertig so lange den Draht mit Kabel durch das Rohr, bis der oben am Verteilerkasten Wartende den Führungsdraht ergreifen kann und das Kabel so weit nachzieht, wie es für den Anschluss nötig ist.

So leicht, wie es sich vielleicht liest, ist es in der Praxis jedoch nicht.

Laurent, unser lieber Nachbar, seines Zeichens selbstständiger Elektromeister und aus Lille zugezogen, wartet unterm Dach, bis ich ihm die Leitung durchs Rohr entgegenschiebe. Nun ja, er ist oben unterm Dach und ich im Wohnzimmer. Ich drücke und schiebe, offensichtlich befinden sich noch viele andere Leitungen im Rohr, bis mir beide Handteller bluten. Dann laufe ich durch Küche und Speisekammer in die Garage und schreie nach oben: »Tirer ou pousser?« Außer Schieben ist nämlich anschließend ein Zurückziehen erforderlich. Geht man nun von der irrigen Annahme aus, alles verliefe ohne Komplikationen, so liegt man falsch. Ich habe im Laufe meines Lebens festgestellt, nichts, aber auch gar nichts läuft auf Anhieb glatt.

Im Arbeitszimmer angelangt, wieder schieben und drücken, nun mit wunden, inzwischen mit viel Pflaster verklebten Händen, renne und schreie ich und verstehe selten, was Laurent antwortet. Mit einem einfachen »oui« oder »non« wäre mir sehr geholfen, aber es folgt eine wortreiche rasante Kaskade für mich unverständlicher Laute. Über die große Entfernung kann ich akustisch aber auch rein gar nichts verstehen, sondern nur erahnen. Jedenfalls habe ich die Leitung nun vollständig in das Rohr geschoben, und Laurent ruft mir zu, ich solle weiterschieben. Bei ihm kommt folglich kein Kabel an, so viel ist jetzt klar, und er hat aber auch begriffen, dass es bei mir nichts mehr zu schieben gibt. Oje, das Rohr hinter der »Placo« muss ein Loch haben und meine Leitung, die ich mit so viel Mühe hineingeschoben habe, ist irgendwo hinter der Wand verschwunden. Was nun? Wand aufreißen und später wieder verputzen? Laurent kratzt sich am Kopf und meint etwas ratlos »On verra«, man wird sehen! Dann zieht er erst einmal von dannen um »réfléchir«, um nachzudenken. An einem der folgenden Tage kommt er zurück und bringt einen riesengroßen Apparat mit, der meine Hilfe überflüssig macht. Irgendwie elektrisch schießt oder zieht dieser Apparat das Kabel völlig problemlos durch das Rohr. Warum nicht gleich so? Noch viele Tage danach leide ich an meinen rohen Handflächen.

Undichtigkeiten

Sturm und Regen, sturzbachartig, schon seit zwei Tagen. Niemand wagt sich vor die Tür, der nicht unbedingt muss.

In der Nacht, ein gewaltiger Schnarcher hatte mich ins Gästezimmer vertrieben, weckt mich ein permanentes »Pling-Pling«. Ich schaue mich um, betätige den Lichtschalter, kann jedoch die Ursache auf Anhieb nicht finden. Das Geräusch scheint aus dem Arbeitszimmer zu kommen. Schlaftrunken wanke ich hinüber. Wasser, stetig und sehr nass, tropft von der Zimmerdecke herunter auf meinen Schreibtisch, um von dort seitwärts auf den Heizkörper herunterzuhüpfen. Geweckt hatte mich das »Pling-Pling« der Tropfen auf dem Heizkörperblech.

An der Zimmerdecke über meinem Schreibtisch befindet sich das Luftgitter der Klimaanlage, und exakt daneben an dessen Rahmen hat das Regenwasser seinen Ausgang gefunden. Meine Papiere und Arbeitsmaterialien sind wellig oder kleben aneinander fest. Mit müden Augen wische ich auf und stelle einen Eimer unter die tropfende Stelle. An Schlaf ist in dieser Nacht nicht mehr zu denken. Wie mag es unterm Dach aussehen? Hoffentlich hört der Regen bald auf!

Am Morgen rufen wir »le père de Pascal«, den Vater eines unserer Nachbarn, der den Schaden schnell behebt. Er erklärt uns, durch den starken Wind hätten sich Dachziegel verschoben, und so habe der Regen freie Bahn bekommen. Jetzt wird man sich sicherlich fragen, wie das Wasser durch die Zimmerdecke hat kommen können, es war ja kein Rohrbruch entstanden. Nun, in Deutschland sind die Zimmerdecken aus Beton, hier in Frankreich liegen zwischen den Deckenbalken auch nur Plaque en plâtre, also Gipskartonplatten mit Isolierschicht, sofern sich kein Stockwerk mehr darüber befindet.

Nur so ist es auch zu verstehen, dass Einbrecher im Rififistil während der Abwesenheit der Hausbesitzer in der Nachbarschaft die Dachziegel einer Garage abhoben, die Plaque en plâtre mit den Füßen durchtraten und den Porsche herausfuhren, ohne dass es einer der Nachbarn bemerkte. Der Wagen wurde Wochen später im Fluss Hérault versenkt aufgefunden. Jugendliche hatten den Wagen nach einer kurzen Spritztour über einen Bootsanleger in den nahen Fluss geschoben.

Beim Kauf unseres Hauses hatte uns der Vorbesitzer erklärt, er sei laut Gesetz dazu verpflichtet, die vorhandenen Mängel zu benennen, bei sehr starkem Regen laufe etwas Wasser durch die Garagenwand, die etwa einen halben Meter in die Erde gebaut ist. Dies stelle jedoch kein Problem dar, da sich in der Garage eine Montagegrube befinde, die das Regenwasser aufnehme und man dies, falls erforderlich, abpumpen könne. War uns in diesem Augenblick nicht weiter wichtig, da zu dieser Zeit sowohl die Wand als auch die Grube trocken waren und wir uns verstärkt für das Haus interessierten.

Die Grube ist für Arbeiten am Auto, wie Ölwechsel usw., vorgesehen und mit Bohlen in einem Eisenrahmen abgedeckt. Aus Backsteinen gemauert, an der Wand mit einer Steckdose für eine Arbeitslampe ganz professionell ausgestattet. Allerdings besteht der Boden aus gestampftem Lehm, was Ditmar und Sabine nicht davon abhält, in der Grube die Winterräder der beiden Autos und andere Gegenstände, von denen man glaubt, sie nur selten zu benötigen, zu verstauen. Mir ist das zuwider, denn in meinen schlimmsten Träumen sehe ich mich zu allerlei Ungeziefer hinabsteigen, um die ehemals unwichtigen Dinge, jetzt jedoch äußerst wichtig, wieder ans Tageslicht heraufzubefördern, denn Sabine würde sich dann mit Sicherheit gerade in Deutschland befinden. Aber dazu später mehr!

Der erste Regensturm treibt mich mitten in der Nacht mit einer Taschenlampe bewaffnet in die Garage, um die erwarteten Wassermassen zu begutachten. Das Wasser kommt, wenn auch nur wenige Millimeter, hoch und macht vor dem Rahmen der Grube halt, nicht weiter schlimm, trotz allem beunruhigend und auf Dauer nicht hinnehmbar. Offensichtlich ist diese Seite der Garage gegenüber dem höher liegenden Erdreich nur ungenügend abgedichtet worden. Dies schien dem Vorbesitzer gottgegeben und unbedeutend, zumal das Wasser nach einigen Tagen durch die warmen Temperaturen wieder wegtrocknete. Uns jedoch stört dies gewaltig, und wir beschließen, diesen Mangel zu beheben.

An besagter Hausseite verläuft der mit drei Reihen Fliesen belegte Weg zum Hauseingang direkt an der Wand der Garage entlang. Um die Wand zu isolieren, hätte man den Weg aufbrechen und die Erde aufgraben müssen, was uns angesichts des geringen Schadens als zu teuer und arbeitsaufwendig erscheint. Ditmar weiß, dass man in Deutschland ein Verfahren zur Mauertrockenlegung anwendet, bei dem von außen kleine Löcher in die Mauer gebohrt werden und eine harzartige, sich im Mauerwerk verdichtende Flüssigkeit eingespritzt oder gefüllt wird. Zunächst versuchen wir, diese Flüssigkeit über einen Hersteller aus Deutschland zu beziehen. Nach einer präzisen schriftlichen Anfrage erhalten wir ein Angebot, das den Eindruck erweckt, man habe uns die Firma zum Kauf angeboten, jenseits jeglicher Erwartung und Vorstellungskraft.

Auf der Suche nach einem vergleichbaren Produkt in Frankreich werden wir schließlich in einem Baumarktprospekt fündig; dieser Baumarkt befindet sich allerdings circa 80 Kilometer entfernt in Montpellier. Mit diesem Prospekt in der Hand durchstreifen wir nun alle umliegenden »Bricolage Center«, es sind deren acht, um im vorletzten kurz vor Aufgabe der Suche die Flüssigkeit zu finden, die uns eine neue Vokabel lernen lässt, die da heißt: »Étanchéité par Injection«, Dichtigkeit durch Einspritzung. Die dazu benötigten Trichter und Einfüllstutzen liegen im Sechserpack gleich nebenan, zusammen mit einer bebilderten und schriftlichen Anleitung in allen möglichen Sprachen der Welt und zu einem unerwartet verbraucherfreundlichen Preis.

Zu Hause angekommen wird die »Aktion Étanchéité« mit Elan in Angriff genommen. An den zuvor markierten Stellen des Wassereintritts werden die Löcher im vorgeschriebenen Abstand in die Wand gebohrt und die Trichter eingesetzt, die wasserähnliche Flüssigkeit bis zu den Markierungen eingefüllt und einsickern lassen. In der Annahme, die Verfestigung erfolge relativ schnell beim Eindringen in den »parpaing«, den hohlblockartigen Stein, verteile ich den Inhalt des Kanisters nach und nach bis zur Neige gleichmäßig in die Trichter. Die zahlreichen sehr klein gedruckten französischen Erläuterungen auf dem Behältnis finden wir nicht weiter beachtenswert. Während wir uns nun auf den Weg in die Garage machen, beeilt sich die Flüssigkeit es uns gleich zu tun. Ja, sie überholt uns sogar und befindet sich bereits auf dem Garagenboden wie zuvor das Regenwasser. Nun ja, zumindest haben wir die richtigen Stellen lokalisiert. Ich kehre alles zur Garage hinaus, wo die Flüssigkeit in der Einfahrt langsam trocknet und weiße, wunderbar wasserabweisende Flecken hinterlässt.

Ein neuer Kanister »Étanchéité« muss beschafft werden, und nun bitte ganz langsam, jetzt unter peinlichster Beachtung aller französischen Vorschriften, nach und nach, über mehrere Tage verteilt, jeweils die Verfestigung des zuvor Eingefüllten abwartend, verteilen. Da diese Maßnahme nur sehr langsam von Erfolg gekrönt ist, führt uns dieser Umstand zu weiteren Studien und damit zu einer weiteren Aktion, namens »Imperméabilisation«, einer transparenten, wasserabweisenden Beschichtung für den Fassadenputz. Diese Flüssigkeit wird mithilfe eines »Pulvérisateurs«, eines Drucksprühers, wie er zum Spritzen von Pflanzenschutzmitteln verwendet wird, auf den Wandputz gesprüht, und es wirkt tatsächlich. Regen, du kannst kommen! Lass es aber besser sein!

So, und nun zu meinem einige Wochen zuvor neu gestrichenen Garagenboden, auf dem sich auch weiße Rückstände der »Étanchéité« gebildet haben. Ein Streifen von etwa einem Meter Breite muss neu gestrichen werden. Wir wählen eine Bodenfarbe aus, die speziell für größere Belastungen und Werkstattböden geeignet ist, und finden auch den gleichen Farbton mit der gleichen Nummer wie zuvor. Doch welche Überraschung, die neue Farbe ist um etliche Nuancen heller, was nicht besonders gut aussieht. Folglich beide Autos raus aus der Garage und den gesamten Boden noch einmal streichen. Allerdings lasse ich einen schmalen etwa ein Meter breiten Streifen ringsum in der alten Farbe stehen, auf dem sich schwere Teile wie Waschmaschine, Trockner und Ersatzkühlschrank befinden. Hab ich denn sonst nichts zu tun? Aber gut, nach getaner Arbeit ist man froh und erleichtert, es sieht außerdem sogar noch gut aus, und auf geht's zur nächsten wartenden Aufgabe.

Ich weiß nicht mehr genau, wann es war, aber irgendwann wird eines dieser »entbehrlichen« Teile aus der Grube unentbehrlich und muss heraufgeholt werden. O Graus! Meine Aversion gegen jedwedes Spinnengetier treibt mir schon Tage vorher die Migräne in die Schläfen, aber da muss ich auch noch durch, denn Ditmar ist ja bekanntlich dazu nicht in der Lage.

Lange alte Hose, geschlossene Schuhe, dicker Pullover, darüber ein langer Arbeitskittel und kräftige Gummihandschuhe über den Händen, so ausgestattet schicke ich mich an, in den Untergrund zu steigen. Der Abstieg soll mittels einer stabil aussehenden Holzleiter erfolgen, die am Rand der Grube dauerhaft steht. Ich atme tief durch und bin auf alles gefasst, nur nicht auf das, was jetzt passiert.

Man stelle sich einmal bildlich vor, ich steige vorwärts die Leiter hinunter, wie blöd muss ein Mensch sein, um so etwas zu tun? Ich weiß auch nicht wieso, jedenfalls trete ich auf die erste Stufe, die unvermittelt unter mir zusammenbricht, wie im gleichen Augenblick die zweite, die dritte und die vierte, wie in einem Fahrstuhl geht es abwärts, nur viel, viel schneller. Es wirft mich mit dem Gesicht vorwärts in die Grube, vergebens Halt suchend, stürze ich auf allerlei hartes und spitzes Zeug und dichte weiße Spinnweben.

Wie bin ich wieder herausgekommen, die Leiter gibt es ja nicht mehr, ich weiß es bis heute nicht!

Trotz meiner dicken Verkleidung habe ich gewaltige Abschürfungen an Armen und Beinen und im Gesicht, aber zum Glück keine Brüche oder Schlimmeres. Die Wunden werden verbunden und verpflastert, da aufgrund der winterlichen Temperaturen eine schonende Lufttrocknung nicht möglich ist. Bald darauf bilden sich große rote Stellen um die Wunden herum und vergrößern sich von Tag zu Tag. Ich scheine allergisch auf das Pflaster zu reagieren, das ist ja unglaublich, ich bin entsetzt, so etwas hatte ich noch nie. Jeden Tag muss eine größere Fläche mit Pflaster versehen werden. Als wir kurz darauf wieder in Deutschland sind, suche ich unseren dortigen Hausarzt auf, der eine Allergie gegen den Pflasterklebstoff bei mir feststellt. Mit Salben und sensiblen Pflastern geht die Heilung an Armen und Beinen dann zügig voran. Am rechten Arm zeugt noch heute eine bleibende Narbe von meinem Fall in die Grube. Die Schrammen im Gesicht, erkläre ich scherzhaft dem Arzt, seien Schläge meines Mannes. Nach kurzem Erschrecken erkennt er den Scherz. Spaß muss sein!

Im Nachhinein betrachtet hatte ich aber auch alles falsch gemacht. Wer geht schon vorwärts eine schräg stehende Holzleiter hinab, die längere Zeit in einem feuchten fast geschlossenen Raum vor sich hin modern konnte. Gut, ich hätte das vorher überprüfen müssen, jedoch ich glaube, die Spinnen haben mir das rationale Denken verklebt, anders kann ich es mir nicht erklären. Noch nie zuvor habe ich auf diese Weise eine Leiter betreten.

Wir beschließen, die Grube endgültig zu leeren und stillzulegen. Ich bin folglich gezwungen, noch einmal oder mehrmals in die Katakombe hinunterzusteigen, diesmal jedoch mit einer Aluleiter. Die Wände streiche ich mit weißer, wasserfester Farbe und belege den Boden mit weißen Keramikfliesen, um dem Spinnenvolk zukünftig den Spaß zu verderben. Sauber für alle Zeit und »kein Aufbewahrungsort für absolut nichts mehr«, doppelte Verneinung, sage ich mir, ist doppelt sicher.

Eine Kontrolle der Balkenabdeckung ergibt, besser auch diese zu ersetzen, denn die Feuchtigkeit hatte auch diese modrig werden lassen. Dazu besorgen wir uns sechs Stück drei Meter lange »bastaing«, Balken, die beim Transport vom Baumarkt, etwa zur Hälfte hinten aus dem Auto ragend, gut gesichert von mir nach Hause befördert werden. Hilfreiche Bedienstete hatten die Balken in den Wagen geladen. Nun sägen Ditmar und ich das Holz in passende Stücke, die anschließend von mir zweimal mit Holzschutzfarbe gestrichen werden, damit die Grube wieder sicher damit abgedeckt wird. Hin und wieder wird ein kontrollierender Blick hineingeworfen, um befriedigt den Erfolg unserer Maßnahmen festzustellen. Ob allerdings all unsere Bemühungen von Dauer sein werden, bleibt abzuwarten!

Post in die alte Heimat

Liebe Frau M.,
also, ich muss mir ja nun auch in Frankreich einen Friseur suchen. Für 10 Uhr habe ich bei einem Friseur in unserem Ort einen Termin bekommen. Ich muss vorausschicken, ich lebe in einem kleinen Ort mit circa 5 000 Einwohnern sowie einigen Friseursalons. Während der Sommermonate ist der Ort von Tausenden Touristen überfüllt. Na ja, egal, tut eben nichts zur Sache, ich komme wie üblich etwas früher, könnte sein, dass die Friseurin zufällig schon Zeit für mich hat. Hat sie wohl auch, aber ich sei zu früh und müsse warten, sagt sie mir. Geöffnet ist der Salon seit 9 Uhr, und keine Kundin ist außer mir zu sehen.

Kein Problem, ich setze mich und warte ab. Die beiden Damen im Salon, Friseurinnen oder Freundinnen, unterhalten sich und unterhalten sich, in einer Sprache, es könnte auch Chinesisch sein. Nun kenne ich den Dialekt der Südfranzosen mittlerweile ganz gut, aber diese beiden scheinen aus dem tiefsten Hinterland der Cevennen zu kommen. Der Franzose aus dem Languedoc spricht »pain« wie peng. Unser ehemaliger Schreiner sagte einmal, er treffe uns: »Demeng mateng à Bessang«, und meinte: »Demain matin à Bessan«. Morgen früh in Bessan.

Nun aber zurück zu meinen Friseurinnen, schließlich holt eine von ihnen zwei Becher Kaffee vom Bäcker an der Ecke. Ich werde nicht nach meinen Wünschen gefragt, ich existiere für sie noch nicht, ich bin ja zu früh, selber schuld! Sie schlürfen genussvoll ihren Kaffee, unterhalten sich, während ich recht dümmlich dreinschaue, keine Illustrierte, kein Kaffee für mich!

Schließlich setzt sich die eine und bekommt ihre langen, schwarzen Haare entwirrt, dann wird gewechselt, der anderen werden nun die Haare gewaschen. Sie können sich denken, dass es mittlerweile schon lange nach 10 Uhr ist. Theoretisch hätte ich aufstehen und mich verabschieden müssen, hinterher ist man immer schlauer. Aber um meine Neugierde zu befriedigen und zu sehen, welchen weiteren Verlauf dieser Friseurbesuch nehmen würde, harre ich der Dinge. Auf meine Frage, ob sie beide Friseurinnen seien, erfahre ich, dass ihre Freundin Kosmetikerin sei. Letztere verlässt uns dann auch kurz darauf, die andere schlingt sich ein Handtuch um die noch nassen Haare und steht doch tatsächlich nun mir zur Verfügung. Stellen Sie sich einmal vor, ich wurde bis 10.30 Uhr einfach ignoriert. Die Dame wusste, dass ich keine Touristin war, sondern im Ort ansässig, warum also hatte man mich derart behandelt?

Nun werde ich zu einem Platz geführt, an welchem zahlreiche, zerfledderte Illustrierte gestapelt liegen. Als ich eine davon in die Hand nehme, stelle ich fest, dass sie schon zwei Jahre alt ist, alle anderen ebenso. Das haut doch dem Fass den Boden aus! Wo bin ich hier nur hingeraten? Mittlerweile kommen wir so etwas ins Gespräch, und sie erzählt, sie habe zwanzig – 20! – Jahre Berufserfahrung (worin?), dass der Laden nicht ihr gehöre, sie aber volle Verantwortung trage. Worin besteht diese Verantwortung, das Geschäft in den sicheren Bankrott zu treiben?

Der Salon besteht heute noch, was mir rätselhaft erscheint. Ob sie die Kundinnen immer noch warten lässt, ich weiß es nicht, denn mich hat dort keiner mehr gesehen. Als »Lieschen Müller« gehe ich todunglücklich nach Hause. Über die Schnitttechnik möchte ich Ihnen nichts berichten, es würde den Rahmen sprengen. Jedenfalls war es ein Erlebnis, obwohl ich in Deutschland auch schon die seltsamsten Dinge erlebt hatte, bevor ich Sie fand. Ich dachte mir, dies müsste für die Nachwelt erhalten bleiben und es würde Sie sicherlich interessieren.

Falls Sie meinen Brief in Ihrem Salon zur allgemeinen Belustigung vorlesen möchten, dann grüßen Sie bitte alle Mitarbeiter/-innen herzlichst von mir! Mein nächster Friseurbesuch fällt hoffentlich zufriedenstellender aus! Sind Sie interessiert am weiteren Verlauf? Eines ist sicher, für meine nächsten Dauerwellen komme ich zu Ihnen nach Deutschland und werde mich nach Ihrer Urlaubszeit richten. Liebe Grüße an Sie und Ihren Mann.

===============

Liebe Frau M.,

habe mich riesig über Ihre Karte gefreut! Meine Haare sind jetzt pflegeleicht zu stylen, denn sie sind abgeschnitten. In einem anderen Salon hier am Ort habe ich einen netten, jungen und superguten Friseur gefunden, der sich kurz darauf selbstständig machen wollte. Nun, eines schönen Tages war er auf und davon und ließ mich mit meinem Kurzhaarschnitt alleine zurück! Seine ehemalige Chefin brachte seinen flotten Schnitt nicht hin. Bin also wieder auf der Suche!

Irgendwo habe ich einmal gelesen, es sei für Frauen besonders schwer, sich einen neuen Friseur suchen zu müssen. Mit vorhandenen Finanzen würde ich Sie einfliegen lassen, Montpellier liegt gleich in der Nähe. Fünfzehn Jahre kennen wir uns jetzt schon und hatten immer viel Spaß miteinander. Übrigens, ist das Päckchen mit den Muscheln bei Ihnen angekommen? Bis zum Juni herzliche Grüße.

===============

Liebe Steffi,

hier kommt ein langer Brief an Dich. Deinem Wunsch gemäß werde ich Dir unseren Aufenthalt in Magalas beschreiben. Zuerst besuchten wir Susis und Wolfgangs Malerfreund, dessen Haus ganz weit draußen in der Pampa liegt. Ein 400 Jahre altes, einsam gelegenes Gehöft, äußerst malerisch und interessant, jedoch recht ländlich. Mit richtig viel Geld könnte man daraus ein tolles Anwesen schaffen. Der Maler hat auch schon viele Ideen eingebracht, jedoch alles müsste mal neu verputzt werden und so!

Danach fuhren wir zu sechst in dieses neu eröffnete Gourmetrestaurant »Ô Bontemps«, welches Monate im Voraus ausgebucht ist. Wir bestellten zweimal das Menü zu 24 Euro und viermal das zu 32 Euro, wobei das Letztere einen Gang mehr beinhaltete. Alle Menüs waren »Menu Surprise«, Überraschungsmenüs, das heißt, man gibt nur an, ob Fleisch oder Fisch gewünscht wird. Das große Menü bestand aus einem Fleisch- und einem Fischgang. Und jetzt pass gut auf!

Vor dem ersten Gang gab es Cocktailtomaten und Oliven in einer Marinade von »Pipapo«, ich weiß nicht, was, sowie selbst gebackenem Landbrot. Wir begeisterungsfähigen Deutschen verschlangen das dunkle Brot und bekamen noch Nachschlag. Danach kam ein Gläschen mit geschichtetem Rote-Beete-Gelee, darüber grüner Zucchinigelee und als Topping Crème Double. Alles schmeckte vorzüglich, aber das gute Brot und die vielen Kleinigkeiten hatten mich schon gesättigt, zudem befanden wir uns zu vorgerückter Stunde am Abend.

1. Gang für alle

Gefüllte Blätterteigpastete, mehrere Spieße mit Dorade und anderen kleinen Sachen sowie ein Gläschen geeisten Pastis.

2. Gang – Fischgericht

Auf einem Teller, der wie ein schiefer Zylinder aussah, Reis auf einem Lauchbett, zwei Spieße mit Kabeljau, zwei Spieße mit Überraschung (weil keine Ahnung) und zwei Spieße mit Bacon (was ist an Bacon Fisch???). Dazu ein Gläschen leichten Rotwein.

3. Gang – Fleischgericht

Rosa gebratenes Kalbfleisch, auf einem überdimensionalen Holzbrett serviert und mit viel »Trara« am Tisch aufgeschnitten, dazu eine Schale mit verschiedenen interessanten Nudeln und Soßen sowie klein geschnittenen Gemüsen. Dazu einen anderen Rotwein.

Danach folgt ein Zwischen- oder Vordessert.

Mir war schon vom Zusehen schlecht, so voll war mein Magen. Es gab ein Glas mit Erdbeeren und geschlagenem Sahneschaum, was super schmeckte, aber nun hätte Schluss sein müssen, mir war echt übel, aber nur mir, die anderen konnten schon so einiges verdrücken. Susi ließ sogar einen Teil ihres Fleisches liegen, sie hatte dafür aber auch alle verfügbaren Soßen ausgelöffelt.

Es folgte eine reichhaltige Käseplatte für zwischendurch, damit niemand verhungern möge.

4. Gang – Dessert

Auf einem sehr langen, rechteckigen Teller thronten drei Gläser jeweils gefüllt mit:

a) Île Flottante = Eiweißschaum auf Vanillecreme
b) Crème von Eisenkraut auf Himbeeren
c) Aprikosensorbet belegt mit karamellisierten Pfirsichspalten, alles sehr ansprechend aussehend, dazu einen süßen Muscat, aber … rien ne va plus. Danach ein petit Café mit Gebäck.

Ohne weiteren Kommentar!!

Nur eines noch, wir wurden eingeladen von Susi und Wolfgang!!

Unser Gartenhaus habe ich fertig gestrichen, auch gefliest haben wir selber. Das war vielleicht eine Arbeit, wenn man kein Profi ist und dann noch bei 30 Grad im Holzhaus! Nächste Woche will ich die Garage streichen, da wird es schön kühl sein bei der Höhe von fast acht Metern. Diesen Brief werde ich morgen in Montpellier zur Post bringen. Es treibt mich wieder einmal in die Großstadt, ich lechze nach vielen tollen Geschäften, Coffeeshops und Salatbars und dergleichen mehr.

Wir lieben unseren kleinen Ort schon der herrlichen Ruhe wegen, aber irgendwann überfällt mich die Unruhe, das nervöse Zucken in den Beinen, und ich möchte die bunten Auslagen in den Geschäften bewundern. Es besteht kein innerer Kaufzwang, einfach nur die Vielfalt der Angebote bestaunen und feststellen können, dass es außerhalb unserer kleinen, verwunschenen Welt noch mehr gibt.

Allerdings ist es für einen Behinderten in französischen Innenstädten äußerst schwierig, da erst in neuerer Zeit bei Baumaßnahmen mehr auf diese Bedürfnisse geachtet wird. Gesunde Menschen hasten auf für uns viel zu schnell laufende Rolltreppen. Wir müssen uns erst an schlecht markierten Schildern orientieren, die Aufzüge suchen, die oftmals irgendwo versteckt in den hintersten Ecken, nahe bei übel riechenden Toiletten zu finden sind. So beantwortet sich meine oft gestellte Frage von selbst, weshalb man unterwegs selten Behinderten begegnet. Mit dem Rollstuhl müssen sie vor den zu schmalen Türen mancher Geschäfte warten, zusammen mit den dort angebundenen Vierbeinern.

Ditmar geht am Stock, zieht das linke Bein hinterher, was ein äußerst schleichendes Vorwärtskommen mit sich bringt. Und so verbringen wir viele Stunden mit Suchen und Finden, aber er kann wenigstens die Geschäfte betreten, was er nach wie vor liebend gerne tut.

Geplant ist außerdem eine Stadtrundfahrt in einem kleinen Touristenbähnchen. Wie für uns geschaffen, bieten viele größere Städte solche Fahrten an. Diese Sehenswürdigkeiten würde Ditmar niemals zu Fuß zu sehen bekommen und ich mit ihm ebenfalls nicht.

Steffi, stelle Dir vor, ich habe das SMS-Schreiben gelernt, schau mal auf Deinem Handy nach, dort ist eine Nachricht für Dich! Liebe Grüße von uns an Euch.

Zum Schluss noch ein Witz, von einem Belgier über die Franzosen:

Wenn jemand drei Sprachen beherrscht, ist er trilingual, wenn jemand zwei Sprachen beherrscht, ist er bilingual, wenn jemand nur eine Sprache beherrscht, dann ist er Franzose! (Ist nicht böse gemeint, aber nur leider allzu wahr!)

==============

Liebe Sabine,

als Christine und Lothar zu Besuch in ihrem Ferienhaus waren, machten wir eine Weinprobe in der »cave coopérative«, der Winzergenossenschaft in Florensac. Man tritt durch die Eingangstür, überschreitet einen Glasboden und blickt hinunter auf die im Keller gelagerten Weinfässer. Für mich im ersten Moment ein mulmiges Gefühl. Ein netter, junger Mann, der außer Französisch und Spanisch auch Deutsch und Englisch spricht, berät uns anschließend bei der Weinprobe, die übrigens kostenlos ist, und stellt uns fachkundig die regionalen Weine der Cooperative vor. Ganz besonders gut mundet uns der »Viognier«, eine fast vergessene Traubensorte des Languedoc, die neu kultiviert und angebaut wird, ein leichter Weißwein, der geschmacklich dem toskanischen Galestro oder Vermentino ähnelt.

Gleich nebenan befindet sich ein hervorragendes Restaurant, »Chez Alex«, in welchem ich zuvor einen Tisch reserviert hatte. Der zu Beginn etwas kahl und nüchtern wirkende Raum füllt sich schnell mit Gästen, und man erkennt, dass eine Reservierung hier dringend erforderlich ist.

Schon wird eine große Schiefertafel mit den Menüfolgen des Tages neben unseren Tisch gestellt. Die Auswahl hält sich in vernünftigen Grenzen, ist wohldurchdacht und enthält Angebote für jeden Geschmack. Man kann wählen zwischen einem dreigängigen Menü für 19 Euro, oder man wählt Vorspeise und Hauptgang oder Hauptgang und Dessert für 16 Euro, jeweils kombinierbar aus fünf verschiedenen Vor-, Haupt- und Nachspeisen. Dazu kann man die zuvor in der Cave probierten Weine preiswert sowohl glas- als auch flaschenweise bestellen. Die Entscheidung fällt einem schwer, da alles sehr vielversprechend klingt. Außerdem könnte selbst ich mich für den Viognier begeistern, unterlasse dies jedoch, denn ich habe mich wieder einmal als Chauffeur angeboten. Der frühe Vogel frisst den Wurm, heißt es so treffend, denn es gibt Fisch- und Fleischgerichte, die offensichtlich bei den Gästen so beliebt sind, dass sie schon recht bald auf den Schiefertafeln durchgestrichen werden. Beizeiten kommen lohnt sich folglich, da die besten Gerichte schnell vergriffen sind. Das Essen kommt zügig, die Bedienung ist freundlich und umsichtig. Das Wichtigste aber, die Gerichte schmecken vorzüglich.

Wenn Du uns besuchen kommst, gehen wir auf jeden Fall mit Dir dort zum Essen, es wird Dir bestimmt gefallen. Vielleicht können wir dort unsere Gemälde ausstellen, wir haben deswegen schon mal vorgefühlt. Liebe Grüße von Deinen Eltern.

Liebe Frau M.,

ich habe es wieder getan!

Nach einem Jahr Auszeit habe ich mir Dauerwellen in einem Salon machen lassen, einem vor Kurzem neu eröffneten, futuristischen Salon, ganz aus Chrom, Spiegeln und Glas. Ständig wurde geputzt, die Chromfüße unter unseren Sesseln wurden sogar während unserer Okkupation poliert. Einem Päckchen neu entnommen, wurde mir eine Art weißer Judokittel angezogen, der aus Mikrofaser (?) bestand, und mit einem ebensolchen kleinen Tuch wurden die Haare getrocknet. Alle Kittel und Tücher wanderten nach Gebrauch in die Mülltonne! Frotteehandtücher gab es keine. Die Produkte von Keralogie und der Eigenmarke des Salons standen dekorativ aufgereiht in gläsernen indirekt beleuchteten Vitrinen. Nach dem Waschen wurden meine triefend nassen Haare in rosa Wickler gerollt und anschließend mithilfe eines Schwämmchens etwas Dauerwellenflüssigkeit aufgetupft. Nun bekam ich jede Menge Klarsichtfolie um den Kopf gewickelt, und ich saß circa 30 Minuten ohne Heißluft, aber hier mit Kaffee und Zeitschriften neueren Datums versehen. Viele kleine Flachbildfernseher, auf denen Musikvideos liefen, verteilten ihre Musik im Raum.

Und nun in Kurzform: Folie runter, Haare waschen, Fixierer drauf, 15 Minuten warten, Wickler ab, Haare waschen und mit dünner

Serviette abtrocknen. Während meine Haare unter der einzigen Haube trockneten, wurde ich noch geschminkt. Ich erkannte mich danach zwar kaum wieder, aber die fremde Frau im Spiegel gefiel mir doch recht gut. Sie werden es nicht glauben, trotz Verwendung minimalistischer Materialien war das Ergebnis erstaunlich gut ausgefallen. Ich könnte mir vorstellen, als Friseurtester durch die Salons zu ziehen, ähnlich eines Restauranttesters. Von mancher Seite wird mir eine übergroße Kritikfähigkeit unterstellt. Finde ich aber besser, als kritiklos durchs Leben zu gehen, oder? Obwohl andererseits, kritiklos lebt es sich leichter, glaube ich, was meinen Sie?

Sabine hatte mich noch kurz zuvor per SMS gewarnt, ich solle lieber in Deutschland zu Ihnen gehen. Wie recht sie hatte, merkte ich nach dem Friseurbesuch zu Hause. Die linke Hälfte des Hinterkopfes hatte keine Dauerwellenflüssigkeit abbekommen, ich sah unmöglich asymmetrisch aus, vorne hui, hinten pfui!

Am nächsten Tag fand ich mich reklamierend wieder dort ein, und nun bekam der ganze Hinterkopf eine kräftige Dauerwelle verpasst, das heißt, die Flüssigkeit kam schon vor dem Wickeln in die Haare und danach noch einmal. Dem dünnen Tüchelchen war es schier unmöglich, die überbordende Flüssigkeit aufzunehmen. Der Hinterkopf sah danach auch dementsprechend kraus aus. Jetzt geben wir es ihr aber, dachte die Friseurin wohl.

Ich hoffe, Ihnen und Ihrem Mann geht es gut, und sende Ihnen ganz liebe Grüße aus Südfrankreich.

===============

Liebe Steffi,

soll noch einmal jemand sagen, alle Französinnen seien elegant gekleidet! Wenn die Aussage, dass alles relativ ist, auf etwas zutrifft, dann auf Kleidung und Stil der weiblichen Bevölkerung Frankreichs, die Herren der Schöpfung lassen wir sowieso mal außen vor.

Derjenige, der diesen Spruch in einer Art geistiger Verwirrtheit tat, befand sich entweder gerade in Paris, in einer anderen Großstadt oder in einer Testosteron-gesteuerten Vernebelung des Gehirns. Gewiss, wenn die Französin elegant zu nennen ist, was nicht auf die Mehrzahl zutrifft, dann ist sie aber auch so was von elegant, dass es einen erschlägt.

Zum Beispiel in Arztpraxen, da geben sich Pharmareferentinnen die Türklinken in die Hand, müssen jedoch meistens ihre kostbare Zeit im Wartezimmer mit Handy und Laptop verbringen. Dann hat der mit ihnen wartende Patient genügend Muße, verstohlenen Auges oder auch ganz offen diese durchgestylten Wesen zu taxieren. Man fängt bei den kleinen Füßen an, die in extrem hohen Pumps stecken und viel zu groß erscheinen durch die lange hypermoderne Schuhspitze, in denen bestimmt zwei Schuhgrößen leer stecken.

Bevor es weitergeht, stell Dir die Farbe Schwarz vor, immer und alles in tiefstem Schwarz, durchbrochen von einer klitzekleinen, fast durchsichtigen Bluse in Beige oder so, schon elegant, keine Frage! Die wohlgeformten, langen Beine stecken in einer schmalen, schwarzen Hose, darüber eine Blusen- oder T-Shirt-Kombination in Verbindung mit einem Nichts aus Pulli und einem leichten, weichen und sehr teuren Lederjäckchen, wobei ein meist recht tiefes Dekolleté einen freien Blick auf wohlproportionierte Brüste freigibt. Ich frage Dich, werden diese Damen von ihren Arbeitgebern zu diesem Styling angehalten, um die Ärzte auf diese Weise zum Verschreiben ihrer Produkte zu animieren? Wie soll ein Arzt nach einem solchen Auftritt noch zuverlässig einen alten unattraktiven Patienten behandeln können? Selbst als Frau würde mich eine solche Erscheinung umhauen, aber nicht zum Kauf der angebotenen Produkte oder dergleichen animieren können.

Hat der wartende Patient, der natürlich von dieser Aura in Schwarz keines Blickes gewürdigt worden ist, die Möglichkeit, diese in ihren Wagen steigen zu sehen, dann wird dieser, Du ahnst es sicherlich schon, von schwarzer Farbe sein und sehr, sehr hochglänzend. Einmal war bei unserem Arzt ein Pharmareferent anwesend, ebenfalls schwarz und elegant gekleidet, jedoch als »Mann« kaum erwähnenswert. Diese weiblichen Wesen werden in voller Absicht für diesen Job ausgesucht.

Ebenso phänomenal, jedoch in hellere Farben gewandet, unsere Immobilienmaklerin. Tolle Figur, dunkelblond, weiße Leinenhose, weißes Top, dazu ein leichtes Leinenjäckchen in Beige, hellbraune Schuhe und dazu passend eine große, braune Tasche. Alles sehr nach meinem Geschmack, und ich versuchte, nicht in Verzückung zu geraten. Wer solche Damen sieht und dann meint, alle damit vergleichen zu können, so irrt der! Die typische Französin ist eher kleinwüchsig, oftmals schlank. Ihr schlankes Wesen gelangt aber durch die kleine Statur nicht so recht zur Geltung. Auffällig sind allerdings die Kinder und Jugendlichen, die, wahrscheinlich bedingt durch ihr Mittagessen in der Schule, schmäler sind als vergleichbare Deutsche. Obwohl auch da, laut Zeitungsberichten, eine Annäherung der Franzosen an die Deutschen stattfindet.

Zurück zur weiblichen Bevölkerung. Auf dem deutschen Land ist man bemüht, sich selbst zum Einkauf im Supermarkt einigermaßen gut zu kleiden. Ganz anders in Frankreich, da graust es einen so manches Mal ob der Kleidung, Frisur oder Schuh- und Taschenwahl. Das mag jetzt ganz subjektiv gesehen sein, ich nehme auch nicht für mich die Unfehlbarkeit in Anspruch, aber zurück zum Anfang: Alles ist relativ!

In diesem Sinne esse ich noch ein Croissant und grüße Dich.

===============

Liebe Maria,

werde ich doch ständig von Bekannten nach unseren täglichen Beschäftigungen gefragt und ob uns nicht die Langeweile überfalle. Absurd, solche Fragen!

Seit unserem Einzug sind wir mit Verschönerungsarbeiten im und ums Haus herum beschäftigt, außerhalb musste der Garten angelegt, Pflanzen, Büsche und Bäume gesetzt werden. Der Garten vor der Terrasse wurde mit Holzplanken belegt und das Betonfundament für ein 12 qm großes Gartenhaus hergestellt. Dieses wurde dann aufgebaut, von uns innen gefliest und von mir außen mit Holzschutzfarbe gestrichen. Ehemalige Rasenflächen (Unkrautflächen) haben wir mit einer Spezialfolie bedeckt und Kies darauf verteilt, um den Wildwuchs in den Griff zu kriegen, die Pflanzen sind hier von einer außergewöhnlichen Hartnäckigkeit. Damit gehört das mühsame Rasenmähen endlich der Vergangenheit an. Immerhin waren dazu vier Tonnen Kies erforderlich, der auch von uns zusammen mit Sabine verteilt wurde. Auf die mit Holzbalken abgegrenzten Beete wurde säckeweise Blumenerde verteilt. Diese besorgten wir aus Bau- und Gartenmärkten, immer mit meiner Hilfe, da Ditmar dies alles nicht alleine bewerkstelligen kann. Die Malerarbeiten, ob einfach oder schwierig, sind ohnehin mein Metier, Ditmar hat hierzu kein rechtes Talent, er hat hinterher mehr Farbe an sich hängen als auf dem gestrichenen Gegenstand.

Auf der vorhandenen 70 Meter langen, circa 1,20 Meter hohen, das ganze Grundstück umgebenden Mauer montierten wir selber einen aus jeweils zwei Meter langen Zaunelementen zusätzlichen Drahtgitterzaun und brachten daran einen Sicht- und Windschutz an. Das gesamte Material besorgten wir im Baumarkt. Dort waren die nicht gerade leichten Zaunelemente in einem Hochregal gelagert, unerreichbar für uns beide. Als ich dort einen der »überbeschäftigten« Mitarbeiter bat, mir zu helfen, verwies dieser mich auf die in den Baumärkten übliche Selbstbedienung. Erst als er Ditmars Behinderung bemerkte, ließ er sich zu einer stark eingeschränkten, von einem mürrischen Gesicht und brummigen Kommentaren begleiteten Nothilfe hinreißen. So etwas kommt normalerweise in Frankreich selten vor, im Allgemeinen ist man in solchen Fällen wirklich hilfsbereiter.

Einige »Baustellen« warten allerdings immer noch auf Erledigung, wie das abschließende Streichen der Wände und der Decke in der hohen von einer Mezzanine unterteilten Doppelgarage. Bei der Höhe von 7 Metern traue ich mich noch nicht dran, es müsste dazu ein Gerüst gestellt werden. Würde dies eine Firma erledigen, käme alles sehr teuer. An Bad- und Toilettenfenster warten noch Fliegengitterrollos auf ihre Anbringung. Vielleicht kommen Lijane und Jarek, unsere lieben Freunde aus Deutschland, um uns dabei zu helfen. Ich würde mich riesig freuen!

Von den täglichen Hausarbeiten, wie Essen zubereiten, waschen, bügeln usw., will ich gar nicht erst berichten. Das Putzen der acht großen bis zum Boden reichenden und der zwölf normal großen Fenster wird durch den mit Wüstensand angereicherten Wind und Regen relativ oft erforderlich. Diese maritimen Winde setzen dem Holz des Gartenhauses auch so stark zu, dass nach nur zwei Jahren bereits ein neuer Schutzanstrich erforderlich ist, obwohl wir bereits eine »Vernis spécial marin«, eine Spezialfarbe für Bootsanstrich, verwendet haben.

Unser großer Bücherschrank von zu Hause hat Platz im »séjour«, im Wohnzimmer, gefunden, dennoch haben nicht alle Bücher darin Platz, so besorgten wir bei Ikea in Montpellier einige der berühmten Billy-Regale und brachten diese im Arbeitszimmer unter. Um die Regale zu holen, waren aufgrund unserer begrenzten Transportkapazität drei Fahrten nach Montpellier erforderlich, manchmal habe ich wirklich genug davon!

Klar, selbst schuld, man kann schließlich alles auch lassen, wie es ist, den Vorbesitzern hatte es genügt, aber wir möchten natürlich die Dinge den eigenen Anforderungen und Bedürfnissen anpassen. Außen in der Garageneinfahrt wartet der Betonboden noch auf einen haltbaren Anstrich oder Belag aus Fliesen oder »Béton ciré«, Wachsbeton. An der Seite der Einfahrt haben Sabine und ich eine 1,50 m kurze weiße Balustrade errichtet. Um von der Garage besser in den Garten zu gelangen, will Ditmar hier noch eine Stufe anbringen. Die Suche nach all diesen Materialien ist mitunter sehr zeitaufwendig und führt dazu, dass wir mittlerweile das Sortiment aller im Umkreis von 50 km befindlichen Baumärkte kennen und in der Lage sind, sogar den französischen »bricoleurs« in der Nachbarschaft gute Tipps zu geben. Zwischen Küche und Garage befindet sich ein kleiner Raum, in dem wir den Kühlschrank und einige Stahlregalelemente für Küchengerätschaften und Vorräte untergebracht haben, diese Regale stammen ebenfalls von Ikea. Nachdem wir drei weitere davon erstanden hatten, war Ikea anscheinend an seine Kapazitätsgrenzen gestoßen. Dieser Regaltyp war ausverkauft und wurde aus dem Programm genommen. Schade, ich denke, wir hätten noch einige gebrauchen können.

Aber schließlich gibt es noch einen ganz gewichtigen Grund, weshalb wir eigentlich hier sind:

Den Strand, die Sonne, die Umgebung kennenlernen und genießen, Restaurants besuchen und endlich »Leben wie Gott in Frankreich«, dann, wenn die Touristen nach der Hauptsaison im Juli/August unsere Region verlassen haben!

Während des letzten Jahres habe ich vierzehn Einladungen ausgerichtet mit jeweils circa vier bis sieben Personen, die eine Woche nicht mitgerechnet, die drei Personen bei uns als Gäste verbrachten. Ebenso oft waren wir selbst bei anderen zu Gast.

Normalerweise essen wir abends früh so gegen 18 Uhr eine Kleinigkeit, belegtes Brot mit Wurst oder Käse sowie einen kleinen Salat. Hier wird oft erst ab 19 oder 20 Uhr zu Abend gespeist, und dies zumeist mit mehreren Gängen. Der erste Gang besteht meistens aus Salat oder gebackenem Gemüse mit Krabben oder anderen Schalentieren. Es folgt Fisch oder Fleisch mit Kartoffeln und Gemüse. Danach wird eine Käseplatte mit Baguette gereicht, und zum Abschluss gibt es ein Dessert mit Kaffee und einem Digestif.

Der erste Gang reicht mir im Normalfall zur Sättigung völlig aus, da ich abends meist nur Salat esse. Mein Magen ist schon gefüllt, und jede folgende beladene Gabel erschwert mir das Atmen. Angesichts der Mengen und ständigen Aufforderungen durch die Gastgeber, doch mehr zuzugreifen, möchte man diese auch nicht brüskieren. Wenn dann auch noch der unvermeidliche Käsegang aufgetischt wird, bin ich der Verzweiflung nahe und möchte schier fortlaufen. Besagter Käsegang scheint mir sowieso nur ein Pseudogang zu sein, weil jeder nur noch verhalten zugreift, um die Gastgeber nicht zu enttäuschen, von wenigen unersättlichen Ausnahmen abgesehen, die in der Lage sind, große Mengen von jedem Gang zu vertilgen. Bekomme ich einen bereits gefüllten Teller vorgesetzt, so muss ich leider einiges zurücklassen und freue mich auf das Dessert. Wie Du siehst, muss ich mich gewaltig umstellen!

Am liebsten koche ich für Gäste, da bin ich Herrin der Lage, da fordert mich keiner zum ständigen Zugreifen auf, da esse ich, was ich will, und so viel oder wenig ich will, und hinterher geht es mir gut.

Noch einmal zurück zur Frage: Was tut ihr so den ganzen Tag über? In einer Zeitschrift schrieb ein Auswanderer, er habe auf diese Frage geantwortet: Wir lernen die Landschaft und die neue Kultur kennen. Wir ergänzen dazu: Wir sitzen den ganzen Tag auf der Terrasse, schlürfen Champagner und Austern und genießen die Sonne und am Abend die herrlichen Sonnenuntergänge. Das tun wir auch gelegentlich. Diese Äußerungen sorgen dann doch für überraschte Gesichter. Was soll man sonst auf solche Fragen antworten???

Liebe Maria, zurzeit schreibe ich an meinem Buch, dann widmen wir uns der Ölmalerei, und wenn dann noch Zeit übrig sein sollte, möchte ich das Nähen lernen und das Quilten. Meinst Du, dass es uns je langweilig werden wird? Liebe Grüße.

===============

Liebe Steffi,

auch im Ausland kann man krank werden. Noch in Deutschland hatte mir meine behandelnde Ärztin prophezeit, dass bei mir ein kleiner Eingriff vorgenommen werden müsse. Also suchte ich mir einen dazu passenden Arzt im nahen Krankenhaus. Dieses machte einen überaus sauberen und ordentlichen Eindruck, und auf meine Frage hin erfuhr ich, dass es erst seit einem Jahr in Betrieb sei. Alle Abteilungen waren gut sichtbar gekennzeichnet, und so fanden wir schnell die für mich zuständige. Jede Abteilung hat eine eigene Rezeption, wo ich einen Termin für die Untersuchung in der darauffolgenden Woche erhielt. An jenem betreffenden Tage, wir kennen uns jetzt schon ein wenig aus, kommen wir in ein überfülltes Wartezimmer und stellen uns auf eine lange Wartezeit ein. Der Raum leert sich überraschenderweise recht schnell, da mehrere Ärzte im Einsatz sind, und ich komme noch vor dem vereinbarten Termin dran.

Der Arzt stellt bei mir einen positiven Befund fest, der für mich jedoch negativ erscheint, da er eine kleine Operation erforderlich macht. An der Rezeption erhalte ich eine Rechnung über 50 Euro für die Konsultation und einen Termin für die OP in vier Wochen. Da wir nicht in der französischen Krankenversicherung sind und folglich auch keine »Carte Vital« besitzen, sondern in Deutschland privat versichert sind, müssen wir alle Rechnungen und Gebühren sofort begleichen.

Zur Vorbereitung auf die OP erhalte ich einen Umschlag mit zahlreichen Fragebögen und Formularen und den Auftrag, in der Woche vor der OP ein Gespräch mit dem Anästhesisten zu vereinbaren und drei Tage davor einen Bluttest in der Laborabteilung machen zu lassen. Zu diesem Termin kann ich ohne Anmeldung, aber »à jeun« erscheinen. Ich will mich totlachen, denn ich verstehe »jeune«, was »jung« heißt. Natürlich soll ich nicht JUNG erscheinen, sondern NÜCHTERN. Meine letzte Blutgruppenuntersuchung fand vor 40

Jahren vor Sabines Geburt statt, und in der Zwischenzeit kann sich vieles verändert haben.

Also gut, ich erscheine also sehr á jeun zur Blutabnahme, habe zuvor versucht, mich etwas jung aussehen zu lassen, und bin natürlich nüchtern. Mit dem Arzt vereinbart waren nur zwei »pique« nur zwei Stiche, jedoch mit der ersten Nadel entnimmt er mir acht große Proben, mit der zweiten Nadel am anderen Arm noch einmal dasselbe. Dabei unterhalten wir uns ein bisschen über das Leben und meines im Besonderen. Bevor ich mein »Rendezvous«, meinen Termin, beim Anästhesisten habe, kann ich das Resultat der Blutuntersuchung im Labor abholen und die Rechnung begleichen. Die Ergebnisse sind aufgelistet und die Ist-Werte den Soll-Werten gegenübergestellt, sodass man unschwer erkennen kann, ob die Werte im Rahmen sind oder von der Norm abweichen. Dabei stelle ich fest, dass ich eigentlich ein kerngesunder Mensch bin, der zur OP muss. Na toll!

Da der Termin für den Anästhesisten erst in einer Stunde ist, sehen wir uns in der großzügigen, geschmackvoll gestalteten Eingangshalle um und beobachten die Leute. Sodann schlendern wir zur Rezeption der Anästhesie. Aber oh Schreck, der Warteraum ist bereits voller Patienten. Ditmar und ich, wir sehen uns an und müssen lachen. Es gibt offensichtlich zwei Anästhesisten, eine elegante, supergestylte Dame und einen Herrn, den ich aufgrund seiner Kleidung zunächst für einen Maler und Lackierer halte, und hoffe insgeheim, von der eleganten Ärztin aufgerufen zu werden.

Wir sitzen kaum, da werde ich auch schon aufgerufen – von dem Maler natürlich, der sich als mein zukünftiger Anästhesist vorstellt. Es stellt sich heraus, dass er ein wenig Deutsch spricht, da er einige Zeit in Strasbourg gelebt hat. Er ist sehr nett und freundlich, auch wenn seine Bekleidung, ein blau-weißes Cordhemd, welches locker über seiner lässigen Jeans hängt, eher einem Malerkittel ähnelt. Meine Sehschwäche hatte ihn auf die Entfernung hin als Maler identifiziert, was ja keine negative Bezeichnung ist.

Der Arzt stellt mir alle Fragen des Formulars noch einmal und gibt die Antworten in seinen »ordinateur« ein, in seinen Computer. Meine Herztöne werden abgehört und mein Blutdruck gemessen. Das Ergebnis lautet 10 zu 7, nach unserer Lesart 100 zu 70, also gewohnt niedrig. Danach werden wir freundlich verabschiedet und von ihm zu seiner Rezeption geleitet, wo wir seine Rechnung direkt mit einem Scheck begleichen und ein Schreiben für unseren Hausarzt erhalten. Neugierig, wie ich bin, schaue ich mir den offenen Brief an und lese erstaunt die Anrede an den Hausarzt: Cher ami, lieber Freund. Finde ich irgendwie nett.

Mit einem weiteren Formular muss ich zur »accueil«, Empfangsrezeption, in der Eingangshalle, erhalte dort einen Abschnitt mit einer Nummer, die nach sehr kurzer Wartezeit auf einer Leuchtanzeige über einer der vier gläsernen Kabinen aufgerufen wird. Hier gibt eine Sachbearbeiterin alle Daten noch einmal in ihren Computer ein, klärt mit uns die Versicherungsfrage, erstellt ein »Dossier« für die Operation und erklärt mir, dass ich mich zum vereinbarten Termin im ersten Stock in der Ambulanz »à jeun« einzufinden habe.

Aber natürlich, wie denn sonst, ich komme »jung«! Liebe Grüße und drücke mir die Daumen für die OP!

==============

Brief an meine Mutter

Liebe Ma,

es ist mir ein innerer Zwang, Dir einige Dinge mitzuteilen, die Dich sicher interessieren würden.

Ich komme gerade von der hier im Ort ansässigen Schneiderin. Weißt du, hier wird man nicht noch einmal zur Anprobe bestellt, die Dame sagt, sie könne sich alles merken, und dann kommst du hin und irgendetwas fehlt oder ist völlig anders angefertigt. Kannst Du Dich an mein Sträuben vor den Anproben bei Dir erinnern?

Du hattest die Schneiderei von der Pike auf gelernt, und so ordentlich und sauber verarbeitet waren auch Deine Arbeiten, die exakten Nähte waren immer glatt versäubert und gebügelt.

Dies ist jetzt bereits die zweite Schneiderin, die ich konsultiere, immerhin halten sich ihre Forderungen in angemessenen Grenzen. Die erste brachte zwar ihre eigenen super Ideen mit in ihre Arbeiten ein, jedoch zu horrenden Preisen. Du hast Deine Arbeiten meist zur Hälfte verschenkt, hab ich Dir immer gesagt, aber auf mich wurde nicht gehört.

Beim nächsten Mal bringe ich meine Näharbeiten wieder zu Waltraud in Deutschland, die mich auch schon mal das Nähen lehren wollte. Als wir Dich im Frühjahr besuchten, habe ich Dir begeistert von meinen Nähkünsten vorgeschwärmt, Sabine hatte versucht, mir das Nähen beizubringen. Alles Vorschusslorbeeren! Neulich hole ich die Nähmaschine hervor, installiere die Verlängerungsschnur – und kann den Faden nicht einfädeln! So viel zum Thema Nähen lernen!

Stell Dir vor, vorige Woche kommt ein Anruf aus Polen, und Evas Tochter teilt mir mit, ihre Mutter sei an einem Herzanfall verstorben. Wir waren alle geschockt, unsere liebe Eva, die mir bei Deiner Pflege behilflich war, sie war doch erst Anfang fünfzig! Ich glaube, sie hat sich für ihre Familie überarbeitet, war oft in Deutschland, um das so dringend benötigte Geld zu verdienen. Ihre beiden Töchter studierten noch und ihre alte Mutter war ständig krank.

Du weißt, unser Haus in Deutschland konnte ich nicht gerade leichten Herzens, jedoch ohne großes »Ach« und »Weh« verkaufen. Aber denkst Du, ich könnte im Vorbeifahren hinsehen oder gar hineingehen und die neuen Bewohner besuchen? Ja, ich weiß, Du verstehst mich, Du hättest erst gar nicht verkauft. Bedenke, all Deine Geschwister sind aus ihrem Elternhaus ausgezogen, um sich eigene Häuser zu bauen, und ich als Letzte aus der Familie hätte dies nicht tun dürfen? Verzeih, ich sehe das etwas anders, obwohl ich auch Deinen Standpunkt verstehe. Das Haus war über hundert Jahre im Besitz unserer Familie, es ist mir gewiss nicht leicht gefallen, es zu veräußern. Nur, in wessen Hände hätte es nach mir gehen sollen? In Sabines etwa, die in einem anderen Bundesland arbeitet und glücklich ist? Außerdem ließ die ganze Konstellation der beiden aneinandergebauten Häuser keine Alternative zu, man bedenke, es waren zwei Häuser, und außerdem möchte ich jetzt nicht weiter ins Detail gehen. Es gibt so viele Gründe, die uns zum Verkauf bewogen. Vielleicht würdest Du mich irgendwann doch verstehen, denn Dir hat es doch in Südfrankreich auch gut gefallen.

Der Verkauf unseres Ferienhauses verlief ähnlich, und auch dort kann ich die neuen Bewohner nicht besuchen. Unsere Freunde Ginette und Jacky wohnen gleich nebenan, und bei jedem Besuch der beiden würdige ich unser ehemaliges Ferienparadies keines Blickes. Es tut alles irgendwie noch unheimlich weh. Vielleicht heilt die Zeit ja doch alle Wunden, wie man so schön sagt.

Bei jedem Deutschlandbesuch komme ich zu Dir und erneuere die ewig brennende Kerze auf Deinem Grab und stelle frische Blumen darauf. In der Zwischenzeit kümmert sich Steffi rührend um Deine Grabstelle, ich denke, du bist zufrieden. Bei unserem nächsten Besuch erzähle ich Dir wieder die letzten Neuigkeiten, aber ich bin mir sicher, es ist doch erfreulicher, von der Tochter einen Brief zu erhalten!

Bis zum nächsten Mal, halte Dich gut fest auf Deiner Wolke, und sei lieb gegrüßt von Deiner Tochter!

Post aus der alten Heimat

Liebe Familie P.,
herzliche Adventsgrüße aus Deutschland sendet Ihnen Ihre Familie Schwarz. Das Haus Ihrer Tante, Sie hatten danach gefragt, ist endlich verkauft. Es hat sehr lange gedauert, aber schließlich hat eine türkische Familie zugegriffen, allerdings haben sie den Preis erheblich gedrückt. Obwohl es circa fünfzehn Interessenten gab, war es schwer, das Haus zu verkaufen, denn alle störte das Umfeld. Die Schwester Ihrer Tante hat die meisten Möbelstücke nach Amerika transportieren lassen. Wo sie die wohl alle unterbringen will? Liebe Grüße.

Meine Tante, die Schwägerin meiner Mutter, war kurz vor unserer Abreise nach Frankreich verstorben, und ihre Schwester in Amerika war die Alleinerbin. So hatten weitläufige Verwandte in Deutschland den schwierigen Auftrag des Hausverkaufs übernommen.

===============

Liebe Gaby,

auch wir wünschen Euch ein schönes Weihnachtsfest, vor allem Gesundheit für das neue Jahr.

Über Neujahr fliegen Gerhard und ich nach Lissabon. Die Schule nervt zurzeit, die Schüler sind so aufgedreht, doch in einer Woche gibt es Ferien, da kann ich mich etwas erholen.

Liebe Grüße von Maria und Gerhard

===============

Ihr Lieben,

ups, jetzt wird es aber Zeit, Euch ein schönes Weihnachtsfest zu wünschen und einen guten Rutsch ins neue Jahr.

Natürlich verstehen wir, dass man bei einem kurzen Heimataufenthalt nicht alle Termine, die man sich vorgenommen hat, wahrnehmen kann. Dieses Problem kennen wir von unseren Besuchen bei meiner Schwester im Stubaital.

Bestimmt hat Eure Tochter die richtige Wahl getroffen, indem sie sich nach ihrem Jahr auf Teneriffa wieder für Deutschland entschieden hat.

Bei Eurem nächsten längeren Deutschlandaufenthalt hoffe ich, dass wir uns sehen! Seid herzlichst gegrüßt von Heidrun und Jürgen.

==============

»Bonjour, mes parents françaises«,

ich hoffe, ich kann Euch 'ne Freude machen mit meinem deutschen Care-Päckle! Mom, ich habe hauptsächlich an Dich und Deine Pocket Coffee gedacht, die Du so liebst.

Hatte heute meinen freien Tag und hab mich irgendwie gar nicht gut gefühlt, da bin ich in die Stadt gegangen und hab mir neue Gummistiefel für den Pferdestall und dicke Socken gekauft, und jetzt geht's wieder. Gummistiefel machen also glücklich? Seltsame Theorie, he?

PS: Hoffe, alles ist essbar geblieben, trotz der Hitze! Es gab leider keine »Berlepsch« (Äpfel) mehr. Anbei ein Zettel mit täglich zu befolgenden Punkten. Küsst die Kröte von mir, wenn Ihr sie seht!

Bisous, Eure Sabine

Diese Zeilen bedürfen einer näheren Erklärung: Von Zeit zu Zeit erreichen uns ganz liebe Päckchen von unserer Tochter, die in der

Nähe von Freiburg lebt, nur so ist das Wort »Päckle« zu verstehen, wie man es dort ausspricht. Auf dem Zettel für die Pinnwand waren Aufgaben für die Eltern aufgelistet, die uns Spaß bereiten sollten: === am Strand spazieren gehen === Frischluft tanken === Nähen üben (mit der Nähmaschine) === auf der Terrasse sitzen usw.

Unter einer Steinplatte im Garten hatten wir eine Kröte entdeckt, und falls ich diese küssen könnte, würde sie sich vielleicht in einen Prinzen für Sabine verwandeln. Es tat der Sache keinen Abbruch, dass dies laut Grimms Märchen ein Frosch sein musste, man kann ja nie wissen!? Aber wie gerufen erschien dieser, ein grüner Laubfrosch, einige Zeit später tatsächlich auf unserer Terrasse, der erwartete Prinz war er aber auch nicht.

Ich finde, manchmal darf man ruhig etwas kindisch sein!

Vor gar nicht langer Zeit erreichte uns ein Päckchen mit einer Karte, auf der stand: »Warning: Chocolate can make jour clothes shrink!« Warnung: Schokolade lässt deine Kleider schrumpfen. Na, dann sollte man besser keine Süßigkeiten verschicken, wie Sabine es gerade getan hatte!

================

Hallo, Ihr Lieben,

heute ist ein ganz schrecklich nasskalter Oktobersonntag, wobei man höchstens ein Buch oder wie ich in diesem Falle Kuli und Papier zur Hand nehme und ganz lieben Freunden ein paar Zeilen schreibe. Ich habe bewusst ein Foto unseres Herbstgartens ausgewählt, der jedoch zwischenzeitlich der Jahreszeit entsprechend winterfest ist.

Die Medien berichteten über schwere Unwetter in Spanien, wir hoffen, dass Ihr im Süden Frankreichs davon verschont geblieben seid!

Habt Ihr Eure Arbeiten an Terrasse, Garten und rund ums Haus abgeschlossen?

Ganz liebe Grüße senden Heidrun und Jürgen

===============

… eigentlich wollte ich mich telefonisch bei Euch melden, aber ich habe Eure Telefonnummer verlegt. Manuela und ich sind mittlerweile nach Toulouse gezogen. Solltet Ihr Lust haben, einmal nach Toulouse zu kommen, ruft bitte an. Wir würden uns freuen, Euch mal wiederzusehen, ggfs. auch in Montpellier, wo wir das Wochenende oft verbringen.

Hoffe, es geht Euch gut, und bis bald.

Alles Liebe, Susanne und Hilde

Frankreich ist anders: Absinth, Trüffel und andere Absonderlichkeiten

Absinth, am Anfang des letzten Jahrhunderts ein hochprozentiges Kultgetränk in den Bistros, besonders in Künstlerkreisen. Aufgrund seiner intensiven Farbe wurde er auch als »grüne Fee« bezeichnet und wegen seines Hauptbestandteils, der stark berauschend wirkenden Thyane, der Wermutpflanze, als »Fleurs du Mal«, als Blume des Bösen. Aus Wermutpflanzen, Fenchel,Anis, Süßholz, Kampfer, Minze, Melisse und unzähligen Kräutern der Garrigue, hergestellt in den Destillerien der Provence, verbreitete sich das Getränk über ganz Frankreich, bis es nach dem Ersten Weltkrieg verboten wurde, da sein übermäßiger Genuss gesundheitsschädlich war.

Der Nachfolger des Absinth wurde der aus Anis hergestellte Pastis, zum Beispiel Pernod und Ricard. Heute gibt es Absinth wieder in abgeschwächter Form. Man trinkt ihn auf zerstoßenem Eis oder Eiswürfeln, in jedem Fall aber unter Zusatz von Zucker, da er sonst zu bitter schmeckt, und gießt ihn mit kaltem Wasser auf. Wer es hart mag und verträgt, trinkt ihn pur, er hat immerhin 60 %. Beliebt ist das »rituel bohémien«, dabei wird ein spezieller gelochter Löffel quer über ein Glas gelegt, darauf ein Stück Würfelzucker, welches mit Absinth übergossen und getränkt wird. Nun steckt man den Zucker mit dem Streichholz an, der Alkohol verbrennt mit blauer Flamme, bringt den Zucker zum Schmelzen, der ins Glas tropft, und schließlich gießt man eiskaltes Wasser darüber. Besonders in der Dämmerung auf der Terrasse ist dies ein hübscher Effekt, der bei Gästen große Begeisterung auslöst. Zumal es auch ein wenig verrucht wirkt und man sich ein bisschen fühlt wie Toulouse-Lautrec oder Vincent van Gogh. Sich ein Ohr abzuschneiden ist jedoch nicht obligatorisch.

Trüffel

»Der schwarze Diamant«, wie Feinschmecker die Trüffel nennen, ist eigentlich eine Pilzkrankheit, die unter bestimmten Bedingungen Steineichen und Haselnussbäume im Wurzelbereich befällt. Die Trüffel wird im Mai »geboren«, treibt und wächst in aller Stille und erwartet geduldig die Gewitter Mitte August, um ihre ausgewachsene Größe zu erreichen, und reift während des Herbstes. Wenn der Boden kalkig, das Gelände trocken und sonnig ist und zur rechten Zeit in ausreichender Menge Regen gefallen ist, dann stehen die Chancen gut, genügend Trüffel ernten zu können, denn dann haben sich an den Wurzeln die begehrten Knollen gebildet. Im Dezember ist die Trüffel zwar reif, erreicht jedoch erst in der zweiten Januarhälfte die optimale Qualität und das Aroma, das es dem gewieften Suchhund mit seinem guten Geruchssinn ermöglicht, die Trüffel in bis zu circa 20 Zentimeter Bodentiefe aufzuspüren.

Früher nahm man dazu Schweine, die jedoch ihren Fund nicht so gerne hergaben und, ehe man sich's versah, die begehrtesten Stücke schnell gefressen hatten. Der Hund hingegen, von etwas schlichterem Gemüt, lässt sich vom Menschen mit Hundelekkerli betrügen. Trüffel würden ihm wahrscheinlich sowieso nicht schmecken.

Es gibt viele Versuche, Trüffel zu züchten, aber dies gelingt bisher nur mit mäßigem Erfolg. Von hundert präparierten Steineichen produzieren etwa nur zwanzig nach circa zehn Jahren, wenn man sehr viel Glück hat und der Kalkgehalt und der pH-Wert des Bodens stimmt und es nicht zu trocken ist, circa 30 g schwere Trüffelknollen.

Überwiegend wird die Trüffel nach wie vor von den eingeschworenen »Truffiers« an den von ihnen gut gehüteten Fundplätzen geerntet. Zum Verkauf angeboten wird die teure Ware, der Kilopreis liegt bei etwa 1 000 Euro, recht profan, eingewickelt in Zeitungspapier oder karierten Küchenhandtüchern, aus dem Kofferraum der Renault-Kastenwagen. Regionale Trüffelmärkte gibt es von November bis März im Gebiet des Gard und Vaucluse, wobei der bekannteste in Richerenches stattfindet. Inzwischen gibt es auch im Hérault und Aude am Fuße der Montagne Noir in einigen Dörfern Trüffelauktionen.

»Trüffel, du geheimnisvolles Wesen, ich muss zu meiner Schande gestehen, dass ich trotz mehrerer Geschmacksversuche den Zugang zu dir noch nicht gefunden habe!«

Ein bekannter französischer Koch sprach mir eines Tages aus dem Herzen, er sagte: Würde die Trüffel nicht im Preis so hoch gehandelt, würde sie keiner essen wollen. Da die Trüffel wie auch der Kaviar für den Normalbürger kaum erschwinglich sind, gelten sie als Spezialität für die gehobene Küche. Es sei also keine Schande, diese Speisen nicht zu mögen. Ich muss mich demnach nicht als Kulturbanause fühlen, wenn ich bei den Worten »Trüffel« oder »Kaviar« nicht in Begeisterungsstürme ausbreche.

===============

»La perle des sous – bois«

»Die Perle des Unterholzes« oder »der weiße Kaviar«, wie sie auch genannt wird, ist kein Produkt des Meeres, es ist die allerneueste kulinarische Errungenschaft der Menschheit. 1 kg für 1 200 Euro liegt damit preislich etwa auf dem Niveau von Kaviar und Trüffel. Es handelt sich hierbei um weiße Schneckeneier aus dem Département Aisne in der Region Picardie. Die Dose mit 125 g ist zu 150 Euro zu erwerben und heute schon in den Delikatessenläden von Paris sowie in den Luxusrestaurants zu finden. Ein Franzose meinte, dies sei eine weitere dekadente Nutzlosigkeit für alle, die nicht wüssten, wohin mit ihrem Geld.

Den Geschmack der Schneckeneier konnte ich bis heute nicht in Erfahrung bringen, denn in unserem Bekanntenkreis pflegt noch niemand diese »Spezialität« zu verspeisen.

===============

Franzosen freuen sich, wenn sie mit einigen deutschen Wort- oder Satzfragmenten aufwarten können, und es ist auch sehr bezeichnend, welcher Art diese Worte sind: »Guten Tag« oder »Ein Bier bitte«. Umso mehr verwunderte es mich, als bei einer Einladung in der Nachbarschaft ein netter älterer Franzose meinte, er habe ein einziges Wort aus dem Zweiten Weltkrieg behalten, und das sei »Schweinehund«. Etwas befangen übersetzten wir es ihm sehr vorsichtig formulierend, und noch lange danach rätselten wir, zu welchem Zwecke er dieses Wort wohl lernte und auch behielt. Unsere Übersetzung löste aber allgemeine Heiterkeit aus. Nichts ist so spannend wie ein peinlicher Moment.

Immer wieder einmal kommt man auf das unschöne Thema des Zweiten Weltkrieges zu sprechen, jedoch nie wurde in unserer Gegenwart Hass auf das deutsche Volk bekundet, sei es, weil es diesen Hass nicht mehr gibt, sei es aus Rücksichtnahme auf Anwesende.

===============

Eines Tages erwarteten wir ein Päckchen von unserer Tochter. Wir wohnten damals in der Ferienanlage, und die Briefkästen befanden sich alle am Eingang derselben. Deshalb rechnete ich mit einer Benachrichtigung zur Abholung auf dem Postamt. Doch wie staunte ich, als ich das Türchen aufschloss und mich ein Päckchen ansah. Wie konnte dieses durch den Schlitz gerutscht sein?? Ganz einfach, der Postbote besitzt einen Universalschlüssel für alle Briefkästen, die hier in Frankreich genormt und in jedem Baumarkt zu kaufen sind. Irgendwie praktisch!

===============

Auch der Verkauf unseres Ferienhauses gehört unter die Rubrik Absonderlichkeiten.

Als Ausländer empfiehlt es sich, einen Makler mit dem Verkauf einer Immobilie zu beauftragen, man erspart sich viele Unannehmlichkeiten und Befragungen bei Ämtern und bei wem auch immer, selbst in Deutschland würde ich mir weder Kauf noch Verkauf ohne einen Makler zutrauen, die Größenordnung der Summen ist mir zu gewaltig. Nun, wir hatten schon zwei Makler zerschlissen, das heißt, wir hatten ihnen unsere Vollmacht wieder aberkannt, bis wir den dritten fanden.

Eines Morgens, wir wohnen schon im neuen Haus, gehen Ginette und Jacky, unsere Freunde aus der Ferienanlage, zum Bäcker um die Ecke, um ihr tägliches Baguette zu holen. Wie in vielen Läden, so steht auch hier ein Regal mit den kostenlosen Informationsschriften der Immobilienmakler.

Jacky sieht, wie sich ein Mann ein solches Exemplar holt, und ruft: »Junger Mann, suchen Sie ein Haus?«

»Nein, eigentlich noch nicht, ich möchte mich nur informieren«, antwortet der Gefragte.

Da drängt sich von hinten jemand nach vorne und ruft: »Aber ich, ich suche hier ein Haus!«

»Da habe ich etwas für Sie!«, meint Jacky und nimmt den Herrn mit nach Hause. Dort zeigt er ihm unser Ferienhaus von außen und innen, denn unsere Freunde hatten von Anfang an unsere Hausschlüssel. Am Nachmittag desselben Tages finden sich die Kaufwilligen bei unserem Makler ein und unterzeichnen in den folgenden Tagen den Kaufvertrag. Man kann es nun glauben oder bleiben lassen, aber es ist wirklich und wahrhaftig so geschehen.

Der Leser komme nun bloß nicht auf den absonderlichen Gedanken, wir hätten unser Haus verschenkt, nein, wir erzielten einen für beide Seiten akzeptablen Preis, wir benötigten das Geld für Verbesserungen an unserem neuen Wohnsitz und hatten nichts zu verschenken. Unseren Freunden aber sind wir auf ewig unendlich dankbar. Leider ist es ihnen nicht vergönnt, diese Zeilen zu lesen, da sie der deutschen Sprache nicht mächtig sind.

Autokennzeichen und Bürokratie

Innerhalb der EU besteht genau genommen die Verpflichtung, ein Fahrzeug dort zuzulassen, wo es überwiegend genutzt wird. Voraussetzung ist eine feste Adresse, die nicht der Hauptwohnsitz sein muss. Ob die Ummeldung stattfindet und wann, wird in der Regel in Frankreich weder beachtet noch kontrolliert. Wenn jedoch der TÜV-Termin naht, sollte man sich Gedanken machen, bei längerer Anwesenheit in Frankreich sein Fahrzeug umzumelden. Das heißt, die »Carte grise«, die französischen Kraftfahrzeugpapiere, zu beantragen. Hierzu benötigt man einige Papiere und Formulare, außerdem gibt es verschiedene Wege, die zum Ziel führen.

Doch zunächst die unerlässlichen Dinge:

1) Vom Hersteller des Fahrzeugs lässt man sich ein »COC«-Zertifikat zusenden, das ist eine EU-Konformitätserklärung, wenn möglich mit französischer Übersetzung.
2) Man fährt zur »Control technique« und lässt das Fahrzeug überprüfen, dies verläuft im Prinzip ähnlich wie in Deutschland beim TÜV, es werden laut »procès verbal«, dem Protokoll, 125 Punkte überprüft auf Prüfständen, mit Messgeräten und visuell. Wenn keine Mängel festgestellt werden, bezahlt man 55 Euro, erhält einen Ausdruck mit den Messergebnissen inklusive ASU und eine Plakette, die auf der Beifahrerseite von innen an die Windschutzscheibe geklebt wird.
3) Von der »EDF« benötigt man nun die letzten drei bezahlten Stromrechnungen, alternativ von der »France Telecom« die drei letzten bezahlten Telefonrechnungen, als Nachweis des Aufenthalts bzw. des Wohnsitzes in Frankreich. Mit dem EDF-Nachweis kann man sämtliche Behördenangelegenheiten erledigen, Bankkonten eröffnen usw. Dieser Nachweis gilt fast als Perso-

nalausweis, da es in Frankreich keine Meldepflicht gibt wie in Deutschland.

4) Mit den EDF-Quittungen, seinem deutschen Personalausweis und mit einem Beleg, wann und wo man das Auto im Ausland gekauft hat, geht man zum »Hôtel d'Impôt«, einer Finanzbehörde, und lässt sich eine »Quitus fiscal« ausstellen, die bestätigt, dass es sich um ein Gebrauchtfahrzeug in eigenem Besitz handelt, für das in einem EU-Land die Mehrwertsteuer bereits entrichtet wurde, ein »Certificat d'acquisition d'un véhicule terrestre à moteur en provenance de la communauté européenne par une personne non identifiée à la TVA«. Alles so weit klar? Dieses Zertifikat ist trotz des langen Titels gebührenfrei.
5) Bei der »Mairie«, der Bürgermeisterei, holt man sich nun eine »demande de certificat d'immatriculation d'un véhicule«, einen Antrag für die »Carte grise«. Diesen füllt man aus, indem man die Fahrzeugdaten aus den deutschen Kfz-Papieren bzw. dem COC in die Formulare überträgt.
6) Man geht nun erneut zur Mairie, um diese Papiere abzugeben, und staunt nicht schlecht, wenn man Augenzeuge der nun folgenden Prozedur wird, etwa die Hälfte der zuvor mühsam besorgten und ausgefüllten Formulare scheinen völlig überflüssig zu sein, denn sie werden geradewegs in den Papierkorb entsorgt!? Hätte aber nur ein Formular unsererseits gefehlt, so hätte es mit Sicherheit nachgereicht werden müssen, wodurch sich die ganze Angelegenheit um exakt 30 Tage verschoben hätte. Für den einbehaltenen Rest der Papiere erhalte ich einen gestempelten Zettel namens »Récépissé de Dépôt-Certificat d'Immatriculation«, der im Falle einer Kontrolle vorübergehend anstelle der Fahrzeugpapiere gilt.
7) Von einer Behörde mit der Bezeichnung »DRIRE« erhält man nach exakt dreißig Tagen ein Dossier über den Eingang der Papiere und den Auftrag, 67,38 Euro per Scheck und einen mit 4,50

Euro vorfrankierten und an die eigene Anschrift adressierten großformatigen Umschlag einzusenden.

Ich weiß wirklich nicht, ob es bloß Zufall ist oder Ergebnis einer behördeninternen 30-Tage-Bearbeitungsrichtlinie, denn nach wiederum dreißig Tagen halte ich dann meine Carte grise in den Händen, auf der die Zulassungsnummer eingetragen ist. Damit geht man zu einer Kfz-Versicherung und sucht sich einen passenden Tarif aus, der circa 30 % günstiger ist als in Deutschland, eine Kfz-Steuer wird übrigens seit dem Jahre 2000 in Frankreich nicht mehr erhoben.

8) Mit Carte grise und Versicherungsbestätigung in Form einer grünen Karte und einem daraus ausgeschnittenen Coupon, den man in ein Plastiktäschchen oberhalb des »Contrôle technique«-Aufklebers von innen an die rechte untere Ecke der Windschutzscheibe klebt, fährt man dann in eine Werkstatt oder zu einem Schlüsseldienst, wie Mr. Minit, wo die Nummernschilder direkt nach Wunsch (es gibt verschiedene Ausführungen zwischen 9 und 32 Euro) angefertigt und angebracht werden.

Die alten deutschen Schilder lässt man sich am besten zurückgeben, da man sie zusammen mit den entwerteten deutschen Kfz-Papieren entweder an das deutsche Konsulat oder an die deutsche Zulassungsstelle schicken kann.

Ab sofort ist man zumindest anhand des Autos nicht mehr als Ausländer zu erkennen. Dies hat in der Urlaubszeit und auch sonst nicht zu unterschätzende Vorteile, man ist praktisch Einheimischer.

Der kürzeste und zeitsparendste Weg einer Autoummeldung ist der, den wir dann bei Ditmars kleinem Smart praktizierten, sich die Quitus fiscal zu besorgen, die COC und damit direkt zum Konsulat nach Montpellier zu fahren. Gegen eine Gebühr von 50 Euro werden die deutschen Papiere entwertet, das heißt, TÜV und Zulassungsplakette entfernt. Die Schilder werden im Normalfall vernichtet. Ich wollte sie gerne zur Erinnerung in der Garage aufhängen, deshalb durften wir sie ausnahmsweise behalten. Wenn man kein zweites Auto besitzt, ist man allerdings aufgeschmissen, denn ohne gültiges Autokennzeichen und mit ungültigen Papieren darf man selbst in Frankreich nicht fahren, obwohl dies, wie man in der Tagespresse lesen kann, auch hin und wieder vorkommt. Diese Abmeldeprozedur kann man auch auf dem Postwege per Einschreiben erledigen lassen. Dann ist man allerdings seine Schilder los und ein paar Tage fahrunfähig.

Mit den gesamten Papieren und Bescheinigungen geht's direkt zur nächstgelegenen »Sous Préfecture« und der dortigen Abteilung »Service Carte grise«, dort zieht man eine Nummer und wartet, bis man aufgerufen wird. Man sollte allerdings nicht zu kurzfristig vor der Mittagspause erscheinen, da man im ungünstigsten Falle und je nach Stimmung nicht mehr rechtzeitig abgefertigt werden kann. In unserem Falle war es nämlich so, dass es keinen Behindertenparkplatz gab und Ditmar deshalb recht weit laufen musste, und bis wir die für uns zuständige Stelle gefunden hatten, war es halt kurz vor Schließung des Schalters. Dort präsentierten wir der grimmig dreinblickenden Sachbearbeiterin unsere gesammelten Werke. Die wichtigen Daten wurden in den »ordinateur« eingegeben, und wir erhielten dann überraschend schnell einen ausgedruckten Beleg, mit dem wir am Kassenschalter gegen Zahlung einer Gebühr von 60 Euro von einem extrem gut gelaunten Beamten unsere fix und fertig ausgedruckte Carte grise in Empfang nehmen konnten. Mit dieser besorgt man dann die Schilder und schließt die Versicherung ab.

Voila, c'est tout! Ist doch ganz einfach, oder?

===============

Plaque d'immatriculation

Nummernschilder wurden in Frankreich im Jahre 1901 eingeführt. Die erste Generation hatte drei Ziffern und einen Buchstaben in

Weiß auf schwarzem Grund und hatte Bestand bis zum Jahre 1928. Die zweite Generation von 1928 bis 1950 wurde um einige Buchstaben und Ziffern erweitert, nach wie vor weiß auf schwarzem Grund.

Die dritte Generation wurde im Jahre 1950 neu definiert und um die Kennung des Départements durch die beiden letzten Zahlen ergänzt, diese Schilder sind heute noch gültig und wurden ebenfalls weiß auf schwarzem Grund ausgegeben. Gleichzeitig wurde die Carte grise in der gegenwärtigen Form eingeführt.

Von 1965 bis 2007 wurden folgende Schilder ausgegeben: vorn schwarze Ziffern und Buchstaben auf weißem Grund und hinten auf gelbem Grund. Ab dem Jahre 2001 ergänzt durch das blaue Europasignet an der linken Seite des Schildes. Ab 2008 wurden für Neuzulassungen vorn und hinten weiße Schilder mit schwarzer Schrift ausgegeben.

Ab dem 1. Januar 2009 wird ein neues Zulassungssystem eingeführt, und somit wird es auch neue Schilder geben. Diese sind vorn und hinten weiß und haben dann zwei Buchstaben, Bindestrich, dann drei Ziffern, Bindestrich und erneut zwei Buchstaben. Diese Kombination bleibt dem Fahrzeug von der Zulassung bis zur Verschrottung fest zugeordnet. Bei Umzug oder Verkauf behält das Fahrzeug die einmal national chronologisch vergebene Nummer, lediglich die Adresse auf der Carte grise wird dann mit einem gesicherten Aufkleber geändert.

Die bisherige Erkennung des Départements entfällt damit, jedoch löste dies derart heftige Proteste in der Bevölkerung aus, dass nun die Kennnummer des Départements sowie das Logo der Region separat auf blauem Grund hinzugefügt werden können. Also links Europalogo auf blau, dann die Zulassungskombination schwarz auf weiß und rechts die Nummer des Départements weiß auf blau und dessen Logo. Die »Carte grise«, die »graue Karte«, heißt weiterhin so, ist aber von nun an hellblau, sie würde aber auch weiterhin in der Bevölkerung so bezeichnet werden, wenn sie lila oder grün wäre. Darin sind die Franzosen sehr eigen, an traditionellen Symbolen wird nicht gern gerüttelt.

Damit einher geht eine Verschärfung der Contrôle technique. Bei sicherheitsrelevanten Mängeln kann das Fahrzeug vorübergehend stillgelegt und die Carte grise einbehalten werden. Innerhalb einer Frist von zwei Monaten muss der Mangel von einer Fachwerkstatt behoben und der Wagen erneut zur Prüfung vorgeführt werden. Erst nach dieser Überprüfung und wenn keine Mängel mehr festgestellt werden, wird die Carte grise freigegeben und kann bei der Präfektur gegen eine hohe Gebühr abgeholt werden. Diese kann im Extremfall bis zu 400 Euro betragen. Bei Sicherheitskontrollen soll künftig schon ein abgeschabter Sicherheitsgurt zum Entzug der Carte grise führen können, auch getunte Fahrzeuge will man stärker unter die Lupe nehmen. Der Sicherheitsstandard des Fahrzeugbestands soll damit effektiver verbessert und die leider im europäischen Vergleich hohe Unfallrate gesenkt werden.

Autoreparatur mit Hindernissen

An einem Sonntag im September, auf dem Rückweg von einem Restaurantbesuch, gibt unser Mazda ein nie zuvor gehörtes Schnarren von sich, und in der letzten Kurve vor unserem Haus verstärkt sich das Geräusch bedenklich. Wir fahren den Wagen in die Garage und rufen unsere heimische deutsche Werkstatt an, bei der wir den Wagen vor über acht Jahren gekauft hatten und auch regelmäßig warten lassen. Nach der Schilderung des Geräusches rät uns der Werkstattmeister, bloß keinen Meter weiterzufahren und den Wagen in eine Werkstatt schleppen zu lassen, er habe den Verdacht, es sei ein Schaden am Zahnriemen oder dessen Andruckrolle. Im Vertrauen auf die Versprechungen betreffend des europaweiten Pannenservices melden wir den Schaden beim Mazda-Europe-Service an und schildern den Sachverhalt. Es ist Sonntagnachmittag. Für den folgenden Montag 8 Uhr wird uns der Rückruf der für uns zuständigen Vertragswerkstatt in Béziers zugesagt. Dieser Anruf erfolgt nicht!!?

Auf meine Rückfrage bei Mazda Europe teilt man uns mit, diese Werkstatt wisse nicht, dass sie Mazda-Fahrzeuge repariere (?), also habe man eine Firma in Agde beauftragt, dies sei die nächstgelegene Mazda-Werkstatt.

Nach mehreren Nachfragen kommt schließlich gegen 16 Uhr der von ihnen beauftragte Abschleppdienst. Von der Werkstatt wird uns für den nächsten Morgen 10 Uhr eine Fehlerdiagnose und ein »Devis«, ein Kostenvoranschlag, zugesagt. Dieser Anruf erfolgt nicht!!?

Nach Intervention durch einen französischen Freund erfahren wir dann Näheres und geben die Reparatur in Auftrag. Im Verlauf der Woche stellt sich heraus, dass in dem von Mazda France gelieferten Teilesatz genau die Feder fehlt, die den Schaden verursacht hat. Diese Feder (ressort tendeur) ist angeblich trotz aller Bemühungen in ganz Frankreich nicht aufzutreiben und auch nicht im europäischen Zentrallager in Amsterdam! Dienstag früh, den 19. 09., also eine Woche später, ruft Ditmar unsere Werkstatt in Deutschland an, und auf seine Frage, ob er die betreffende Feder an Lager habe, fragt der Meister zurück, wie viele Federn er denn haben wolle, sie hätten jede Menge an Lager. Auf unsere Bitte hin sendet er diese eine benötigte Feder per DHL-Express am selben Tage ab. Da es sich um ein technisches Ersatzteil handelt, muss das Päckchen über eine Zentralstelle in Marseille zunächst eine Sicherheitskontrolle durchlaufen und wird geröntgt (es hätte ja vielleicht ein Bömbli darin sein können!). Dann erst wird es uns mit Verzögerung am Donnerstag der darauffolgenden Woche zugestellt. In der Zwischenzeit hatte ich schon fast die Nerven verloren ob des vielen Wartens. Sofort bringen wir das Teil zur Werkstatt, uns wird versprochen, am morgigen Freitag sei die Reparatur abgeschlossen.

Als wir den Wagen holen wollen, heißt es, die Wasserpumpe sei defekt, aber wir könnten, falls wir eine Erklärung unterschreiben, auf eigenes Risiko fahren. Wir hatten ursprünglich eine Fahrt nach Deutschland geplant und diese immer wieder verschieben müssen.

Die Feder, jenes kleine Ersatzteilchen, das wir selbst aus Deutschland besorgt und inklusive teurer Versandkosten bereits bezahlt hatten, fanden wir später mit 4,58 Euro auf der Rechnung wieder.

Da uns das Risiko zu hoch erscheint, geben wir auch diese Reparatur in Auftrag, nicht ahnend, dass sich das Drama wiederholen sollte. Das gleiche Problem mit der Lieferung der Teile durch Mazda France. Nachdem Ditmar gegenüber Mazda Europe (ein Callcenter in Wiesbaden, das für mehrere Firmen den Telefonservice anbietet) Zweifel äußert, ob es sich bei der Werkstatt überhaupt um eine autorisierte Vertretung handele, weist man dies empört von sich und versichert uns telefonisch, es sei eine autorisierte Mazda-, Ford- und Land-Rover-Vertragswerkstatt.

Am selben Tag ruft Ditmar den ADAC in Lyon an, schildert die Situation und bittet um Hilfe. Dort setzt man sich im Gegensatz zu Mazda Europe geradezu vorbildlich für uns ein. Am Dienstag trifft die Wasserpumpe ein, am Mittwoch ist die Reparatur beendet. Sollte der Leser nun denken, damit sei alles erledigt, so irrt er gewaltig! In dieser Werkstatt läuft einfach überhaupt nichts einwandfrei.

Als wir den Wagen abholen, sagt man uns, alles sei in Ordnung, wir könnten nach Deutschland fahren, es gebe jedoch ein kleines Problem, der Motor laufe im Leerlauf unrund. Ursache seien die brüchigen Zündkabel, die wir gelegentlich ersetzen lassen sollten, die Zündkerzen habe man getauscht, die Kabel habe man nicht an Lager (wie auch, war auch gar nicht anders zu erwarten?!).

Da im Oktober unsere routinemäßige Inspektion in Deutschland geplant ist, bei welcher der Austausch des Zahnriemens eigentlich vorgesehen war, informiert Ditmar unsere deutsche Werkstatt, all diese Punkte nach unserer Ankunft bei dieser Gelegenheit nachzuprüfen.

Unter sehr zurückhaltender Fahrweise machen wir uns auf den Weg nach Deutschland, bringen den Wagen umgehend in die Werkstatt und dürfen keinen Meter damit weiterfahren.

Die schlimmsten Befürchtungen bestätigen sich, bei der Reparatur in der französischen Mazda-»Fachwerkstatt« wurde derart unfachmännisch gearbeitet, dass man fast schon von Sabotage sprechen kann. Kein Wunder also, dass die Autoverkäufe von Mazda France bei nicht einmal 2 % daherdümpeln, der Ruf ist hier auch nicht der beste.

Der Zahnriemen war um einen Zahn versetzt montiert, die Zündkabel waren übrigens nicht defekt! Darüber hinaus wurde festgestellt, dass die neue Wasserpumpe ebenfalls nicht richtig montiert war, statt mit vier Schrauben wie vorgeschrieben, war die Riemenscheibe nur mit drei Schrauben zudem noch verkantet angezogen. Außerdem wurde rotes Kühlmittel eingefüllt, obwohl zuvor grünes im Motor war, wie man anhand von Spuren und Daten nachweisen konnte, und diese laut Herstellervorschrift nicht vermischt werden dürfen.

Ich denke, all diese von der französischen Werkstatt festgestellten Mängel, bis auf die Feder, waren gar keine Mängel. Unser Wagen wurde jedes Jahr gewartet, jede fällige Inspektion ausgeführt, schon allein wegen unserer Fahrten zwischen Frankreich und Deutschland. Den angeblichen Wasserpumpendefekt können wir nicht mehr beweisen, denn in gutem Glauben haben wir sie uns nicht aushändigen lassen, warum auch, in einer solchen Situation waren wir bisher noch nie gewesen.

Während unserer Fahrt von Frankreich nach Deutschland haben wir durch die mangelhafte Arbeit einen kapitalen Motorschaden riskiert. Nach unserer Rückkehr verfasst Ditmar ein Beschwerdeschreiben an Mazda Europe mit Kopien an Mazda Deutschland und Mazda France. Von Mazda Europe kommt keine Antwort oder irgendeine Reaktion. Von Mazda Deutschland erreicht uns ein lapidares Schreiben ohne jegliches Bedauern, man möge sich an Mazda France wenden.

So also sieht es mit dem weltweit gültigen Versprechen für Hilfe innerhalb 24 Stunden in der Realität aus. Nach circa drei Monaten kommt doch tatsächlich per Post von Mazda France ein Prospekt mit einer Einladung zur Vorstellung eines neuen Mazda-Modells bei jenem Händler in Béziers, der, wie man sich erinnert, anfangs nicht einmal wusste, dass er Mazda vertritt, wohl in der Hoffnung, man habe unseren »Alten« durch die fachgerechte Sabotageaktion außer Gefecht gesetzt und könne nun einen neuen Wagen bei ihm kaufen.

Mit einer detaillierten Kostenaufstellung erinnert Ditmar noch einmal mit allen uns zur Verfügung stehenden Unterlagen an die ganze Aktion, jedoch ohne große Erwartungshaltung. Doch siehe da, nach weiteren drei Monaten erhalten wir Post von Mazda France, und diesmal überrascht uns der Inhalt, ein Scheck über circa 560 Euro, in etwa der Betrag, den die Reparaturkosten in der französischen Werkstatt ausgemacht hatten. Noch merkwürdiger ist jedoch die zusätzliche Information im gleichen Schreiben, dass die Werkstatt, welche die Reparatur durchgeführt habe, keine Vertragswerkstatt sei!?

Man erinnere sich an das bisher Geschehene: Hat Mazda bei seinen diversen Organisationen den Überblick verloren oder diese in keiner Weise im Griff. Beide »Vertretungen« machen heute noch Werbung in der örtlichen und regionalen Presse, wie ist das zu verstehen?

Nehmen wir mal den Fall an: Wir möchten in angemessener Zeit einen Nachfolger für unseren 323 erwerben, WO UND WAS? Zu diesen beiden Mazda-»Vertretungen« haben wir kein Vertrauen, würden jedoch sehr gerne bei dieser Marke bleiben, da wir in den letzten DREISSIG Jahren, einmal abgesehen von diesem Vorfall, nur die besten Erfahrungen mit den Fahrzeugen und unserer deutschen Werkstatt gemacht haben.

Bei diesem Selbstboykott japanischer Marken in Frankreich wäre man notgedrungen dazu gezwungen, ein französisches Fahrzeug zu erwerben, aber auch hier hält sich Ditmars Vertrauen in Grenzen. Ich selbst verstehe nicht sehr viel von alledem. Für mich stand immer die Marke Mazda außer Frage. Jetzt sitze ich auf dem Schleudersitz und hoffe, dass mein »Alter« mich noch lange nicht im Stich lässt! Was also tun? In unserer Nähe befindet sich ein Renault-Händler mit Werkstatt. Der Besitzer versicherte uns, alle Marken reparieren zu können. Ja, ja, das versicherte uns schon mal einer! Jedoch diese Werkstatt hier macht einen guten Eindruck auf uns, hier haben wir schon eine Autobatterie sowie die Winterräder wechseln lassen. Vielleicht ist dies eine Alternative für uns?

Télépéage

Nach zwei Jahren und vielen Autoroute-Fahrten erscheint es uns an der Zeit, den Télépéage-Service zu nutzen. Die Warteschlangen an den Zahlstellen werden während der Saison immer länger, und man muss teilweise sehr lange Wartezeiten in Kauf nehmen. Also schließen wir einen Vertrag ab, der uns ermöglicht, auf allen französischen Autobahnen diese Vorteile zu nutzen. Man bezahlt nur in den Monaten, in denen man die Autobahn benutzt, eine Abonnementgebühr von 2 Euro und die abgebuchte Gebühr für die gefahrene Strecke.

Man erhält ein kleines Kästchen, welches von innen an die Windschutzscheibe geklebt wird und kann fortan die äußerst linke orange gekennzeichnete Fahrspur vor der Zahlstelle benutzen, die ein zügiges Passieren erlaubt. Ähnlich wie die Funktionärsfahrspuren in Moskau, jetzt kann ich mir vorstellen, wie Putin, Honecker und Co. sich gefühlt haben müssen und einige noch fühlen. Man fährt in angemessenem Tempo an die Schranke heran, das Kästchen piepst, die Ampel springt auf Grün, und die Schranke öffnet sich. Dies alles in Sekundenschnelle, und vor allen Dingen, es macht einen ungeheuren Spaß. Obendrein dürfen wir an Ditmars Geburtstag, denn auf ihn ist die Télépéage zugelassen, das gesamte Autobahnnetz kostenfrei nutzen. Na, wenn das nichts ist?! Nur leider ist dieser Tag im Januar meistens nicht sehr einladend, um Touren zu unternehmen. Wer am falschen Tag Geburtstag hat, den bestraft das Leben.

Bei Franzosen zu Gast

Nicht lange nach unserer Einweihungsfeier trudeln die ersten Gegeneinladungen bei uns ein, denn alle wissen, dass uns Sabine bald wieder verlassen würde, und sie soll uns zu den Besuchen begleiten.

Die erste Einladung zum Aperitif um 15 Uhr kommt von Sophie und Jérôme, man spricht sich mit dem Vornamen an, ist aber lange per Sie. Sophie, ein schmales, hellhäutiges Frauchen polnischer Abstammung, die trotz gelungener Hüftoperation permanent Probleme mit der Fortbewegung hat, sieht man selten im Garten oder vor ihrem Haus. Ihre kurzen, blonden Haare sind mittlerweile weiß geworden. Ganz anders ihr Mann. Den breitschultrigen Jérôme bekommt man auch nicht oft zu Gesicht und wenn, dann sonnengebräunt, in einem kurzen schwarzen Badehöschen, über dem sich ein nackter Bauch wie eine Kugel gewaltigen Ausmaßes wölbt.

Sie tischen eine »Pissaladière« auf, das ist eine Art Pizza mit Oliven, Anchovis und Zwiebeln, sowie eine »Tarte aux pommes frangipane«, eine Apfeltarte mit Marzipan. Dazu gibt es vin rouge, zu welchem der Hausherr ständig auffordert. Es wird ein gemütlicher und aufschlussreicher Nachmittag.

==============

Nur wenige Tage danach geht es zu Chantal und Robert, den beiden Elsässern, die uns, wie in Deutschland üblich zum Kaffeetrinken um 15.30 Uhr einladen. Es gibt eine herrliche Käsetorte und eine köstliche Apfeltarte.

Gibt es eine herzlichere Person als Chantal? Immer fröhlich, immer fleißig und hilfsbereit, so muss man sich die quirlige kleine Chantal vorstellen, für eine Siebzigjährige ungewöhnlich aktiv. Eiligen Schrittes kommt sie frühmorgens, um duftende Strauchtomaten zu bringen, die sie frisch aus ihrem Bauerngärtchen geerntet hat, und aus der kleinen Tüte lugen noch einige Zweige Rosmarin und Koriander heraus. Einige Tage später werden wir mit einer riesigen Schüssel voll herrlich grüner und blauer Feigen überrascht.

Während Robert, ein ebenso kleiner, aber eher stiller Geselle, in Haus und Hof herumwerkelt, erledigt Chantal die für sie wichtigen Dinge des Lebens. Langeweile ist für diese beiden ein Fremdwort, ihr ganzes Leben galt der Familie und der Arbeit, erst in der Fabrik, später im familieneigenen Obst- und Gemüseladen, wo Chantals Herzlichkeit den Kunden gegenüber so richtig zur Entfaltung kommen konnte. Noch heute pflegt sie zahlreiche Freundschaften aus dieser Zeit.

Zwischen Chantal und Robert und uns entwickelt sich eine innige Freundschaft, und als wir eines Tages von Ditmars Krankengymnastin erzählen, stellt sich heraus, dass Chantal und Robert mit deren Familie befreundet sind. Dann erzählen sie uns, wie diese Freundschaft zustande kam. Chantal kam täglich an einem Grundstück mit einem Kirschbaum vorbei, dessen Äste und Zweige unter der Last seiner überreifen Früchte zu brechen drohten und nicht erleichtert wurden. Chantal, die nichts verderben lassen kann, tat dies in der Seele weh, und sie fragte bei den Besitzern nach, ob diese keine Verwendung für ihr Obst hätten. Und als diese verneinten und Chantal erlaubten zuzugreifen, da der Baum eh bald die Axt zu spüren bekäme, wurden die beiden Familien durch die Kirschen zu engen Freunden.

Durch diese Bekanntschaft werden auch wir eines Tages von den Eltern der Krankengymnastin zum Aperitif um 18.30 Uhr eingeladen. Was mich als »Seltentrinkerin« alkoholischer Getränke begeistert, sind die vom Hausherrn gemixten Cocktails aus Fruchtsäften mit wenig Alkohol und etwas Obst als Dekoration.

Mir ist aufgefallen, dass die Franzosen oft und gerne eine Art dünne Pizza, belegt mit Zwiebeln, Oliven und Schinken, zubereiten, so auch hier. Außerdem werden Krevettenbällchen, Kanapees, Pflaumen im Speckmantel, kleine hauseigene Tomaten am Spieß mit Käse und Melonenbällchen mit geräuchertem Schinken angeboten. Alles schmeckt total gut, und wir sitzen in gemütlicher Runde bis spät in die Nacht hinein.

Zwischendurch dürfen wir ihr beeindruckendes Haus besichtigen, was der Normalfranzose eigentlich nicht so gerne hat. Die Hausherrin und ich haben jedoch eine Gemeinsamkeit entdeckt, nämlich das große Interesse an Inneneinrichtungen. Zurzeit bekommt Ditmars Krankengymnastin ein eigenes Haus in einem neu erschlossenen Ortsteil gebaut, welches wir dann auch besichtigen werden. Ich habe mich zum Umzug angeboten, zur Beförderung von kleinen, leichten Dingen, da es nur wenige Straßen weiter gewesen wäre. Man hat mein Ansinnen dankend abgelehnt mit der Begründung, die vollständige Einrichtung werde aus einem Einrichtungshaus in Béziers geliefert. Na, so wünscht man sich das! Die Einladung zur »Crémaillère«, zur Hauseinweihung, haben wir schon erhalten. Bin teuflisch gespannt!!

===============

In der Woche zwischen Weihnachten und Neujahr erhalten wir von ihnen eine Einladung, um das Jahr gebührend zu beschließen. Zum Aperitif wird ein Schuss Cassis mit einem herrlich perlenden Champagner aufgegossen. »Impeccable!« Dazu reicht man Häppchen mit Lachsstreifen belegt oder einer Tapenade aus schwarzen Oliven bestrichen.

Nun werden wir an den sehr geschmackvoll gedeckten Tisch gebeten, wo zur Vorspeise eine kalte grüne Suppe aus Sauerampfer im Glas serviert wird. Die zweite Vorspeise wird für jeden in einer kleinen »Cocotte«, einem kleinen bezaubernden Töpfchen mit Dekkelchen, gebracht. Der Inhalt besteht aus Lauchgemüse mit Noix de St. Jacques, mit Jakobsmuscheln. Dazu reicht man kleine Baguettescheiben.

Die Hauptspeise besteht aus einer Füllung von Crème fraîche und Lachsstücken, eingewickelt in einem Crêpe mit Käse überbacken. Himmlisch! Zum Dessert gibt es gemischte Früchte mit einer Mascarponecreme, einem petit café sowie einem Calvados von besonders guten Freunden in der Normandie, schwarz gebrannt.

Während sich die Herren nun mit Gesellschaftsspielen die Zeit vertreiben, versuche ich mit den Damen, obwohl Weihnachten vorbei ist, den Fröbelstern zu basteln. Und so verfliegen ungefähr sechs Stunden, ohne dass wir uns langweilen. Schnell verabschieden wir uns mit dem Versprechen, beim nächsten Mal ein Gesellschaftsspiel für alle zusammen hervorzuholen.

===============

Ein anderer Aperitif bei Nachbarn findet an einem kalten Abend im Januar statt bei prasselndem Kaminfeuer um 18.30 Uhr und endet zwei Stunden später. Da wir uns mit den hier üblichen Gepflogenheiten noch nicht so gut auskennen, sind meine Antennen stets in Habachtstellung. Wann kommen die Gäste, was sind die üblichen Gastgeschenke, und wann ist der richtige Zeitpunkt zum Nachhausegehen?

Unsere Nachbarin bietet eine dünne Pizza, eine Tarte mit Tomaten und Brokkoli und Camembert an, die übrigens himmlisch schmeckt, und eine Quiche mit Schinken. Die Vegetarierin in mir findet immer etwas zu essen, es wird auch deshalb kein großes Aufheben deswegen gemacht, was mir sehr entgegenkommt. Jedem der acht geladenen Gäste werden zwei kleine Gläschen Wein oder Mineralwasser zugeteilt und mehr auch nicht. Ditmar und ich sind die einzigen Deutschen in der Gruppe, was die Franzosen nicht dazu veranlasst, ihre rasante Sprachweise zu verlangsamen.

Einige Tage später gibt das uns lieb gewordene Hausbesitzerehepaar den Verkauf seines Hauses bekannt. Im Nachbarort planen sie einen Neubau, und zwischen Hausverkauf und Einzug ins neue Haus wollen sie für ein Jahr in ein Appartement zur Miete ziehen. Ob sie den von ihnen geforderten horrenden Preis für ihre Immobilie erhalten haben, ich konnte es bis dato trotz höchster Neugierde noch nicht in Erfahrung bringen, bleibe jedoch dran!

Auch unser Elektriker hat sein kleines Haus in unserer Straße verkauft und sich ein größeres, stark renovierungsbedürftiges Gebäude mit großem Garten und mehreren Garagen am Ortseingang gekauft. Überall beobachte ich die gleiche Vorgehensweise: Zuerst wird das alte Haus verkauft, dann das neue gekauft oder auch umgekehrt, und während der Renovierungsphase mietet man sich mit der ganzen Familie eine kleine Wohnung und kann so fast täglich die Ausstattung und Instandsetzung des neuen Hauses vornehmen. Für die Summe, die sich aus Verkauf und Neukauf ergebe, so meinte er, könne er noch eine neue Kücheneinrichtung erwerben. Auch er hat etwa ein Jahr bis zum Einzug geplant.

==============

Unsere französischen Freunde, Ginette und Jacky, erfreuen uns jedes Jahr mit einer Überraschungseinladung, meistens ins Hinterland des Languedoc.

Das erste Mal zeigen sie uns St. Guilhem le désert. Am oberen Lauf des tief in den Kalkstein eingegrabenen »Gorges de l'Hérault« liegt im Val de Gellone der Ort St. Guilhem le désert.

Besagter Guilhem, Wilhelm Graf von Toulouse und Aquitanien, ein Cousin Karls des Großen, war einer der Helden im Widerstand gegen die Mauren. Ihm gelang nach harten Kämpfen die Rückeroberung Barcelonas. Im Jahr darauf gründete er in der Schlucht des Hérault ein bescheidenes Kloster, legte im Jahre 806 sein Mönchsgelübde ab und zog sich in sein Kloster im »désert«, in die Einsamkeit, zurück. Als Dank für seine Treue und Zeichen seiner Freundschaft schenkte »Charlemagne«, Karl der Große, Wilhelm einen etwa 12 Zentimeter großen Holzspan aus dem Kreuz der Kirche in Jerusalem. Dieser Span wird heute noch in der »Abbaye de Gellone« als Reliquie verehrt. Nach Guilhems Tod im Jahre 812 entwickelte sich Gellone zu einem Wallfahrtsort und zur Pilgerstation auf dem »Chemin St. Jacques«, dem Jakobsweg nach Santiago de Compostela, und erhielt einhundert Jahre später als »St. Guilhem le désert« seinen Namen. Großzügige Schenkungen ermöglichten den Ausbau der imposanten Abtei. Vor ihr, auf dem »Place de la Liberté«, steht die im Jahre 1855 gepflanzte »Platane du Roi«, die Königsplatane, mit ihrem mächtigen Stamm von sechs Metern Durchmesser. Von hier aus gehen wir durch das mittelalterlich anmutende Dorf zum »Bout du Monde«, dem Ende der Welt, und steil hinauf weiter zum »Cirque de l'Infèrent«, dem Höllenkreis.

Der Ort ist malerisch gelegen, bietet herrliche Aussichten, und hinter jeder noch so kleinen Ecke finden sich von den Bewohnern liebevoll angelegte Gärtchen. Man sollte langsam entlangschlendern, um all die kleinen Herrlichkeiten in sich aufnehmen zu können. Einige schiefe ausgetretene Steintreppchen hoch gelangen wir durch einen niedrigen Rundbogen, dann die engen feuchten Gassen hinunter, während uns an der rechten Häuserseite ein schmales klares Bächlein begleitet. Sein feines Wispern verrät uns seine Herkunft nicht. Die feuchten Steine der holprigen und recht abschüssig verlaufenden Gasse bereiten Ditmar erhebliche Probleme. Wir kommen schließlich ohne Sturz am Ende des Ortes an, sind aber gezwungen, einen kleinen Bach zu überqueren. Dessen Überquerung muss auf sechs rechteckigen, im Wasser liegenden glitschigen Quadersteinen erfolgen, die jeweils einen recht großen Schritt auseinanderliegen, dazwischen und darüber rauscht eiskaltes klares Berggewässer. Die einzige Alternative wäre, den gleichen Weg zurückzugehen, nun jedoch bergauf. Für Ditmar ein unmögliches Unterfangen. Es gibt also kein Zurück! Alors, on y va! Also vorwärts, auf geht's!

Ginette und Jacky laufen leichten Fußes hinüber und warten auf uns. Ich bleibe auf dem mittleren Quader stehen und harre der Dinge, die da kommen oder nicht kommen. Ditmars orthopädische Schuhe finden kaum Halt auf den glitschigen Steinen, selbst der Gummifuß seines Stockes rutscht ständig ab. Während ich zeige und deute und Ditmar meine Hilfe gar nicht annimmt, sind wir, glaube ich, ein Bild für die Götter. Schlussendlich gelingt es uns beiden mit viel Mut und Glück, diese Herausforderung zu bewältigen, um hinterher noch viel darüber lachen zu können.

Im Jahr darauf wagen wir diese Tour noch einmal mit Sabine, um die Flussüberquerung im Bild festzuhalten. Und siehe da, diesmal sind die Quader trocken, und Ditmar gelingt die Überquerung mühelos. Man stelle sich einmal vor, was für einen gesunden Menschen ein Hüpfen von Stein zu Stein bedeutet, kommt für einen Behinderten einer Gratwanderung und Mutprobe gleich.

Nach dieser anstrengenden Flussüberquerung haben wir uns eine stärkende Mahlzeit verdient. So fährt uns Jacky zu einem Restaurant mit Blick auf die »Pont du Diable«, die Teufelsbrücke. Diese Brücke ist die älteste erhaltene romanische Brücke Frankreichs. Gelegentlich kann man so manchem waghalsigen Jugendlichen beim lebensgefährlichen Sprung von der Brücke in den etwa 20 Meter tiefer gelegenen Fluss, der hier ein natürliches rundes Felsenbecken gebildet hat, zuschauen. Der Sprung ist natürlich offiziell verboten, große gelbe Schilder warnen vor den Gefahren, »mais oui«, wir befinden uns hier in Frankreich, wo solche Verbote oft nur als freundliche Empfehlung angesehen werden.

Heute springt keiner, und so begeben wir uns an das reichhaltige Buffet in diesem herrlich gelegenen Ausflugslokal. Angeboten werden eine ganze Reihe an Speisen, für jeden Geldbeutel etwas. Ich belade meinen Teller mit Salaten vom Buffet, mögen sich die anderen ruhig Fleisch bestellen! Die jedoch tun es mir nach, super!

===============

Im Jahr darauf wollen uns Ginette und Jacky Minerve zeigen. Minerve trägt den Titel eines der schönsten Dörfer Frankreichs, auf einer Felsspitze gelegen, am Zusammenfluss der Cesse und des Brian, mit zwei von diesen Flüssen in den Stein gegrabenen natürlichen Brücken. Der Ort war ein wichtiges Zentrum der Katharer.

Dieses Mal nehmen wir Ditmars dreirädriges Klapprad im Auto mit, um ein zügigeres Vorwärtskommen zu ermöglichen. Jedoch die Gässchen sind derart uneben und zu beiden Seiten hin abschüssig, dass Ditmar sich mit einer Hand am Lenkrad nur schwer halten kann und ich stützend eingreifen muss. Auf diese Weise kommen wir auch hier nicht schneller vorwärts als ohne Rad.

Im erstklassigen Restaurant »Chantovent«, »singender Wind«, hatte Jacky Plätze für uns reserviert. Hier genießen wir das reichhaltige Menü, zum Schluss den mit Bienenhonig übergossenen Ziegenkäse der Region, den tiefschwarzen Kaffee und den einmaligen Blick auf die Schlucht der Cesse.

Am Ortsausgang weist uns ein winziges Schild auf die »Curiosité de Lauriol« hin, die Sehenswürdigkeit von Lauriol. Äußerst gespannt fahren wir viele enge Wege zu diesem Streckenabschnitt, der ungefähr 100 m lang ist und scheinbar leicht ansteigt, auf dem jedoch eine auf die Straße gelegte Boulekugel diese Straße hinaufrollt. Wir probieren dies mit dem Auto aus, lassen den Gang ausgekuppelt, und siehe da, der Wagen rollt im Leerlauf den Berg hinauf! Man glaubt, seinen Augen nicht zu trauen! Mehrere Ungläubige probieren es mit gefüllten Wasserflaschen und Boulekugeln immer wieder kopfschüttelnd aus. Eine offizielle Erklärung für dieses kuriose Phänomen gibt es nicht und habe ich auch nirgendwo gefunden.

===============

Eine andere »l'invitation surprise«, Überraschungseinladung, von Ginette und Jacky führt uns eines Tages im Sommer zum Canal du Midi, der unseren Ort durchquert. Dieser Kanal verläuft auf 241 km von Toulouse bis zum Etang de Thau bei Marseillan. Im Mittel ist er 15 m breit und 2 m tief. Das nötige Wasser wird über Rinnen und Zuläufe aus dem Stausee von St. Férreol, dem ersten in Europa durch einen Staudamm angelegten See, in 700 m Höhe im Montagne Noir gelegen, zur Schwelle von Nourouze zugeleitet. Dies ist die höchste Stelle des Kanals, ein achteckiges, heute zugeschüttetes Becken, und über diese natürliche Wasserscheide in 184 m Höhe zu beiden Seiten des Kanals über Dämme und Schleusen werden die Wassermengen verteilt. Dieses ausgeklügelte System ist die eigentliche Meisterleistung des Genies Paul Riquet, denn Kanäle gab es auch schon vor seiner Zeit. Über insgesamt 64 Schleusen wird das Niveau des Kanals den Landschaftsverhältnissen angepasst und konstant gehalten. Außerdem wurden 54 Brücken, die den Kanal über einen Fluss führen, und 125 Brücken, die Wege und Straßen über den Kanal führen, gebaut. Viele davon sind erstmals entstandene und einzigartig gebliebene Bauwerke.

Während der Bauzeit vom Jahre 1667 bis 1681 wurden 15 000 bis 18 000 Arbeitskräfte beschäftigt, darunter auch viele Frauen. Man rechnete einen Mann als eine Kraft und drei Frauen wie zwei Kräfte. Paul Riquet bezahlte seine Leute aber gut und hatte so keinen Mangel an Arbeitskräften, obwohl es eine harte Schufterei war, die nur mit Spitzhacken und Schaufeln gelöste Erde aus der Kanalmitte und -tiefe in Körben auf den Schultern herauszutragen.

Paul Riquet schuf obendrein einen Vorläufer der Sozialversicherung, da er Lohnfortzahlung im Krankheitsfall und Schlechtwettergeld einführte. Der immense Bau ging deshalb für damalige Verhältnisse relativ zügig voran, vor allem, wenn man die meisterhaften Bauwerke und Dimensionen bedenkt.

Der Canal du Midi ist deshalb zu Recht im Jahre 1996 als UNESCO-Weltkulturerbe eingestuft worden.

Bis zu 150 Kähne hielten die Verbindung zwischen Sète und Bordeaux aufrecht. Sie transportierten Getreide, Holz, Salz, Wein, Mineralölprodukte und Baumaterialien wie Kies, Sand und Steine. Erst seit 1988 gibt es keine Handelsschifffahrt mehr. Der Kanal ist seit der Revolution 1789 Staatseigentum. Die »voie navigable de France«, die Kanalgesellschaft, vergibt Konzessionen für den touristischen Betrieb von März bis Oktober. Von November bis Ende Februar ist der Betrieb eingestellt, und es werden Instandhaltungsarbeiten durchgeführt.

Der Uferweg, der sich den gesamten Kanal entlangzieht, war ursprünglich ein Treidelpfad. Die bis zu 150 Tonnen Nutzlast tragenden schweren Kähne wurden von Pferden, Eseln und teilweise bis zum Jahre 1946 auch von Menschen gezogen, je nach Wohlstand des jeweiligen Schiffseigners.

Die Ufer des Kanals sind mit Bäumen bepflanzt, seit 150 Jahren etwa fast nur noch mit Platanen, die durch ihr weit in den Kanalgrund hineinragendes Wurzelwerk eine ideale Uferbefestigung bilden. Ihre mächtigen Kronen mit reichlich Blattwerk sorgen dafür, dass der Kanal im Sommer schön schattig und die Wasserverdunstung gering gehalten wird. An diesem Tag jedoch ist unsere leichte sommerliche Kleidung auf dem Schiff total unangebracht, denn die Schatten spendenden Bäume sowie der aufkommende Wind lassen mich heftig frieren.

Um die Uferbefestigung zu erhalten, ist die Geschwindigkeit der Boote auf 8 km/h begrenzt, was eine Kanalfahrt zu einer ruhigen und erholsamen Angelegenheit macht.

»Le bassin rond«, die 29 m im Durchmesser große runde Schleuse von Agde, ist eines dieser einmaligen Bauwerke, von 1679 bis 1680 errichtet, um die Höhenunterschiede der drei Ebenen zwischen dem Kanal, dem Hafen von Agde und dem Fluss Hérault zu überbrücken. Dies geschieht durch Öffnen und Schließen von Zuläufen nach dem Prinzip der kommunizierenden Gefäße und ist äußerst sehenswert. Mehrere Schiffe befinden sich mit unserem in der Schleuse und warten auf ihre Weiterfahrt.

Die Stadt Agde wurde bereits im 6. Jahrhundert vor Christi gegründet und war zwanzig Jahrhunderte lang der größte Handelshafen am Mittelmeer. Der Fluss Hérault, der dem Département den Namen gibt, entspringt in den Cevennen am im Winter schneebedeckten Mont Aigoual und mündet nach 150 Kilometern, dann 60 Meter breit und 6 Meter tief, bei Grau d'Agde ins Mittelmeer.

Ich habe mich schon immer gefragt, wie die Ufer des Kanals und des Hérault von der Wasserseite wohl aussehen mögen. Nun, heute bekomme ich es zu sehen. Uns bietet sich eine üppige Pracht der unterschiedlichsten Pflanzen und Blumen, dazwischen wie Schlingpflanzen die zum großen Teil freiliegenden oder in der Luft schwebenden Wurzeln der hoch hinaufragenden Bäume. Und immer wieder unzählige Löcher von Bisamratten, die wohlgenährt hin und her huschen. Die ganze Atmosphäre hat etwas Urwaldähnliches und erinnert mich stark an Bilder, wie man sie in Berichten über den Amazonas zu sehen bekommt. Aber wahrscheinlich übertreibe ich hier ein bisschen.

Schließlich legt unser Schiff an einer »Ginguette«, einem Ausflugslokal, an. Für uns Gäste des Schiffes ist dort ein einfaches Menü, wahlweise Fisch oder Fleisch, bestellt. Alles mundet vorzüglich, und ein Platz in der Sonne wärmt mich etwas auf. Mittlerweile ist uns die Sonne wieder freundlicher gesonnen, und so genießen wir die Rückfahrt umso mehr.

==================

An einem warmen Sommerabend sind wir bei Jean und Louise zu einem »repas du soir«, einem Abendessen, eingeladen. Die am Horizont langsam sinkende Abendsonne lässt rosafarbene Wölkchen am Himmel entlangziehen, während wir, zwei deutsche und zwei französische Ehepaare, im Wintergarten einen eisgekühlten »Blanquette de Limoux« genießen. Das ist ein nach der Champagnermethode hergestellter Sekt der Region, darf sich zwar nicht Champagner nennen, ist preisgünstiger und ebenso gut. Kleine Schälchen bieten Mandeln, Nüsse, Oliven und Chorizo, eine in Scheibchen geschnittene scharfe spanische Wurst, an, die auch hier in der Region bei keiner Einladung fehlen darf. Danach kommen Fleisch- und Fischgänge mit gebratenem Gemüse, Salat und Couscous auf den Tisch. Den krönenden Abschluss bildet das Dessert, eine cremige, fluffige Crème Bavarois mit Himbeeren, angefertigt von Susi, einer lieben Freundin und Nachbarin. Und immer wieder werden Rot- und Weißweine und Schnäpse angeboten sowie Mineralwasser und Säfte.

Die Hausherrin, eine kleine zur Fülle neigende Dame mit hellem Kraushaar, hat all ihr Können aufgeboten. Der neueste Tratsch über die enge Nachbarschaft und die weitere Umgebung ist interessant, und alle sind vollauf zufrieden. Mir ist eines klar geworden, und dies nicht erst hier in Südfrankreich, wo Menschen zusammenkommen, wird über andere gesprochen. Und wer sich zuerst aus dieser Runde verabschiedet, über den ebenfalls!

Louise war schon einmal verheiratet und ist in jungen Jahren von ihrem Mann verlassen worden. Jean ist die erste Frau gestorben, die irgendwie mit Louise verwandt war, ich weiß nicht wie. So haben Louise und Jean geheiratet, und nun ist Jean auch, glaube ich, Louises Schwager. Louise wurde die Stiefmutter von Jeans Kindern, ist auch zugleich ihre Tante oder so? Wie sich die Geschichte von seiner Seite ergibt, wage ich nicht näher zu erläutern, denn ich glaube, sie hatte ebenfalls Kinder, auf alle Fälle ist die ganze Sache äußerst kompliziert.

Überhaupt sind viele Ehepaare aus unserer Straße schon einmal verheiratet gewesen, haben zum zweiten Mal geheiratet oder leben ohne Trauschein zusammen. So auch unser Installateur, ein netter und hübscher junger Mann mit drei wohlerzogenen Kindern, von seiner ersten Frau verlassen, lebt nun mit einer jungen geschiedenen Frau mit zwei Kindern zusammen. Ein äußerst liebenswertes Paar, wie füreinander geschaffen, das nun zu siebt in einem ursprünglich für fünf Personen konzipierten Haus lebt. Deshalb sind sie ständig am An- und Ausbauen.

Während ich diese Zeilen schreibe, hat sich seine Lebenssituation erneut verändert. Nach zwei Jahren hat er sich von seiner am Boden zerstörten Partnerin getrennt und lebt nun mit einer anderen Frau und deren Kindern zusammen.

Pétanque/Boule – Vergnügen und Sport zugleich

Bei einer dieser Einladungen kommt das Gespräch auf das bei Franzosen so beliebte Boulespiel. Da sich Ditmar schon lange für die Entstehung und deren Regeln interessiert, bekommt er es ausführlich erklärt.

Der Begriff »Pétanque« kommt aus dem provenzalischen »pes tanques« und heißt »à pieds joints«, mit geschlossenen Füßen fest am Boden, hat seinen Ursprung in dem malerischen Fischerdorf La Ciotat bei Marseille und ist die bekannteste Abart des »Jeu National«. Im Jahre 1907 eingeführt gilt Jules le Noir als sein Urheber, obwohl auch hier die Meinungen unserer französischen Freunde stark voneinander abweichen.

Seit der Antike ist das Spiel mit Kugeln bekannt und wird international in vielen Versionen gespielt. Ursprünglich spielte man mit Kugeln aus Stein oder Holz, zwischen den Weltkriegen begann man, mit Eisenkugeln zu spielen. Das Gewicht wurde zwischen 650 und 800 g bei einem Durchmesser zwischen 705 und 800 mm festgelegt. Das Ziel ist eine kleine 25 bis 35 mm »bouchon« oder »cochonnet«, Schweinchen, genannte Holzkugel. Das Spielfeld bei Wettbewerben ist 4 m breit und 15 m lang, wobei auf allen Typen von Böden gespielt werden kann. Ich weiß ja nicht, ob Ditmar so sehr in die Einzelheiten gehen wollte, aber da muss er jetzt durch! Einmal angefangen überschlagen sich unsere Freunde, unsere Wissbegierde zu stillen. Die Erklärungen nehmen eine höhere Phonstärke an, von Gelächter unterbrochen werden erneut die Gläser mit Schnaps gefüllt. Plötzlich steht einer vom Stuhl auf, um mithilfe von Äpfeln und Birnen auf dem Boden die Regeln anschaulicher zu demonstrieren. Mir schwirrt der Kopf, ich habe auch schon längst aufgegeben, diese Folge aus für mich undefinierbaren Regeln, durchsetzt mit fröhlichen Lachsalven und optischen Demonstrationen, zu durchschauen.

Zwischendurch erklärt mir Ditmar, dass drei Spieler gegen drei Spieler mit je zwei Kugeln spielen können, dann spreche man von einer »Triplette«.

Zwei gegen zwei mit je drei Kugeln sei eine »Doublette«.

Ein Spieler gegen einen mit je drei Kugeln nenne man ein »Tête-à-Tête«. Oh, wie süß! So weit habe ich verstanden.

Mittlerweile ist es draußen zu dunkel geworden, sonst wären alle Männer zum Boulespiel aufgebrochen. Jedoch ein solch wichtiges Gespräch darf nicht so im Raume stehen bleiben, sondern bedarf einer baldigen Ausführung vor Ort.

Man trifft sich am folgenden Samstagnachmittag am kleinen »chemin«, dem kleinen Weg hinter den Häusern, um eine Partie über 13 Punkte zu spielen. Die Kugel muss so nahe wie möglich an das »but«, das Ziel, das die kleine Holzkugel vorgibt, geworfen werden, die in einer Distanz von circa 6 bis 10 Metern liegt. Mit geschickt ausgeführten Würfen darf die gegnerische Kugel vom Ziel weggestoßen werden, um die eigene Kugel so nah wie möglich am Ziel zu platzieren. Den Punkt bekommt derjenige, dessen Kugel dem Schweinchen am nächsten liegt, dies wird mithilfe von Schnüren und Maßband peinlich genau ausgemessen und lautstark kommentiert und diskutiert.

Ist es einem Spieler im gesamten Spiel vergönnt, einen Punkt zu erwerben, so hat er »gagné la bise à Fanny«, das heißt, er darf das Hinterteil einer heute unechten Fanny umarmen oder küssen. Diese Geschichte ist auf einen alten Brauch zurückzuführen, um den Unterlegenen zu trösten, und soll aus Savoyen stammen, andere behaupten aus Lyon. Kurz nach dem Ersten Weltkrieg ließ sich die Serviererin eines Cafés, ihr Name war Fanny, von den Verlierern umarmen und küssen, um ihnen Trost zu spenden.

Eines Tages verlor der Bürgermeister des Ortes sein Spiel und begehrte seinen Trost. Fanny, die ein Auge auf ihn geworfen hatte, stieg auf einen Stuhl, hob ihre Röcke und präsentierte ihr Hinterteil. Der Bürgermeister profitierte von diesem »Geschenk des Himmels«, wie er es genannt haben soll, und küsste beide Hälften. Bürgermeister und Serviererin sollen später geheiratet haben, heißt es. Ob Wahrheit oder Legende, seitdem ist jedenfalls diese symbolische Geste Brauch. Da heutzutage nicht mehr eine Fanny auf einem Stuhl bereitsteht, so wird oftmals eine Tonnachbildung oder ein Bild präsentiert, welches der Verlierer öffentlich umarmen und küssen muss.

Für unsere Freunde auf dem kleinen chemin steht keine Fanny bereit, und sie besitzen auch kein Foto. Trotzdem haben sie viel Spaß beim Spiel, und ihre Lachsalven schallen weit hinaus ins Land.

Essen wie Gott in Frankreich

ESSEN ist in Frankreich eine Institution, die den Gang des Lebens bestimmt und dessen angenehme Seiten zu einem festen Bestandteil des ganz gewöhnlichen Alltags macht. Der Rhythmus der Mahlzeiten bestimmt den Tagesablauf mehr als anderswo. Das Ritual beginnt mit dem petit déjeuner, dem Frühstück, das zugegebenermaßen vergleichsweise dürftig, aber dennoch geschmacklich großartig ausfällt. Es besteht aus einem großen bol Café au Lait und einem Croissant. Sobald der Mittag naht, begibt sich ganz Frankreich zu Tisch, so gegen 12 oder 12.30 Uhr. Zum déjeuner ruht die Arbeit, die Straßen werden leerer, und man kann als Nichtfranzose in den Supermärkten der größeren Städte wunderbar einkaufen, in den ländlichen Gebieten sind die Geschäfte jetzt ebenfalls geschlossen. Zwischen 14 und 15 Uhr nimmt alles wieder seinen gewohnten Lauf. Ein kurzer Snack, ein »gouter«, zwischendurch verkürzt die Zeit bis zum Aperitif, der gegen 18 Uhr in einem Café, Bistro oder zu Hause eingenommen wird als Vorbereitung auf das Abendessen zwischen 19 und 20 Uhr.

Der Aperitif ist nicht bloß ein Getränk vor dem Essen, sondern vielmehr auch eine Form der Kommunikation quer durch alle Gesellschaftsschichten. Das Ritual eines gemeinsamen Trinkens, begleitet von ein paar Nüssen, Oliven, Chorizo und kleinen Kanapees, wird gern und oft genossen. Das Getränk ist in der Regel nicht hochprozentig. Ein Kir, Pastis, Wermut, Champagner, Crémant oder Clairette, ein Muscat, Rivesaltes, je nach Region, Geschmack oder Anlass. Eine Einladung zum Aperitif in der Nachbarschaft oder zum gegenseitigen Kennenlernen dauert ziemlich genau zwei Stunden, es wird dabei selten mehr als zweimal nachgeschenkt. Überraschenderweise wird weniger Alkohol getrunken, als man gemeinhin vermuten würde.

Drei Gänge sind die Basis zu einem »repas«, einem Abendessen, mit Vorspeise, Hauptgang und Dessert. Je edler der Anlass, desto mehr Gänge werden serviert. Dies kann variieren, zwei Vorspeisen oder/und zwei Hauptspeisen, ein Sorbet zwischen den Gängen oder ein »trou normand«, ein Calvados zum Neutralisieren des Geschmacks. Nach dem letzten Fleischgang reicht man grünen Salat und eine große Käseplatte. Der Käse schließt hier nicht, wie man in Deutschland sagt, den Magen, denn nun folgt das Dessert. Immer mehr in Mode kommen hier ein warmes und ein kaltes Dessert, oft auch »en verre«, im Glas geschichtet.

So wie der Aperitif die Ouvertüre eines Mahls bedeutet, bildet der Digestif das Finale zum Zwecke der Verdauungsförderung. Manchmal begleitet von einem »petit café« oder nach diesem.

Anders als Aperitifs sind Digestifs zumeist destilliert, jede Region hat natürlich auch hier ihre eigene Spezialität zu bieten. Angefangen bei den »eaux de vie« aus Mirabelle, Kirsch, Framboise und Poire Williams über Cognac, Armagnac und den diversen Marcs bis zu den Likören Chartreuse, Bénédictine und Grand Marnier runden sie ein Festmahl perfekt ab.

Alle Digestifs eignen sich hervorragend zum Kochen. Meist kommen sie beim Flambieren zum Einsatz, wobei der Alkohol verbrennt und das Aroma zurückbleibt.

In der anspruchsvollen Gastronomie werden viele Gerichte mit »Noilly Prat« zubereitet, einem aromatischen Wermut. Seine aufwendige Produktion dauert circa drei Jahre. Hergestellt wird er seit dem Jahre 1813 in Marseillan am Etang de Thau. Als Basis dienen zwei Weißweine der Region, der »Clairette« und der »Picpoul de Pinet«, die separat in Eichenholzfässern acht Monate gelagert werden. Dann wird die Reifung der Weine in 600-Liter-Fässern für ein weiteres Jahr fortgesetzt. Diese Fässer lagern im Freien und sind allen Witterungseinflüssen wie Winterkälte, Mistralwinden und Sommerhitze ausgesetzt. Während der Reifung verstärkt sich das Aroma durch die Verdunstung von circa 8 % der Flüssigkeit. Dies wird der »goutte des anges«, der Anteil der Engel, genannt und soll die himmlischen Heerscharen ergötzen, die anscheinend den Himmel über Marseillan bevölkern.

Joseph Noilly ließ sich inspirieren durch die Tatsache, dass sich Weine früher beim Transport auf Schiffen, den Elementen ausgesetzt, veränderten. Die Farbe wurde dunkler und die Aromen kräftiger. Weitere vier bis fünf Monate lagert der Wein in kühlen Kellern, um dann gemeinsam verschnitten zu werden mit einer »Mistelle« genannten Mischung aus Traubensaft und Weinalkohol. Zusammen mit einer Melange aus zwanzig Kräutern und Gewürzen aus allen fünf Kontinenten, verfeinert mit Fruchtsaft und Zitrone und Himbeere, lagert der Wein nochmals rund drei Wochen. Jeden Tag wird der Zaubertrank im »Hexenkessel« gut durchgerührt und genießt danach zehn Wochen Ruhezeit. Nun endlich wird er gefiltert und gelangt dann zur Abfüllung in die grünen Flaschen mit dem berühmten Etikett.

In jeder guten Hotel- und Cocktailbar wird er als Bestandteil von Cocktails und Mixgetränken genutzt. In den Profiküchen dient er als unverzichtbarer Bestandteil zur Verfeinerung von Soßen, Suppen und Gerichten.

===============

Farigoule de Forcalquier

ist ein 40-prozentiger Thymianschnaps, dem aphrodisische Wirkung nachgesagt wird. Hergestellt wird er in der »Destillerie et Domaine de Provence« in Forcalquier. Sein lang anhaltender Duft nach Frühlingsblüten macht den Thymian zu einem beliebten Symbol der Liebe. In der Nacht zum 1. Mai legten früher die Verehrer den von ihnen begehrten jungen Damen ein Thymiansträußchen vor die Tür.

===================

Blanquette de Limoux

ist der Urahn des Champagners. Im Jahre 1531 gelang es den Benediktinermönchen von St. Hilaire bei Limoux, Weißwein zum Perlen zu bringen. Diese Methode »ancestrale«, nach der nur Manzac-Trauben vergoren werden, ist die Grundlage des erst später im Jahre 1668 von dem Mönch Dom Perignan in Reims entwickelten Champagners. Der Limoux wird heute aus den Sorten Manzac, Chardonnay und Chenin-Trauben hergestellt und steht dem berühmteren Champagner außer im Preis in nichts nach.

===============

Käse

Kaum etwas ist charakteristischer für Frankreich als der Käse. Er folgt dem Hauptgang, geht der Nachspeise voran und ist Bestandteil auch der einfachsten Mahlzeiten. Im Restaurant gibt es oft eine umfangreiche Käseauswahl, fünf bis sieben Sorten von Frischkäse bis zum Hartkäse und eine perfekt gereifte Spezialität.

Wie viele Käsesorten es gibt, scheinen nicht einmal die Franzosen selbst zu wissen, die Angaben reichen von circa 400 Sorten mit AOC-Klassifizierung und reichen bis zu 700 Sorten und Variationen. Jedenfalls könnte man an jedem Tag des Jahres mindestens einen anderen Käse probieren.

Roquefort, ein Symbol Frankreichs

Seit ungefähr zehn Jahren tobt im Verborgenen ein erbitterter Handelskrieg zwischen den USA und Frankreich. Nach der Demontage einer neu erbauten McDonald‘s-Filiale in Millau durch die Aktionen von José Bové und den Bauern aus dem rebellischen Larzac gegen den »malbouffe«, den schlechten Fraß, wie sie es nennen, wurde erstmals von den USA eine Strafsteuer von 100 % auf den Roquefort verhängt, was einen Verlust von 1,2 Millionen Euro für Produzenten und Schafzüchter zur Folge hatte. Die Franzosen reagierten umgehend mit einem Einfuhrverbot für hormonbelastetes amerikanisches Rindfleisch und genmanipulierten Mais.

Wenige Tage vor Barack Obamas Amtseinführung verhängten die kalten Krieger um George W. Bush einen 300-prozentigen Einfuhrzoll auf den Schimmelkäse Roquefort, um sich zu rächen. Vermutlich war ein Luftangriff auf Millau aus diesem Grunde noch nicht zu rechtfertigen.

Roquefort kostet nun in den Staaten circa 100 Euro das Kilo. Man muss schon ein glühender Verehrer dieser Spezialität sein, um diesen Preis zu zahlen.

Zur Amtseinführung des neuen Präsidenten schickte die Roquefort-Cooperative einen Laib ihres besten Roqueforts ins Weiße Haus. Ob Obama an dieser verzwickten Situation etwas ändern wird? Es ist alles ein ganz großer Käse.

Deutsche und andere Ausländer

Eines Tages, wir erkunden neue Wege, kommen wir in eine beschauliche Hafengegend und entdecken per Zufall eine kleine Boutique mit Töpferarbeiten, Seidenmalerei und vielem mehr. Wir bewundern die Auslagen und treten dann ein in ein heimeliges Lädchen, dekoriert mit den herrlichsten Kunstgegenständen, Schmuck und Näharbeiten.

»Bonjour Madame, vous avez des belles choses«, versuche ich ihre Arbeiten zu loben.

»Sie können ruhig deutsch mit mir reden«, erwidert die Dame, »ich habe Sie nämlich draußen sprechen gehört.«

Wir kommen ins Gespräch und erfahren, dass Madame alle Artikel selber anfertigt und hofft, diese während der Saison verkaufen zu können.

Dann unterhalten wir uns ein wenig, und sie erzählt: »Wir kommen aus der Nähe von Stuttgart und hatten uns vor einigen Jahren im Hinterland von Montpellier ein altes Bauernhaus gekauft. Es gefiel uns sehr, es gab einen verwunschenen Innenhof mit einem kleinen Kräutergärtchen, aber wir waren so weit weg von allem Leben!« Sie hält kurz inne und denkt wohl zurück an diese offensichtlich schöne Zeit, dann fährt sie fort: »Uns fehlte das Meer, und meine Arbeiten, die ich auch in Deutschland schon zum Verkauf anbot, konnte ich in dem kleinen Ort nicht verkaufen, es fehlten ganz einfach die Interessenten. Als wir unser Haus dann noch zu einem guten Preis veräußern konnten, suchten wir uns in der Nähe des Meeres eine neue Bleibe.«

Ich stelle mir ihr altes Steinhaus mit einem herrlichen Innenhof vor und fange an zu träumen, bin jedoch froh, als sie fortfährt zu erzählen, denn dies interessiert mich brennend.

»Ein Makler bot uns dieses Gebäude hier gegenüber zum Kauf an«, und sie zeigt mit dem Finger auf ein ehemals unbeschreiblich schönes Gebäude, das seine besseren Tage schon lange hinter sich hat. Überall sehe ich kleine Erker mit farbigen Glasfenstern, schmiedeeisernen Gittern und einen total verwitterten Wintergarten. Sie ist meinen Blicken gefolgt und erzählt weiter.

»Und innen erst, überall Marmor und mehrere Kamine aus Marmor! Mein Mann und ich waren begeistert. Der Preis schien uns etwas hoch, aber bei der Ausstattung ...! Schließlich besprachen wir alles mit dem Makler und unterschrieben einen Vorvertrag, wie das so üblich ist.«

Mich interessiert nun sehr, weshalb sie nun heute offensichtlich nicht in diesem Haus wohnen oder es dann doch nicht zum Kauf kam. Alles scheint so positiv zu sein. In der Zwischenzeit ist auch der Hausherr gekommen, wir machen uns bekannt, und er meint, diese Story möchte er sich nicht mehr anhören, die sei schon unzählige Male erörtert worden.

»Wieso kam es schlussendlich nicht zum Kauf des Hauses, denn offensichtlich leben Sie ja hier in diesem Gebäude«, führe ich den Faden weiter.

Sie atmet tief durch und fährt fort: »Als wir das nächste Mal kamen, dachten wir zuerst, es sei eingebrochen worden, denn alle Kamine waren herausgerissen, ebenso Verzierungen von den Wänden abmontiert.«

»Ja und, war denn nicht eingebrochen worden?«, frage ich alarmiert nach. »Das muss doch jemand beobachtet haben.«

»Der Makler stellte sich unwissend, er wisse von keinem Einbruch, alles sei so wie besichtigt und im Vertrag festgelegt. Er tat nicht einmal erstaunt, er hatte es wohl selbst oder mit dem Besitzer zusammen gemacht und die Gegenstände teuer verkauft.«

Wir sind entsetzt ob der Dreistigkeit des Maklers, der, wie wir hören, auch nicht vom Preis nachlassen wollte.

»Also gingen wir zum Anwalt, konnten wohl vom Kaufvertrag zurücktreten, standen aber ohne ein Haus da.«

Das müssen wir erst einmal verdauen, deshalb bietet uns Miriam, so heißt die nette Dame, einen Kaffee an, den wir dankend annehmen, und dazu werden wir in ihr Atelier eingeladen. Ein Atelier, mein Wunschtraum seit langer Zeit, alle Öl- und Aquarellfarben sowie meine Handarbeitsarbeiten ausbreiten zu können und immer griffbereit zu haben, sensationell! Hier musste man sich einfach wohlfühlen, und der duftende Kaffee tat ein Übriges.

Miriam erzählt weiter: »Es traf sich nun gut, dass man uns dieses Haus hier zu einem annehmbaren Preis anbot. Wir griffen sofort zu, haben aber täglich das Gegenüber vor Augen.«

Durchs große Atelierfenster blicke ich hinüber zu der verwitterten alten Villa und stelle mir ein Leben darin vor. Dort hätte Miriam sicher mehr Platz für ihr Atelier und ihren Verkaufsraum gefunden.

»Im Inneren unseres jetzigen Hauses«, fährt sie fort, »mussten wir alles renovieren, die Fliesen, die Wände, Böden, Verandatüren und die Stromleitungen.«

Das Eckgebäude, in dem wir sitzen, musste ungefähr eine Länge von 12 Metern und eine Breite von 5 Metern haben, überschlage ich im Kopf. Mit Sicherheit besitzt es einen gewissen Charme, nun nachdem ihre Besitzer ein Schmuckstück daraus gezaubert hatten, aber warum hatte man früher in diesen Ausmaßen gebaut, frage ich mich.

Nun jedoch will ich mir in aller Ruhe ihr Warenangebot betrachten. Schalen in jeder Form und Größe, verziert mit Oliven und Muscheln, blaue Töpfe und Krüge, geschmackvoll bunte Seidentücher und Kleider in leuchtenden Farben. Ein Traum von gequilteten Decken und Taschen, Ölgemälde und Aquarelle, Ketten aus Lapislazuli und Perlmutt, Armbänder und Ohrringe und dazwischen immer wieder kleine Gegenstände aus Ton; Lavendelsäckchen, dekoriert mit einem schillernden Herzchen. Vor allen Dingen begeistert mich die Dekoration der Arbeiten, diese Ideenvielfalt, überall hängt und liegt oder stehen kleine Dinge. Einzigartig! Und nebenan arbeitet die Besitzerin, oftmals auch mit ihrem Mann zusammen, der teilweise noch in Deutschland oder Griechenland als Architekt berufstätig ist.

Jetzt schaue ich mir das Atelier genauer an, während uns eine etwas scheue Katze sanft um die Beine streicht. Im Verkaufsraum gibt es ein vergittertes Fenster, welches für das Tierchen immer offen steht. So genießt es eine große Freiheit, denn die Gitteröffnungen lassen ein ungehindertes Kommen und Gehen zu. Das Atelier war früher die Garage des Hauses, jetzt hängen zwei Fahrräder von der Decke herunter. Es darf kein Platz verschenkt werden, und da die beiden Besitzer begeisterte Radfahrer sind, müssen auch schon mal mehrere verschiedene Fahrräder untergebracht werden.

Meine Blicke wandern umher und bleiben hängen an selbst gefertigten Töpfen mit Pinseln, an Gläsern mit Farben aller Couleur, Perlen und Stoffen, die auf ihre weitere Verarbeitung warten. Dazwischen hängen Grünpflanzen, liegt eine Decke für die Katze und stehen Körbe mit am Meeresstrand gesammelten Steinen und Muscheln.

Da die Boutique an einer selten befahrenen Seitenstraße gelegen ist, stellt Miriam bei schönem Wetter Tisch und Stühle vor die Tür, und man ist bei ihr immer herzlich eingeladen zu einem kleinen Espresso. Manchmal zaubert sie ganz unerwartet ein köstliches Essen auf den kleinen Tisch vorm Haus.

So findet sich eines schönen Tages ein Husky bei ihr ein. Er erhält zur Begrüßung etwas Hundefutter, lässt sich darauf gemütlich vor der Eingangstür nieder, um gegen Abend nach Hause zu trotten. Von da an kommt er jeden Tag, liegt vor der Boutique zusammen mit Miriams zugelaufener spanischer Hündin oder auch einträchtig mit der Katze. Eines Tages sieht Miriam die Notwendigkeit eines Tierarztbesuches als dringend erforderlich an, da der Hund starke

Probleme mit den Ohren zu haben scheint und die Besitzer offensichtlich nichts dagegen unternehmen. Der Husky dankt es ihr mit unbeschreiblicher Anhänglichkeit, schließt sich beim Gassigehen an und ist einfach glücklich. Einmal sehen wir die Karawane zum Strand ziehen, den Husky mit der Hündin vorneweg, dann folgen Miriam mit ihrem Mann und der Katze hinterher. Ein Bild für die Götter.

Dies alles gefällt den Besitzern des Hundes gar nicht. Sie wohnen am anderen Ende des Ortes und haben den täglichen Aufenthalt ihres Hundes in Erfahrung gebracht. Morgens springt der Husky über eine hohe Mauer und muss wohl auf seiner Erkundungstour bis zu Miriam gefunden haben. Die Besitzer beschweren sich und meinen, Miriam wolle ihnen ihren Hund wegnehmen. Die aber hat schon einen und will keinen zweiten. Nun, der Husky ist ein allerliebstes Tier, das bald darauf schrecklich an Gewicht verliert, manchmal auch hinkt, vielleicht wegen der Höhe der Mauer. Und als er bald darauf überhaupt nicht mehr erscheint, meint Miriam, die Leute seien verzogen. Jedoch man weiß es nicht so genau.

Ich glaube, es ist für so manchen Franzosen nicht vorstellbar, dass es Menschen gibt, die einem Tier nur um des Tieres willen behilflich sind. Fast auf jedem Grundstück in Frankreich laufen ein bis zwei Hunde herum, mit denen keiner Gassi geht. Die Tiere sind bei jedem Wetter draußen, verbringen die Nächte auf der Terrasse oder in der Garage, und ihre Hinterlassenschaften werden am Wochenende mit dem »Kärcher« in die Gegend gespritzt. Weshalb, so möchte ich diese Leute fragen, schaffen sie sich überhaupt Tiere an, wenn sie nicht vorhaben, sich um sie zu kümmern? Nun, in Frankreich wird keine Hundesteuer erhoben, und ich denke, die wenigsten haben eine Versicherung für ihr Tier abgeschlossen.

Ganz anders unsere direkten Nachbarn, die uns erst beim zweiten Mal besuchen kamen, sie holten sich einen kleinen alten Mischling aus dem Tierheim, und Jean-Claude, unser Nachbar, geht mindestens dreimal täglich mit seinem Hund spazieren, zum Markt und zum Bäcker ebenso wie in die Felder. Dieses Verhalten entschädigt mich dann ein klein wenig für all die anderen vernachlässigten Hunde um uns herum.

===============

Eines schönen Tages liegt eine Postkarte, adressiert an ein deutsches Ehepaar unbekannten Namens, in unserem Briefkasten.

Postkartenbeschriftungen sind öffentliches Gedankengut, denke ich mir und lese, dass eine Heidrun und ein Klaus den Adressaten zum 40. Hochzeitstag gratulieren. Da laut Adressangabe, die Beglückwünschten bei uns um die Ecke wohnen, wir sie jedoch noch nicht kennengelernt hatten, bringen wir die Karte gleich selbst vorbei und kommen gerade recht zum Champagnerfrühstück. Das ist auch eine Art, neue Leute kennenzulernen! Auch sie, ein Rentnerehepaar, haben den Süden als Alterswohnsitz gewählt, zuerst in einer Wohnung, später dann in einem Haus in unserer Nähe.

===============

An Miriams Geburtstag lernen wir ein englisches Ehepaar kennen, beide so um die 70 Jahre alt. Zuerst hatten sie sich eine Wohnung gekauft und ihren Urlaub im Hérault verbracht. Schließlich, im Rentenalter, entschlossen sie sich, ihr Haus im Südwesten Englands zu verkaufen und ganz in den Süden Frankreichs zu ziehen. Sie leben jetzt in einem eigenen Haus und haben sich sogar bei der französischen Krankenkasse angemeldet.

Bei dieser Gelegenheit erfahren wir von Nicole, einer ebenfalls anwesenden Französin, dass es unbedingt empfehlenswert sei, eine Zusatzversicherung abzuschließen, da die Krankenkasse nicht alle Behandlungen begleiche.

Durch die Anwesenheit der außer Französisch auch Deutsch sprechenden Französin sind wir durch das englische Ehepaar dazu gezwungen, uns auf Französisch zu unterhalten. Ist schon eine gute Übung, jedoch das überaus Englisch gefärbte Französisch der beiden Engländer bereitet uns erhebliche Verständigungsprobleme.

===============

Da viele Ausländer ihre Immobilie hier nur während ihrer Urlaubszeit nutzen können, versuchen sie, die übrige vakante Zeit durch Vermietungen zu überbrücken und auf diese Weise etwas Geld einzunehmen, so wie wir es auch getan hatten.

Das recht große Haus der Dänen, den Freunden von Lothar und Christine, ist nicht in einer Ferienanlage gelegen, sondern in einer Wohngegend gehobenen Anspruchs, und da die Dänen noch viel Renovierungsarbeiten zu leisten hatten, auch den Pool betreffend, vermieteten sie die ganze Saison über. Wie ich schon erwähnte, das Haus ist groß, und die Urlauber zogen mit Großfamilien ein. Der damit verbundene Lärm führte zu viel Ärger mit der Nachbarschaft. In unserem Ferienhaus müssen wohl ähnliche Zustände geherrscht haben, wie uns unsere Freunde hinterher erzählten.

===============

Eine kleine Anzeige in der »Midi Libre«, der regionalen Tageszeitung, kündigt einen englischen Weihnachtsmarkt an, der auf einem Weingut in der Nähe von Mèze gelegen sein soll. Viele junge englische Familien mit kleinen Kindern siedeln sich in Frankreich an, für uns nun äußerst interessant, wie sie einen Weihnachtsmarkt in Frankreich gestalten.

An einem herrlich warmen Dezembermorgen machen wir uns ins Hinterland auf, um das versteckt liegende Weingut zu suchen. Im

Innenhof desselben scharen sich zahlreiche Stände im Halbkreis um ein offenes Feuer, über dem in einem Kupferkessel »Aligot« zubereitet wird. Das ist zwar kein typisch englisches Gericht, jedoch ein für die Gegend typisches Winteressen, ein zäher Brei aus Käse und Kartoffelbrei, der köstlich schmeckt. Früher wurden die Portionen mit dem Holzlöffel aus dem Topf gehoben und mit der Schere abgeschnitten. Diese suche ich heute jedoch vergebens.

An einem Stand fallen mir die einfallsreich zusammengestellten Blumengestecke und -gebinde auf. Eine englische Floristikmeisterin aus St. Jean de la Blaquière, einer Station auf dem Jakobs-Pilgerweg, hat mit viel Liebe zum Detail Pflanzen und Blüten und Sträucher ineinandergesteckt und miteinander verwoben, dass die Auswahl schwerfällt. Schlussendlich entscheide ich mich für eines ihrer Werke und stecke ihre Visitenkarte ein, um sie zu einem späteren Zeitpunkt in ihrem Laden aufsuchen zu können. Einige Wochen später gelingt uns dies trotz Befragung und der fleißigen Hilfe Ortsansässiger nicht, ja die Straße und auch der Laden sind unbekannt.

Heute jedoch ist uns dies noch nicht bekannt, deshalb schließen wir uns einer schier endlosen Warteschlange an, die alle auf die kleinen braunen Küchlein warten, die in riesigen Pfannen in reichlich Fett schwimmen. So viele Menschen können nicht irren, denke ich mir und verdränge den Gedanken an Tausende Kalorien erst einmal auf später. Das Hungerschieben während des langen Wartens hat sich gelohnt, wir werden nicht enttäuscht, die Küchlein, eine Art in Fett gebackenem Teig mit Puderzucker bestreut, schmecken umwerfend. Anhand der reichlich ausliegenden Visitenkarten stellen wir fest, dass viele Engländer im Umkreis von Pézenas ansässig sind.

==============

Durch meine Vorliebe für Feigen lernen wir eine deutsche Familie aus Hamburg kennen, die sich im Hérault ein »Maison de Vigneron«, ein ehemaliges Winzerhaus, kauften. Die Vorbesitzer, ein junges englisches Paar, hatten das Gebäude total renoviert und waren danach nach Spanien ausgewandert. Ein großes Fragezeichen über meinem Kopf! Weshalb renoviert man, um kurz darauf ein solch exklusives Anwesen zu verkaufen? Nun, sie werden bestimmt ihre Gründe gehabt haben. Mancher sieht ja darin seine Lebensaufgabe. Dieses alte Steinhaus ist im Inneren so ideal aufgeteilt, mit steinernen Stufen und Bänken, dass ich total begeistert bin. Bin ich ja immer öfter, nein, bin ich immer! Ich habe mir meine kindliche Begeisterungsfähigkeit behalten und konserviert und begreife nicht, wie viele Menschen gewisse Dinge völlig emotionslos begutachten können.

Im Eingangsbereich rechter Hand eine große Küche, modern und antik zugleich eingerichtet. Einige Stufen erhöht ein altehrwürdiger, etwa zehn oder mehr Personen Platz bietender Esstisch. Dahinter ein imposanter gemauerter Kamin aus Quadersteinen des nahen Steinbruchs. Dies ist jedoch offensichtlich die einzige Wärmequelle, wie wir bald erfahren werden.

»Im ersten Winter nach dem Kauf des Hauses wollten wir hier mit der ganzen Familie und mit Freunden Weihnachten feiern«, verrät uns die Hausherrin, »aber wir haben dermaßen gefroren, dass wir uns fast nur in der Küche bei eingeschaltetem Backofen aufhalten mussten. Zu allem Überfluss zog auch der Kamin nicht richtig, der musste im folgenden Jahr erst saniert werden.«

»Ein Immobilienmakler hatte uns schon vorher gewarnt, dass Steinhäuser nicht gut zu beheizen seien«, merkte ich an, und denke bei mir im Stillen, trotz aller Schönheit möchte ich dann doch nicht auf Dauer in einem solchen Haus leben. Vielleicht würde eine nachträglich eingebaute Zentralheizungsanlage für genügend Wärme sorgen.

Eine dunkle geschwungene Holztreppe führt in den oberen Bereich zu mehreren Schlafzimmern und einem Badezimmer. Die niedrige weiß getünchte Zimmerdecke mit ihren dunklen Balken sowie die einfallsreiche Badezimmereinrichtung und das halbrunde Fenster verströmen einen unvergleichlichen Charme, der seinesgleichen sucht. Jedes einzelne Schlafzimmer ist in einer anderen Farbe gestaltet und mit viel Liebe zum Detail eingerichtet.

Vom Esszimmer treten wir durch die breiten Flügeltüren hinaus in einen märchenhaften verwunschenen Garten, zu beiden Seiten durch hohe Mauern zu den Nachbargrundstücken begrenzt und mit mediterranen Bäumen und Büschen bepflanzt. Ich stehe und staune und versuche, alles in mich aufzunehmen. Als wir dann später auf der mit alten Steinen gepflasterten Terrasse sitzen und einen herrlich fruchtigen Rotwein schlürfen, fällt mir plötzlich etwas feucht und matschig auf den Kopf. Schnell greife ich danach und halte eine aufgeplatzte Feige in der Hand. Unter großem Gelächter bestaunen wir den riesigen alten Feigenbaum, unter dem sich unser Sitzplatz befindet. Die überreifen Früchte könnten einem direkt in den Mund fallen, sofern man diesen entgegenstreckte. Wir pflücken einen Korb voll dieser in Deutschland so begehrten Früchte, und ich bekomme noch ein Rezept für Feigenmarmelade mitgeliefert, die ich jedoch nicht anfertigen konnte, da ich die Früchte lieber frisch verspeise. Dieses Haus und der Garten hinterlassen wieder einmal einen bleibenden Eindruck in mir. Häuser könnte ich täglich besichtigen, und ich frage mich, ob ich mir in den Sechzigerjahren den falschen Beruf ausgesucht habe.

===============

Ein anderes uns lieb gewordenes Ehepaar aus Deutschland verbringt die Sommermonate ebenfalls hier im Süden, nicht weit von uns entfernt. Da er, nennen wir ihn Wolfgang, noch berufstätig ist und ein kleines Flugzeug sein Eigen nennt, fliegt er, sofern es die Wetterverhältnisse erlauben, zwischen Deutschland und Frankreich hin und her. Zwischen seiner Frau, einer ehemaligen Lehrerin, und mir haben sich viele Gemeinsamkeiten ergeben, und wir denken oftmals auf gleicher Wellenlänge. Lehrerinnen im gleichen Alter sind, wie man bei uns beiden merkt, offensichtlich auch gleich gepolt. Kaum ein Tag vergeht, an dem wir uns nicht kurz gesehen oder gesprochen haben.

Unvergleichlich ist die Menüfolge bei ihren Einladungen. Der Hausherr grillt auf einem Holzkohlegrill Unmengen von Fleisch mit amerikanischem Einschlag und entsprechender Kleidung und backt auch schon mal eine Aprikosentarte zum Dessert. Susi, seine Frau, backt und brät und kocht und denkt sich immer neue delikate Vorspeisen und Desserts aus. Und dann werden alle Speisen auf einem fantasievoll dekorierten Tisch arrangiert.

So oft das Wetter es zulässt, wird draußen auf der Terrasse am Pool unter einer dekorativen Palme gesellig gespeist und getrunken. An warmen Sommerabenden bis spät in die Nacht hinein, dann sind Pool und Palme von den im Boden eingelassenen Spots beleuchtet und ergeben eine malerische Kulisse. Ein Sprung in den Pool ist auf Wunsch inbegriffen, der Jetset könnte jederzeit um die Ecke kommen. Aus ihrem großen Bekanntenkreis kommen viele Deutsche, teils zu Besuch, teils um hier eine Immobilie zu erwerben.

Da erscheint es mir wieder einmal »très bizarre« zu sein, dass sich nur ganz wenige unserer Verwandten oder Freunde für Frankreich interessieren. Sie tendieren eher zu Mallorca, den Kanarischen Inseln oder neuerdings zur Ostsee. Ja, würden wir sie alle kostenfrei beherbergen, sähe die Sachlage, glaube ich, ganz anders aus, jedoch unsere Platzverhältnisse erlauben dies nun einmal nicht.

==============

Ostern vor einem Jahr quartieren sich gute Freunde aus Deutschland, zwei Ehepaare, in Villeneuvette ein.

Dieses historische Örtchen verdankt seine Entstehung Ludwig dem XIV., unter dessen Regie die königliche Tuchmanufaktur im 17. Jahrhundert gegründet wurde. Im Jahre 1671 wurde am Ufer der Dourbie diese Textilfabrik errichtet und mittels Patentschrift zur »Manufacture Royale« erklärt. Für Ludwig den XIV. und Colbert, seinen Finanzminister, war das Ziel, eine wirtschaftlich arbeitende Konkurrenz gegenüber den englischen und holländischen Textilfabriken aufzubauen, die vom zuvor erfolgten Bau des Canal du Midi und des Hafens von Sète profitieren konnte. Man fasste alle Aktivitäten in einer dazu errichteten kleinen Stadt zusammen, die man wegen ihrer Nähe zu Clermont l'Hérault »Villeneuvette lez Clermont« nannte. Dieses Städtchen prosperierte bis zum 19. Jahrhundert unter anderem auch durch die Herstellung von Stoffen für die Armeen Frankreichs und anderer Staaten rund um das Mittelmeer.

An einem warmen Abend am Karsamstag sind wir von unseren Freunden dort zum Essen eingeladen, und so erfahren wir noch einiges mehr über das verträumte Örtchen.

In den Häusern befanden sich im Erdgeschoss die Webstühle der Tuchmacher und in den Geschossen darüber die Wohnräume, man wohnte sozusagen am Arbeitsplatz.

Um 1800 ging Villeneuvette in den Besitz einer Unternehmerfamilie aus dem Languedoc über. Diese Familie war von philanthropischem Geist beseelt und stattete die Fabrik im Jahre 1804 mit modernen englischen und belgischen Webstühlen aus, die die Arbeit erleichterten. Die Familie sorgte für soziale Absicherung ihrer Arbeiter, 98 Wohnungen wurden neu ausgestattet, die Arbeiter wohnten hier gratis während der gesamten industriellen Periode.

Heute sind zum Teil noch die kleinen Gärten zu sehen, die jeder Familie zur Verfügung gestellt wurden zur eigenen Versorgung, neben den Gütern aus umliegender landwirtschaftlicher Produktion.

Man führte das Recht auf Ausbildung und im Jahre 1803 eine Schulpflicht für alle Kinder bis 12 Jahre ein. In den anderen industriellen Zentren Europas der damaligen Zeit mussten Kinder bereits ab dem 5. oder 6. Lebensjahr zum Familieneinkommen beitragen.

Im Jahre 1818 wurde hier der Vorläufer der »Caisse d'Epargne«, einer Art Sparkasse gegründet. Jeder Haushalt zahlte 6 Franc pro Jahr ein, der Patron verdoppelte die Einlagen der Arbeiter. Daraus entstand eine Kranken- und Arbeitslosenversicherung für wirtschaftlich schlechtere Zeiten, um die Verarmung der Arbeiter zu verhindern, und das in einer Epoche, in der das Überleben vom Tagelohn abhing und überall große Armut herrschte. In welchem Umfang sich die Tageslöhne bewegten, ist heute für uns nicht mehr feststellbar. Ein bisschen von diesem sozialen Geist würde einigen Unternehmen unserer Zeit gut anstehen. Heutzutage wird nicht mehr der Mensch gesehen, sondern nur noch seine Arbeitskraft.

Der Arbeitstag der Arbeiter begann um 5.30 Uhr und endete um 17 Uhr. Abends um 21 Uhr schloss man die Tore, und die Familien verbrachten die Nacht im Schutze von Villeneuvette. Während der Revolution beteiligten sich die Arbeiter der Manufaktur nicht an den Aktivitäten der Revolutionäre und wurden deshalb von diesen als »réacs«, als Reaktionäre, beschimpft. Von vielen Familien lebten während 200 Jahren alle Generationen in dieser heilen kleinen Welt. Villeneuvette jedenfalls diente als Vorbild für die Arbeiterstädte im Norden Frankreichs, die während der Industrialisierung entstanden. Rund um die Eisenwerke von »Creusot, dem Hersteller der berühmten gusseisernen Schmortöpfe«, gründete der Unternehmer Schneider die ideale Stadt.

Die Tuchfabrik produzierte bis zum Jahre 1954 und verfiel teilweise nach ihrer Schließung. Wäre diese verschlafene Idylle nicht von Engländern neu entdeckt worden, die heute zusammen mit Belgiern und Holländern den größten Teil der Neubewohner repräsentieren, sie würde noch heute im Dornröschenschlaf liegen.

Viele Künstler und Kunstinteressierte haben sich hier niedergelassen und so manches kleine Haus mit viel Liebe zum Detail renoviert und zu neuem Leben erweckt.

Unter ihnen das belgische Ehepaar De Man mit Tochter, das aus mehreren zusammenhängenden Gebäuden eine kleine Hotelanlage mit feinem Restaurant kreiert hat und die Tradition der französischen Hotellerie fortsetzt: »L'art de bien recevoir«, die Kunst des herzlichen Willkommens. Und in eben diesem Hotel haben sich unsere Freunde einquartiert, dies nicht zum ersten und auch nicht zum letzten Mal, wie sie versprechen.

»La Source« ist ein Hotel mit 14 kleinen Appartements, die, jedes für sich, ganz individuell architektonisch und farblich konzipiert sind. Ihre Bezeichnungen lauten: »Bleue«, »Royale«, »Rose«, »Patio«, »Jardin« oder »Bambou« usw. Durch unseren Besuch bekommen wir einen Einblick in die Räume, und ich bin, wie so oft, begeistert von dem Ideenreichtum, mit dem diese gestaltet sind. Da führt eine schmale Holztreppe nach oben zum Schlafbereich. Durch ein winziges halbrundes Sprossenfenster blicke ich auf den sich dahinschlängelnden Bach. Traumhaft!

Auch den kleinen Häuschen der ehemaligen Arbeiter der Manufaktur gilt meine Begeisterung. Der Ort ist eine Oase der totalen Ruhe. Ein kleiner von Natursteinen eingefasster Bachlauf plätschert geruhsam neben den kopfsteingepflasterten Gässchen zwischen den kleinen geduckten Häuschen entlang. An seinen Seiten wachsen zarte Bambusgräser und wiegen sich leicht im Wind. Wir folgen dem Bachlauf in einen 300 Jahre alten Park, durch viel wildes Gebüsch in ein naturbelassenes Bambuswäldchen hinein. Der sich selbst überlassene wuchernde Garten mit einem ausgedienten trockenen Brunnen entbehrt nicht eines gewissen Charmes, man muss nur genau beobachten und aufnahmebereit sein für die Schönheiten dieser Idylle. Überall Naturgärten mit wilden Kräutern und Gemüsesorten, sie vervollständigen meinen

Eindruck vom Dornröschenschlaf, es ist noch nicht ganz erwacht, und das ist auch gut so!

Im ganzen Ort reiht sich eine Sehenswürdigkeit an die andere, sofern man den morbiden Verfall als solche bezeichnen mag, was ich hiermit aufs Heftigste tue. Schließlich kommen wir zur breitesten Straße des Ortes, es wird wohl die Hauptstraße gewesen sein, denn an ihr entlang befinden sich die größeren Gebäude. Unter ihnen steht ein vierstöckiger Wohnturm zu einem horrenden Preis zum Verkauf. Auch eine kleine Bürgermeisterei besitzt Villeneuvette, einfach süß!

Nach unserer Besichtigungstour gehen wir zurück zum Restaurant mit seiner großen Terrasse und speisen anschließend genüsslich im Saal »Colbert« unter herrlichen Gewölben.

===============

Hin und wieder gibt es höchst sehenswerte Sendungen im Fernsehen über Deutsche oder andere Europäer, die sich in Frankreich niederließen. So war vor einiger Zeit ein Deutscher zu sehen, der vor circa 20 Jahren mit seiner amerikanischen Frau und den Kindern ein ganzes verlassenes Dorf im Haute-Languedoc zu einem damals äußerst günstigen Preis erwarb. Ich muss den Begriff »Preis« in den Plural setzen und muss sagen, zu günstigen Preisen, denn jedes Häuschen oder Stückchen Land gehörte einem anderen Besitzer.

Es gab weder Wasser noch Strom, und die Einheimischen der nächstgelegenen Stadt sahen auch keine Notwendigkeit, Letzteres für eine einzige Familie zu legen. Den zu seinem Ort führenden steilen Weg asphaltierte er selber und transportierte alle Baumaterialien mit seinem altersschwachen Wagen die Serpentinen hinauf.

Mithilfe von freiwilligen Freunden aus Deutschland und Amerika machte er einige Häuser bewohnbar, legte Gärten an und begann, Schafe zu züchten, und erhielt dafür viele Auszeichnungen. Über den Bauernverband bekam er dadurch auch endlich Elektrizität gelegt. Es gehört schon viel Idealismus dazu, sich einer solchen Aufgabe zu stellen, und viel Liebe zum Land und seinen Einwohnern. Heute vermietet er fünf niedliche, kleine Steinhäuschen, ein jedes ganz individuell und liebevoll gestaltet, an Interessierte mit Selbstversorgung. Und da es ohne Besucher dort sehr einsam ist, zumal auch ihre Kinder wegzogen, veranstaltet das Ehepaar zur Zeit Musikabende und Lesungen für Gäste aller Nationalitäten. Wir werden uns diesen Ort bei Gelegenheit auch mal anschauen.

Es klingt gar nicht mal so abwegig, wenn ich sage, dass man sich hier immer noch ganze Ortschaften kaufen kann. Nimmt man sich einmal eine Wanderkarte vor und schaut diese genauer an, so wird man viele »Ruinenstädte« entdecken. Auch nördlich von Gignac findet sich solch eine verlassene Geisterstadt, mit dem Namen »Montcalmès«. Hinter Gignac, auf der D 32, nachdem man Aniane durchquert hat, fährt man weiter in Richtung Puéchabon und nimmt am Ortsende den Weg Richtung »Hameau de Lavène«, dem »außen liegenden Gehöft von Lavène«. Hinter dem Hameau parkt man den Wagen und setzt den Weg zu Fuß durch allerlei Gestrüpp und Unwägbarkeiten fort. Voilà, nach etwa 500 Metern erscheint die Geisterstadt Montcalmès.

Im Mittelalter war der Ort eine Häusergruppe um ein Château herum, mit Wehrmauern befestigt. Im Jahre 1791 hatte Montcalmès noch 23 Einwohner. Im kleinen Nachbarort Lavène ist heute nur noch ein Haus bewohnt.

Verlassen wurde der Ort gegen Ende des 19. Jahrhunderts, da auf dem karstigen Plateau der Wassermangel und der beständige Wind keinen Getreideanbau zuließen. Danach fanden nur noch nomadisierende Köhler oder Hirten gelegentlich Zuflucht in den verfallenden Ruinen. Definitiv aufgegeben seit 1890 ruht der Ort seitdem in tödlicher Stille.

Wiederentdeckt wurde die verlassene Stätte im Jahre 1999 von einem Historiker bei den Recherchen für sein Werk über die Abteien von »Aniane« und »Gellone«. In Montcalmès findet man heute noch erstaunlich gut erhaltene Fassaden und Bogengewölbe, die an sonnigen Tagen in sauberer, klarer Luft zu einer Zeitreise wie im Traum einladen. Man hofft, dass die im Languedoc allgegenwärtigen Engländer oder Holländer diese einzigartige Atmosphäre und herbe, aber zauberhafte Umgebung des verwunschenen Ortes zu neuem Leben erwecken.

Bisous

Die Begrüßungsfloskeln der Franzosen bereiten mir immer noch viel Mühe. Küsschen zweimal, dreimal oder oft auch viermal!!

Kommt hier ein geladener Gast erstmals zu Besuch, gibt man sich anfangs nur die Hand. Bei der Verabschiedung gibt es dann schon Küsschen links und Küsschen rechts. Sind wir während der zwei Stunden, in denen wir einen Aperitif zusammen einnahmen, schon zu Freunden geworden? Bei häufigeren Besuchen gibt es zur Begrüßung und Verabschiedung bei einigen sogar drei Küsschen. Sind wir zu guten oder besseren Freunden geworden? Vielleicht hat es absolut gar nicht so viel zu bedeuten, und ich geheimnisse nur zu viel hinein?

Unsere besten Freunde leben von März bis Oktober im Hérault, kommen aus Paris und küssen viermal nach längerer Abwesenheit. Auch Freunde aus dem Elsass huldigen dieser Gepflogenheit.

Unablässig beobachte ich, wer sich wie oft küsst. Bin ich ein besserer Freund als jener? Gehöre ich schon dazu? Wie soll ich hinter diese Feinheiten steigen? Werden wir als Ausländer angenommen, sind wir »angekommen«? Ich muss gestehen, meine Familie und ich bekommen viele Küsse. Bin ich deshalb ein glücklicherer Mensch? Na ja, ein wenig zufriedener macht es schon!

Wie durchschaubar sind doch da die Gepflogenheiten in Deutschland: Bekannte reichen sich die Hand, Verwandte und Freunde umarmen oder küssen sich einmal. Die herzlichere Umarmung zeigt sich durch ein längeres und innigeres Drücken. Besuche in Deutschland zeichnen sich durch äußerst herzliche und heftige Drückerei aus.

Schon die kleinsten Franzosen halten uns die Wange hin. Wie

verhalten sich zehn- bis sechzehnjährige deutsche Jungen, sofern sie nicht zur Verwandtschaft zählen? Sie nicken dir eben mal so zur Begrüßung zu, der Wohlerzogene reicht dir die Hand. Der französische Jugendliche aus der Nachbarschaft hält dir die Wange hin! Ist das nicht süß? Ich genieße jede Sekunde!

Eine Auswahl bewährter und selbst erprobter Gerichte

Austern und Coquilles de St. Jacques

Als Vorspeise bereite ich oftmals überbackene Austern oder Jakobsmuscheln zu:

Die frischen Austern öffne ich mit einem kleinen, spitzen Austernmesser, löse den Muskel und gieße die Flüssigkeit ab. Nun würze ich Crème fraîche mit Pfeffer und Salz und einer klein geschnittenen Knoblauchzehe sowie etwas würfelig geschnittenem Tomatenfleisch und gebe einen Teil davon jeweils auf die Austern. Darauf gebe ich geriebenen Käse und bestreue alles mit ein wenig »chapelure«, Weckmehl. Bei 250 Grad Oberhitze kurz überbacken.

Ich rate zum Großeinkauf, denn die Gäste bitten um Nachschlag! Meistens biete ich wahlweise auch rohe Austern an, für die, die sich trauen.

==============

Übertroffen werden die Wünsche der Gäste von dem nun folgenden Rezept:

Die St.-Jacques-Muscheln, egal ob groß- oder kleinformatig, jedoch ohne »corail«, ohne den roten Rogen, brate ich sehr kurz von allen Seiten an und gebe jeweils einige in eine große tiefe Muschelschale.

Entweder man kauft die Jakobsmuscheln frisch auf dem Markt und öffnet sie selber oder man sucht die leeren Muschelschalen am Strand. Nach einem heftigen Sturm während der Wintermonate findet man die Schalen am Strand, natürlich ohne Inhalt. Viel Spaß beim Suchen!

Nun folgt das gleiche Verfahren wie oben bei den Austern. Dazu reiche ich frisches Baguette und einen Picpoul de Pinet, einen trockenen Weißwein der Region. Ihre Gäste werden begeistert sein!

===============

Kalte Lachsvorspeise im Glas

Man nehme: Frischen Lachs – Sushiqualität, kleine Zucchini, gegrillte Tomaten, eine grüne Paprika, Crème fraîche, etwas Zucker, Majoran, Thymian, frischen Knoblauch, einen Spritzer Zitronen- oder Orangensaft, frisches Basilikum, Essig, Olivenöl, Pfeffer und Salz.

Die Mengenangaben überlasse ich der Köchin oder dem Koch selber, denn der Kreativität eines jeden möchte ich keine Grenzen setzen. Ich koche und backe fast immer ohne die Hilfe von Mengenangaben, deshalb schmeckt ein Gericht auch niemals wie das vorhergehende, zur großen Enttäuschung meiner Tochter. Beim Kuchenbacken wiege ich schon Mehl und Butter ab, bei den anderen Zutaten arbeite ich »à la main«. Meine Großmutter pflegte zu sagen, sie arbeite aus der Lamäng, hört sich wie der Dialekt des Südens an.

Nun den Lachs in sehr kleine Würfelchen schneiden, ebenso die zuvor gegrillten Zucchini, Tomaten und Paprika. Den beiden Letzteren muss vorher die Haut abgezogen werden. Mit dem klein gehackten Majoran, Thymian und Knoblauch, wenig Essig und Öl und dem Spritzer Zitrone oder Orange vermischen und mit Pfeffer und Salz würzen. Die Crème fraîche eventuell mit einer Messerspitze Senf und Olivenöl glatt rühren.

Ein Glas fülle ich zur Hälfte mit der Lachsmischung und setze obendrauf einen Klecks von der Crème-fraîche-Mischung. Als Dekoration gibt man Paprikawürfelchen darauf und steckt ein kleines Basilikumzweigchen dazu.

===============

Rosmarin-Kartoffel-Pfanne mit gegrilltem Lachs

Ich bereite gern schnelle Gerichte für viele Gäste zu. Eines davon ist meine Rosmarin-Kartoffel-Pfanne. Wie viele Kartoffeln ich dazu benötige? Keine Ahnung, eher mehr, als man denkt, denn am nächsten Tag schmecken die Reste fast noch besser.

Man benötigt: sehr kleine Pellkartoffeln mit Schale, in Viertel geschnittene frische Kirschtomaten und getrocknete Tomaten, Zwiebeln oder Lauch und Knoblauchzehen, alles klein geschnitten, frischen Paprika, alle Farben, in Streifen geschnitten, Pfeffer, Salz und frischen gehackten Rosmarin und etwa 200 g Lachs pro Person

Zwiebeln, Lauch, Knoblauch und Paprika in etwas Butter anbraten, die Kartoffeln dazugeben, kurz mitbraten, dann die Tomaten daraufgeben und erwärmen lassen. Zum Schluss pfeffern und salzen und mit Rosmarin bestreuen.

Den Lachs mit Pfeffer und Salz würzen, in einer separaten Pfanne braten oder unterm Backofengrill grillen. Dazu mag ich gern eine selbst zubereitete Currysoße aus Kokosmilch und Currypulver.

Die Kartoffel-Gemüse-Pfanne auf einer tiefen Platte anrichten, den Lachs obenauf drapieren und mit Rosmarinzweigen dekorieren.

Méli-Mélo

Der Begriff »Méli-Mélo« beinhaltet übersetzt so viel wie »Vermischtes« oder »Durcheinander«.

Es gibt in Frankreich Läden, die einfach alles anbieten, was man so im täglichen Leben benötigt oder auch nicht. In Deutschland heißen diese Läden »Resterampe« oder »99-Cent-Laden«. Nun, ich will nichts verkaufen, jedoch soll hier einiges erzählt werden, das zu kurz ist, um dafür eine Extraüberschrift zu finden, mir jedoch die Mitteilung am Herzen liegt.

Während meiner Zeit als Lehrerin lautete ein Thema bei der Stundenplanung in der Grundschule »Die Post«. In den folgenden Unterrichtsstunden lernten die Kinder zum Beispiel das fehlerfreie Beschriften eines Briefumschlages sowie einen Brief zu schreiben und das richtige Telefonieren. Die Frage: »Wie melde ich mich als Sohn oder Tochter meiner Eltern am Telefon?«, sollte von den Kindern beantwortet werden. Uns Lehrerkollegen war wichtig, dass sich die Kinder nicht mit »Hallo« melden, sondern mit vollständigem Vor- und Zunamen, damit der Anrufer sofort weiß, mit wem er es zu tun hat. Als Erwachsener oder Alleinlebender genügt der Nachname. Sie wissen, worauf ich hinauswill? Richtig, auch in Deutschland macht sich diese Unsitte breit. In Frankreich jedenfalls ist es üblich, sich nur mit »Hallo« zu melden.

Wer ist dieser »Hallo«???

Ist es ein guter Bekannter, erkenne ich ihn an der Stimme. Ansonsten kann ich schlecht assoziieren, ob ich die richtige Nummer gewählt oder mich verwählt habe. Nachfragen ist also unbedingt erforderlich. Warum wird nicht der Name genannt? Etwa aus Angst, zu viel von sich preiszugeben? Nenne ich mich nicht namentlich und will mit dem mir bekannten Anrufer nicht sprechen, so lege ich schnell auf, versucht es der Anrufer ein zweites Mal, so darf ich den Hörer nicht abheben. Ist doch alles Blödsinn! Wozu das ganze Theater?

Ich habe für mich entschieden, mich mit meinem Namen zu nennen. Stille folgt darauf am anderen Ende der Leitung, der Anrufer scheint völlig überrumpelt ob so vieler Freizügigkeit meinerseits. Warte ich lange genug, gebe ich dem Anrufer die Möglichkeit, zu fragen, ob ich wirklich Madame P. sei. Ja doch, mais oui, ich habe mich doch mit meinem Namen gemeldet! Meine Stimme klingt weder wie die eines Kindes noch eines Mannes, warum also sollte ich es nicht sein?

Ein Telefongespräch mit einem mir unbekannten Menschen verläuft folgendermaßen: I. Kling … kling …

Ich hebe den Hörer ab und melde mich: Poweleit!

Anrufer: Stille

Ich: Poweleit

Anrufer: Stille

Ärgerlich lege ich auf!

II. Kling … kling …

Ich hebe ab: Poweleit

Anrufer: Stille

Ich: Poweleit

Anrufer: Hallo?

Ich, genervt: Mais oui, Poweleit!

Anrufer: Madame Poweleit?

Ich, total genervt: Oui, j'ai dit Poweleit, usw. (Ich sagte bereits P.)

Und meistens ist es übrigens ein total unwichtiger Werbeanruf eines Callcenters, die hier genauso lästig und unerwünscht sind wie in Deutschland.

==============

Unser erstes Jahr in Frankreich, die Mezzanine, der Zwischenboden in der Garage, ist im Bau, die Handwerker haben zwei Wochen später als verabredet mit ihrer Arbeit begonnen, und wir haben wichtige Termine in Deutschland geplant. Die Arbeit unterbrechen zu lassen kommt keinesfalls infrage, denn die zusätzliche Abstellfläche ist dringend erforderlich, da noch Schränke, Koffer, gefüllte Kartons und Bettgestelle in der Garage alle Wege behindern.

Während unserer Abwesenheit würden die Handwerker, alle in der Nachbarschaft ansässig, die Schlüssel vom Haus, für die Garagentore und den Autoschlüssel für Ditmars Smart benötigen. Der Smart muss jeden Morgen aus der Garage hinaus- und jeden Abend hineingefahren werden, sonst wäre kein Arbeiten möglich. Wir händigen den jungen Herren unsere Schlüssel aus, machen uns auf nach Deutschland und erledigen alle Termine. Nach einer Woche kehren wir zurück und finden Haus sowie Auto wohlbehalten vor.

Da gibt es doch so einen Spruch: Vertrauen ist gut …! Das Ende des Spruches haben wir uns nicht zu Herzen genommen und sind trotzdem gut damit gefahren.

===============

Beim Kauf unseres Hauses hatten wir im Garten nur Unkraut oder stellenweise die blanke Erde vorgefunden. Nun sollen von der Terrasse hinunter im Garten Holzplanken verlegt werden. Da die beiden Jungs, die auch die Mezzanine gefertigt hatten, einen Transporter ihr Eigen nennen, wollen sie alle benötigten Materialien im nahe gelegenen Baumarkt besorgen.

Dazu sind Zahlungsmittel erforderlich, und dies in Form von Schecks. Nach kurzem Zögern gebe ich ihnen zwei Blankoschecks mit meiner Unterschrift mit der Bitte, ja nicht nach Spanien durchzubrennen. Unter allgemeinem Gelächter ziehen sie davon. Zurück kommen sie mit Materialien aus dem Sonderangebot sowie zehn Säcken Blumenerde, welche ich nicht hätte tragen können.

Ich fragte sie nicht, ob sie merkten, welches Vertrauen wir in sie setzten und zu Recht setzen konnten.

===============

Eines Tages, ziemlich am Anfang unserer Freundschaft, Ditmar und ich sitzen in Béziers in einem Café bei einem kleinen starken Espresso, klingelt mein Handy, und Miriam lädt uns in eine »Straußenwirtschaft« ein. Keine Ahnung, der Begriff sagt mir schon irgendetwas, jedoch die Bedeutung hier ist mir zunächst unbekannt.

Kurz darauf gegen Abend fahren wir am Etang entlang zu einem Austernproduzent. Unter einer leichten Überdachung sind einfache Holztische und Bänke aufgebaut. Man muss reservieren, Plätze gibt es für etwa 100 Personen, und die sind auch, wie ich sehe, alle gekommen.

In kleinen Körben wird geschnittenes duftendes Baguette auf die Tische gestellt sowie ein leichter Weißwein in Flaschen, während draußen der Chef alte getrocknete Weinstöcke in riesigen rechteckigen Metallwannen entzündet. Als sich Rauch und Qualm verzogen haben und das Holz noch leise kokelt, wird über jede Wanne ein Rost gelegt. Darauf werden Muscheln, Sardinen und Krevetten verteilt, die hin und wieder mit einem trockenen Weißwein übergossen werden, sodass es zischt und qualmt und den staunenden Gästen begeisterte »Ahs« und »Ohs« entlockt.

Um die Wartezeit zu verkürzen, werden pro Person drei rohe Austern mit Zitronenschnitzen serviert. Rohes, ob Fisch oder Fleisch, ist nicht mein Fall. Ohne jede Begeisterung zwinge ich mir ein rohes dieser Getiere hinunter, finde auch trotz heftigen Suchens keine Perle in der Auster und bin froh, dass Ditmar keine Probleme zu haben scheint, den Rest meiner Portion zu vertilgen.

Nun wird uns mitgeteilt, jeder könne sich sechs Sardinen, zwölf Muscheln und drei Krevetten selbst vom Grill holen. Baguette wird reichlich nachgereicht, und eine bestimmte Menge des Weins ist im Preis inbegriffen, es darf jedoch nachbestellt werden. Da ich nur Wasser trinke, bekomme ich dieses aus dem »robinet«, dem Wasserhahn, ganz stilvoll in einer Karaffe als »Vin de Château de robinet« serviert. Erstens mache ich mir nicht viel aus Alkohol, und zweitens habe ich verständlicherweise die Heimfahrt unserer Freunde übernommen.

Der Wein fließt, die Stimmung wird heiter bis sehr lustig, vom Kassettenrekorder erklingen Songs von Altrocker Johnny Halliday, die Gäste beginnen zu tanzen, paarweise oder auch alleine. Dies kommt mir sehr entgegen, da Ditmar früher schon nicht gern tanzen wollte und heute nicht mehr dazu in der Lage ist. Die Damenwelt tanzt für sich und auch viele Herren. Ach übrigens, ich vergaß zu erwähnen, dass wir vier die einzigen Deutschen mit noch einem befreundeten englischen Ehepaar sind, alle anderen sind Franzosen. Nun beginnen die französischen Herren, Johnny Halliday musikalisch zu begleiten. Aus voller Kehle singen sie mehr laut als richtig, was jedoch der Stimmung keinesfalls abträglich ist, im Gegenteil, die Atmosphäre heizt sich auf, und alle singen lauthals mit. Das ist so recht nach meinem Sinn, meine Musik, tanzen und singen bis in die Nacht, und niemand fühlt sich durch die Lautstärke gestört, da wir uns weit außerhalb des Ortes in der Nähe der Austernbänke befinden.

Wir tanzen und singen bis spät in die Nacht hinein, bis die Wirtsleute ins Bett gehen wollen und die Musik abstellen. Immer wieder werden sie um eine Zugabe gebeten, jedoch nach dem dritten Mal ist endgültig Schluss.

Wann habe ich zuletzt so ausgelassen getanzt und gesungen, frage ich mich. Ich brauche nicht lange nachzudenken, ich weiß es auch so! Es ist schon sehr viele, viele Jahre her! Viel zu viele!

Noch einmal reservierten wir in dieser Straußenwirtschaft, dann allerdings gab es keine Musik, und alles erschien mir recht nüchtern. Heute, so habe ich gehört, kommen ganze Busladungen mit Besuchern von außerhalb, und die intime Atmosphäre soll sich sehr zum Nachteil verändert haben. Schade!

Am darauffolgenden Tag nach unserem Tanzabend, es ist ein Sonntag, geht es Ditmar sehr schlecht. Ihm ist speiübel, und er leidet unter Diarrhö – eine Folge der Austernschlemmerei? Wir denken, das geht bald vorbei, reichlich schwarzen Tee trinken und Zwieback essen, und schon ist alles wieder paletti. Die von mir propagierte, in solchen Fällen dringend notwendige Flüssigkeitszufuhr sieht mein lieber Mann nicht ein, und der Zwieback kommt postwendend wieder raus. Diese Geschichte stellt sich für uns als eine total neue Erfahrung heraus, und so hatten wir in diesem Urlaub nicht die entsprechenden Medikamente dabei. Kindern empfiehlt man die Medikation Cola mit Salzstangen, bei uns ist weder das eine noch das andere vorrätig. Nun gut, wir wurschteln uns so durch den Sonntag, so gut es eben geht, und sofort am Montagmorgen besorge ich »Stopfer« aus der Apotheke. Die Wirkung setzt direktemang ein. Was ich hier aber noch anmerken muss, ist folgende Äußerung meines lieben Mannes. Ditmar liest den Beipackzettel und ruft: »Hör dir das mal an, hier steht, man soll viel trinken!« Gibt es da noch etwas von meiner Seite hinzuzufügen? Männer sind halt so, oder?

===============

Vor einigen Tagen hatte ich ein äußerst erfreuliches Erlebnis! Wir leben jetzt etwas mehr als zwei Jahre in Südfrankreich, gehen am Hafen von Cap d'Agde entlang, und ich finde in einem kleinen Lädchen ein recht hübsches, weißes Kleid, welches ich anprobieren möchte. Die Verkäuferin merkt wohl, dass ich Ausländerin bin, da ich mich zwischendurch mit Ditmar unterhalte. Als dann der Ladenbesitzer dazukommt, spricht er mich auf Englisch an, und ich antworte ihm auf Französisch.

»Ach, Sie sprechen ja Französisch, prima«, sagt er ganz erstaunt, »da muss ich nicht mein schlechtes Englisch hervorholen!«

Haben meine Ohren richtig vernommen, ich kann Französisch sprechen?? Und dies aus Franzosenmund! Das kommt einem Ritterschlag gleich! Das Kleid habe ich selbstverständlich gekauft! Nein wirklich, nicht wegen der Schmeichelei, Monsieur war kein Schleimer. Das Kleid war preisgünstig und ist heute eines meiner liebsten. Nicht was Sie jetzt vielleicht denken! Oder vielleicht doch »un très petit peu«, ein ganz kleines bisschen!

==============

Jeden Mittwoch kann man eine Bootstour von Cap d'Agde nach Sète unternehmen und dort auf dem riesigen Markt einkaufen gehen. So finden wir uns eines frühen Mittwochsmorgens mit unseren schon Tage vorher reservierten Karten am Bootsanlegesteg ein. Der Tag verspricht wieder heiß zu werden, das sagt uns die um 9 Uhr sengend vom Himmel scheinende Sonne.

Während der Fahrt an der Küste entlang umweht uns ein mildes Lüftchen, und eine Stimme vom Tonband erklärt sowohl in französischer als auch in englischer Sprache die an der Küste vorbeiziehenden Sehenswürdigkeiten. Zum Glück ist uns vieles nicht unbekannt, denn für Neulinge ist der Tonbandtext weder in der einen noch in der anderen Sprache akustisch sauber zu verstehen.

Bedingt durch den enormen Tourismusansturm der Hochsaison sind heute zwei Ausflugsboote eingesetzt worden, wodurch sich nun etwa hundert Menschen zum Markt in die Altstadt von Sète hineinwälzen. Aus dem Schiff herauszukommen ist für Ditmar ein fast unmögliches Unterfangen, da man zur Kaimauer hinüber einen großen weit gestreckten Schritt machen muss. Während ich mir noch Sorgen mache, wie wir das wohl bewerkstelligen werden, heben, schieben und ziehen bereits zwei Stewards Ditmar hoch und hinüber. Ich glaube, sie hätten ihn im Notfall auch getragen. Super!

Der gesunde Mensch steigt nun über eine Stahlkettenabsperrung, wir zwängen uns zwischen eng aneinanderparkenden Autos hindurch, um auf der stark befahrenen Straße zu einem Bürgersteig zu gelangen. Sabine empfiehlt stets für solche Unternehmungen den Rollstuhl zu verwenden, da kann ich nur lauthals lachen. Den Rollstuhl hätte ich in diesem Falle über die Autos heben müssen und hätte außer der Verantwortung für Ditmar, meine Hand- und Einkaufstasche und auch noch dieses Gefährt zu beaufsichtigen gehabt, nein danke, dann doch besser ohne, oder ich bleibe lieber zu Hause! Wenn's auch mühsam ist, aber das Laufen ist sowieso gesünder für Ditmars Bewegungsfähigkeit.

Die Menschenmasse wälzt sich nun in die Altstadt hinauf mit ihren engen Gässchen, schmalen, unebenen und mit Motorrädern oder Kleiderständern vollgestellten Bürgersteigen. Ich einige wenige Schritte vorneweg und Ditmar hinterher, den Blick auf den Boden vor sich gerichtet, um nicht zu stolpern oder zu fallen. Er sieht von seiner weiteren Umgebung nur dann etwas mehr, wenn er ab und zu stehen bleibt, um sich zu orientieren.

Auf dem Markt ist die Hölle los! Die einzelnen Stände sieht man vor Menschen kaum, es ist ein Schieben, Drücken und Stöhnen und gelegentlich auch Schimpfen. Drei Stunden Aufenthalt gewährt man uns bis zur Rückfahrt. Unsere Zeit ist bald um, denn Ditmar benötigt ungefähr eine halbe Stunde zurück bis zum Anlegesteg, und auf uns soll nicht gewartet werden müssen.

Gekauft habe ich nichts, ach doch, zwei frische, köstliche Brezeln von einer Deutsch sprechenden Französin aus dem Elsass. Sehr zu empfehlen, diese Brezeln! Das Einkaufen ist nicht unsere Intension zu dieser Bootstour gewesen, sondern die Küste einmal von der

Meeresseite aus in Augenschein zu nehmen, und dies unter guten Wetterbedingungen.

Während der Rückfahrt bleibt das Tonband von vorhin still, es hätte ja sonst rückwärts laufen müssen. Stattdessen werden wir mit zeitgenössischer französischer Musik beschallt, und viele Franzosen singen auch prompt mit. Welch fröhliches Völkchen hier! Die Musik ist auch eingängig und angenehm, es hätte sich angeboten, das Tanzbein zu schwingen, doch dazu ist es wohl noch zu früh am Tage.

Jetzt, am frühen Nachmittag, ist mehr Betrieb auf dem Wasser als am Morgen. Kleine Motorboote und Jetskifahrer sind emsig unterwegs. Wir beobachten, wie von Landseite her ein schnelles Motorboot einen Gleitschirm mit zwei Insassen hinter sich her zieht. Ich sehe ihre Beine hoch oben in der Luft baumeln und denke noch so bei mir, nun muss das Boot aber abdrehen. Tut es jedoch nicht, die Bootsinsassen blicken beide zum Gleitschirm hinauf und haben keinen Blick für ihre Umgebung auf dem Wasser. Ja, sie nehmen auch noch Fahrt auf, quer auf uns zu; sehen die uns denn nicht? Gespannt warte ich auf eine wütende Reaktion unseres Kapitäns. Dieser behält jedoch die Ruhe und drosselt nur kurz den Motor, während das Motorboot direkt vor unserem Bug vorbeijagt. Ich sehe, wie viele Passagiere befreit aufatmen. Offensichtlich ist dies kein Einzelfall gewesen, denn der junge Kapitän hat äußerst souverän reagiert. Jetzt aber lässt er ein paar heftige Flüche vom Stapel.

===============

Fast täglich höre ich eine neue französische Vokabel oder eine Wortschöpfung, die ich mir zu eigen zu machen versuche, um sie bei nächster Gelegenheit auf kluge Weise anwenden zu können. Ganz bestimmte Worte assoziiere ich mit gewissen Personen. Im Wortschatz einer Nachbarin kommt sehr oft »quand-même« vor. Das Wörterbuch sagt mir, dass dies »sowieso« bedeutet. Nun bemühe ich mich immer wieder, diesen Begriff in eine Unterhaltung einzuflechten, es gelingt mir einfach noch nicht. »Quel dommage«, wie schade!

===============

In Frankreich gibt es Perioden der Grünschnittverbrennung, die örtliche Feuerwehr gibt jedes Jahr einen Kalender mit ganz bestimmten einzuhaltenden Daten heraus. Darin heißt es, dass jeder Hausbesitzer zu bestimmten Zeiten in seinem Garten den Grünschnitt verbrennen darf, außer bei starkem Wind ab 40 km/h. Erlaubt ist dies von Mitte Oktober an bis Mitte März, im Sommer ist dies ohne Ausnahme verboten. Verständlicherweise ist es Mietern aus versicherungstechnischen Gründen zu jederzeit untersagt, ein Feuer zu entzünden.

Nicht weit von uns entfernt hat der Mieter eines Hauses ein ziemlich gestörtes Verhältnis zur Müllentsorgung, von Mülltrennung einmal gar nicht zu sprechen.

An manchen Straßenecken befindet sich ein gemauertes Karree, in welches die Mülleimer von etwa acht Häusern am Abend vor ihrer Entleerung gestellt werden sollen. Nun, dieser Mieter verwendet keinen Mülleimer, sondern entsorgt seine gefüllten Müllsäcke, Kartons und sonstigen Sperrmüll in dieses Karree hinein. Schon des Öfteren rückte die »Police Municipale«, die örtliche Polizeistreife, an und untersuchte zusammen mit Gemeindearbeitern eben diese von Katzen und Mäusen aufgerissenen Müllsäcke. Nachdem Name und Adresse gefunden wurden, erhielt der Herr eine Verwarnung. Jedoch lernte er nichts daraus und musste nach dem dritten Male eine Strafe zahlen, deren Höhe sich leider meiner Kenntnis entzieht.

Eines Tages, mitten im Hochsommer, beschneidet er Büsche und Bäume in seinem Garten, welcher ja nicht sein eigener ist. Äste und Zweige landen auf dem Bürgersteig vor seinem Haus, wo sie circa drei oder vier Wochen einfach so vor sich hin trocknen und modern. Plötzlich, mitten in der hiesigen Urlaubersaison, kokelt es auf dem

Bürgersteig. Da kippt doch dieser Mensch tatsächlich Spiritus auf das Grünzeug, wirft noch Kartons sowie gefüllte Müllsäcke darauf und beobachtet das Geschehen, neben seinem dicht daneben geparkten Mofa stehend.

Auf die kurze Stichflamme folgt eine Menge Qualm, der sich über die Nachbarhäuser verteilt. Monsieur stochert lustvoll in dem qualmenden Haufen herum, kehrt diesen etwas zusammen, hüpft Rumpelstilzchen gleich drum herum. Kurzfristig verstärken sich die Rauchschwaden, der Haufen schrumpft, bis schließlich nur noch einige Schaufeln Kehricht übrig bleiben. Mit einem kräftigen Strahl aus dem Wasserschlauch wird der Rest von Grünschnitt und Müll auf die Straße befördert.

Da kommt auch endlich die Polizei, einer der Nachbarn scheint sie wohl etwas verspätet verständigt zu haben. Viel gibt es nicht mehr zu sehen, die Überreste haben sich die Straße hinunter verteilt. So viel zur Müllverbrennung mancher Franzosen.

Dabei wird es einem in Frankreich so leicht gemacht, seinen Sperrmüll und dergleichen zu entsorgen, denn fast jeder Ort besitzt eine »Déchetterie«, einen örtlichen Abfallplatz, auf dem man unentgeltlich alle Abfälle in getrennten Behältern entsorgen kann. Aber nein, auch dies ist manchen Zeitgenossen noch zu umständlich.

Viele Franzosen hängen sich einen kleinen Anhänger an ihre Autoanhängerkupplung, die übrigens bis 55 kg zulassungsfrei ist und darüber hinaus nur ein zusätzliches Nummernschild benötigt. Für über 55 kg Nutzlast benötigt man eine separate Zulassung und Vorführung bei der Contrôle technique. Dieser Anhänger wird, mit Grünschnitt, Kartons, Eisenteilen und Sonstigem beladen, zur Déchetterie gefahren, die auch samstags geöffnet ist, und dort auseinanderdividiert. Von freundlichen Hilfskräften wird einem beim Entladen und Einsortieren geholfen.

==============

Ende September ist »rentrée«. Es ist der Wiederbeginn der Schule und der Arbeit nach den Sommerferien und nach der Saison der Touristen im Juli und August. Noch immer brennt die Sonne heiß vom klaren, blauen Himmel herunter, und ich trage noch meine helle Leinenkleidung und Sandaletten. Überdeutlich hebe ich mich als Nichtfranzose jetzt von der Mehrheit der Bevölkerung ab. Denn die französische Bevölkerung scheint ab diesem Datum genug vom Sommer zu haben, ausnahmslos alle tragen schwarze oder dunkelbraune Kleidung. Dicke Jacken und schwarze hohe Stiefel sind angesagt. Die Auslagen in den Bekleidungsgeschäften sind dunkel und nochmals dunkel. Hier und da ist ein kleiner Farbfleck zu erspähen, aber wirklich nur ein klitzekleiner. Das Auge erhascht etwas Rot, Orange oder Lila, fertig. Warum ist das so? Es gibt eben Dinge zwischen Himmel und Erde, die sind äußerst schwer zu begreifen!

===============

Von Zeit zu Zeit finden sich bei uns kleine Haustiere ein, welche nach Aussagen der Nachbarschaft alle Glück bringen sollen! Gleich zu Beginn unseres Hauskaufs nistet ein Rotschwänzchenpaar im Gebälk über der Haustür, und interessiert verfolgen wir das Wachstum der possierlichen Jungen. Als die Winterstürme gar zu stark an der Haustür rütteln und das Nest schon lange verlassen ist, lassen wir den Eingangsbereich verglasen und veranlassen die Vögelchen, im folgenden Jahr an der Südseite unter dem Terrassendach zu nisten.

===============

Bei meiner Gartenarbeit begegne ich hin und wieder so ganz anderen Zeitgenossen als in Deutschland. Einmal hebe ich eine Steinplatte hoch, da bewegt sich doch tatsächlich die Erde darunter. Bei näherem Hinsehen entdecke ich eine kleine Kröte in der gleichen

Farbe wie die Erde. Ich kann nicht sagen, wer von uns beiden erschrockener war.

===============

Auch Gottesanbeterinnen habe ich vorher nie in meinem Garten in Deutschland gesehen. Hier finden sie sich in jeder Größe ein. Sie lassen sich auf die Hand nehmen, an einen sicheren Ort setzen und sich täglich beobachten. Unter ihnen gibt es ganz ruhige und andere, die hektisch draufloskrabbeln. Wenn ich mich recht erinnere, so sind nach Sabines Aussagen die ruhigen die Weibchen, und die Männchen sind ständig auf der Suche nach diesen.

===============

Ganz gemächlich schlendert eines Nachmittags eine große Smaragdeidechse auf unserer Terrasse entlang und verschwindet über die Mauer in das dahinter befindliche Gestrüpp. Das Tierlexikon verrät uns, dass die größte heimische smaragdgrüne Eidechse eine Gesamtlänge von 40 Zentimetern erreicht. Glücklicherweise sind Freunde bei uns zu Gast, die das bestätigen können, sonst würde man mich etwa der Flunkerei bezichtigen.

===============

Seit einiger Zeit, ganz genau seit Ende Juli, besucht uns mein kleiner Freund. Das Lexikon sagt mir, dass er bis zu fünf Zentimeter groß werden kann, langbeinig ist, mit glatter grasgrüner Hautoberseite. Er klettert, und da seine Finger und Zehen an den Enden zu Haftscheiben erweitert sind, auch an glatten Fensterscheiben hoch und runter. Das überwiegend nachtaktive Tierchen sonnt sich tagsüber gern und badet aber auch, wenn es ihm zu heiß wird.

Mein erster Gang am Morgen und mein letzter Gang am Abend gelten ihm. Er ist, glaube ich, männlich, denn man sagt: »DER Laubfrosch«. Unsere Terrasse ist nach Osten und Westen hin mit großen Fenstern verglast, nach Süden hin geöffnet. An diesen Fensterscheiben geben sich allerlei Fliegen ein Stelldichein und finden oftmals den Weg in die Freiheit nicht mehr.

Wie erstaunt bin ich eines Mittags, als ich einen kleinen grünen Frosch auf der Fensterbank sitzen sehe. Völlig ungeschützt blickt er mich aus seiner Ecke an, und hin und wieder schnappt er nach einer Fliege, die direkt vor sein Maul fällt.

Er braucht Schutz, denke ich und lege ihm eine kleine, der Länge nach halbierte Röhre aus Ton, die ich am Strand gefunden hatte, auf die Fensterbank. Und in die Vertiefung einer Jakobsmuschel, die zur Dekoration auf der Fensterbank steht, gieße ich etwas Wasser hinein. Bald darauf sitzt mein Fröschchen unter der Röhre im Schatten. Ist es ihm doch zu heiß in der prallen Sonne geworden?

Als die Sonne glutrot am Horizont versinkt und der Tag zur Neige geht, sitzt mein kleiner Freund in der Muschel und badet. Ganz still setze ich mich in das schwächer werdende Abendlicht und beobachte den weiteren Verlauf. Nach langer Zeit, er scheint sein Bad zu genießen, klettert er die Wand hinunter an einem dicken Strandgutast entlang, der dort zu Dekorationszwecken steht, und verschwindet die Treppe hinunterspringend mit einem langen Satz im Garten, wo ihn die Dunkelheit verschluckt. Wird er wiederkommen, frage ich mich.

Am nächsten Morgen, er ist wieder da, und wir begrüßen uns auf das Herzlichste, jedenfalls von meiner Seite aus. Seit seiner Ankunft im Juli führe ich ein »Laubfroschtagebuch«: »Er ist da, er ist nicht da«, denn an manchen Tagen bleibt er, ohne sich abgemeldet zu haben, fort. Nach solchen froschfreien Tagen denke ich, das war's, er kommt nicht wieder.

Einige Tage später will ich neben einem Blumentopf ein heruntergefallenes Blatt aufheben, als sich dieses bewegt und wegläuft. Nanu, ein zweiter Laubfrosch? Tatsächlich! Ich sollte doch ständig eine Brille tragen!

Bei meiner morgendlichen Begrüßung sitzen diesmal zwei Laubfrösche einträchtig nebeneinander Seite an Seite unter dem Rohr, der eine schaut nach hinten, der andere nach vorne heraus. Zwei Frösche, denke ich, benötigen auch zwei Bademöglichkeiten und stelle der Muschelschale entgegengesetzt einen kleinen mit Wasser gefüllten Blumenuntersetzer hin. Und siehe da, es ist bereits dunkel, als ich nachsehe, sitzt in jedem Badewännchen ein Fröschlein und badet. Ich mache kein Foto, denn Blitzlicht hätte die beiden vielleicht zu sehr erschreckt. Merkwürdigerweise gab der zweite etwas kleinere Frosch nur dieses eine Stelldichein!

An diese Terrassenfenster verirren sich außer Fliegen auch manches Mal sehr farbenfrohe und seltene Schmetterlinge. Vorsichtig verhelfe ich ihnen mit einem breitrandigen Glas in die Freiheit. Sitzen sie jedoch zu weit am oberen Fensterrand, so zeige ich ihnen mithilfe eines langen weichen Besens den Weg nach draußen. So auch an einem Tag im Oktober, der Schmetterling ist schon auf und davon, als ich am Absatz der Terrassensäule hoch oben unterm Dach Spinnweben entdecke, die ich unbedingt entfernen will. Ich fahre mit dem Besen hinein, einmal und noch einmal, da höre ich neben meinen Füßen ein zartes Platschen. Zunächst begreife ich gar nichts, dann jedoch schlägt bei mir ein jäher Blitz ein, und erschrocken erblicke ich auf den Bodenfliesen mein Fröschlein, welches offensichtlich da oben auf dem Absatz gesessen haben musste. Schnell hebe ich es auf meine Hand, es fühlt sich kühl an, fast wie dünner Gummi oder Neopren, sein Körpergewicht beträgt vielleicht etwa 5 Gramm. Als ich es an seinen Stammplatz vor das Rohr setze, verschwindet es sofort darin.

In meiner Verzückung, das kleine Körperchen in der Hand zu spüren, macht sich sogleich auch eine Sorge breit. Würde das Tierchen mir seinen Abflug verübeln und mich durch seine nun folgende Abwesenheit bestrafen? Hatte es sich vielleicht verletzt? Voller Hoffen und Bangen trete ich am nächsten Morgen auf die Terrasse, um sogleich begeistert auszurufen: »Da bist du ja wieder, bist mir also nicht böse?«

So geht das nun schon einige Wochen, ach, was sag ich, einige Monate. Mal sehen, wie lange noch!

Bei Recherchen im Internet lese ich, dass manche sogenannten Tierliebhaber Laubfrösche züchten und in Terrarien einsperren. Nicht wenige davon würden frühzeitig sterben. Wenn ich unseren Laubfrosch so betrachte, so gönne ich ihm seine Freiheit, die Sonne zu genießen oder den Schatten zu bevorzugen, ein Bad zu nehmen und am Abend oder schon am späten Nachmittag in den Garten zu entschwinden. Auch der tiefe Sprung vom Fensterbrett zum Terrassenboden bereitet ihm keine Schwierigkeiten, er lässt sich einfach fallen. Macht er sich am Nachmittag auf die Wanderschaft in den Garten, wissen wir, dass das Wetter schlechter wird. Bei guter Wetterlage beehrt er uns viele Tage ununterbrochen.

Ich könnte ihn fangen und einsperren und an mich binden, aber wozu? Ist es nicht erfreulicher, ihn freiwillig zu uns kommen zu sehen?

Mittlerweile ist der Januar gekommen und mit ihm auch die unglaublichen 2 Grad unter null. Mein kleiner grüner Freund hat sich in das Gestrüpp des Lavendelbusches aufgemacht. Wird er nach der Kälte wiederkommen, so werde ich ihn mit Freude begrüßen und ihm ein frisches Bad bereiten.

===============

Eines Morgens im September erblicke ich in unserem Wandbrunnen an der Hauswand eine Kröte in dem Blumenuntersetzer auf dem Ausgussloch sitzen. Sie muss wohl während der Nacht in den

Brunnen hineingefallen sein. Schnell stelle ich ihr eines meiner zahlreichen Strandgutäste hinein, um ihr das Herausklettern zu erleichtern, und siehe da, bald darauf ist sie verschwunden.

Wieder ziehe ich mein spezielles »Frosch- und Krötenlexikon« zurate und erfahre Folgendes: Unsere Kröte ist die robuste und kurzbeinige Kreuzkröte, die bis zu 8 cm lang wird. Ihre Oberseite ist bräunlich mit unregelmäßigen Flecken und Warzen. Dem kann ich nur voll zustimmen. Weiter lese ich, dass sie überwiegend nacht- aber auch tagaktiv ist und sich gern unter Steinen versteckt.

Da kommt mir doch ein Gedanke: War etwa die von mir vor einiger Zeit unter einer Steinplatte entdeckte Kröte dieselbe aus dem Wandbrunnen, nur damals noch in kleinerer Ausführung? Dann konnte ich ihr sogar mit meinem Ast behilflich sein, denn ich lese, dass sie nicht hüpfen, sondern nur laufen kann.

==============

Im Anschluss an die Terrasse erhebt sich eine von unserem Schlafzimmerfenster aus sichtbare Pergola. Instinktiv fühlt ein Mensch, wenn er unter Beobachtung steht, so wie ich an einem frühen Morgen. Aus tiefem Schlaf schlage ich die müden Augen auf und befinde mich Aug in Auge mit einer herrlich weißen Schleiereule. Die riesigen Augen des prächtigen Tieres sehen unverwandt von der Pergola herab zu uns ins Schlafzimmer. Ich weiß nicht, habe ich mich bewegt, denn da erhebt sie sich leise und schwebt in die Lüfte davon. Wie lange sie wohl schon da saß und uns Schlafende beobachtete? Allzu gern hätte ich es gewusst!

==============

Während einer Einladung sitzen wir zusammen mit vielen Freunden an langen Tischen unter hohen, von zahlreichen Tauben bevölkerten Platanen. Die Tische scheinen sich zu biegen unter all den herrlichen Speisen und Getränken.

Bekanntlich soll jedoch alles Gute von oben kommen, doch das ist eine Frage des »Standpunkts«. Denn ganz plötzlich und unerwartet wird Ditmar von einem großen, flüssigen Taubenschiss getroffen. Es tropft vom Kopf, fließt von seinen Haaren aufs T-Shirt und die Jeans, echt ekelig! Alles rennt, rettet, nein, flüchten tut niemand, aber mit allen zur Verfügung stehenden Tüchern wird er abgetupft und gesäubert.

Und all diese Begebenheiten sollen Glück bringen, so versichert man uns. Wohin mit all dem Glück, so frage ich mich. Man kann es nicht verschenken oder mit anderen teilen, es ist nur für einen selber gedacht, bekomme ich zu hören. Ich beschließe, alle diese Glücksmomente in einem Topf zu sammeln und zu gegebener Zeit ein wenig davon in Anspruch zu nehmen. Wenn ich es mir recht überlege, hat uns das Glück schon einige Male besucht. Man muss offen dafür sein, um das Glück als ein solches erkennen zu können.

==============

Wir sind eigentlich keine kirchlich orientierten Menschen, aber hin und wieder zieht es mich in die Kirche. Hier entzünde ich eine Kerze, um für jemanden etwas zu erbitten. Ganz erstaunt stelle ich eines Tages fest, nichts zu erbitten, sondern danken zu müssen. Wem gilt meine Bitte oder mein Dank? Dies entzieht sich meiner Kenntnis, es ist ganz einfach ein gutes Gefühl, in diese Stille zu gleiten und das Laute und Lärmende hinter sich zu lassen. Voll Demut begebe ich mich zu meinem angestammten Platz in der Kirche meines französischen Wohnortes, entzünde eine Kerze, vergrabe das Gesicht in beiden Händen, und manches Mal rinnen einige heiße Tränen durch die Finger auf die kalten Kirchenfliesen. Wieder einmal habe ich Kraft geschöpft und entschwinde leichten Fußes in die hektische Welt da draußen.

Klaus 2009

Ein schrecklicher Geselle namens Klaus tobt sich vom 24. bis 25. Januar 2009 über dem Süden Frankreichs mit bis zu 193 Stundenkilometern aus und sorgt auch bei uns für unliebsame Überraschungen. Am Nachmittag, während ich an diesem Manuskript arbeitend im Arbeitszimmer sitze, ist ein lautes Klirren zu vernehmen, als sei ein Terrakottatopf umgefallen. Schnell schaue ich aus dem Fenster und sehe einige zerborstene Dachziegel auf dem Kies liegen. Da der Sturm so stark ist, dass es mir unmöglich erscheint, vor die Tür zu gehen, um den Schaden zu begutachten, verbringen wir eine sehr unruhige Nacht.

Als Ditmar und ich gleich am nächsten Morgen, es ist ein Sonntag, von der Straße aus unser Dach nach der Schadensstelle absuchen, kommt zufällig eine Nachbarin vorbei und bietet uns die Hilfe ihres Mannes an. Sogleich sammelt sie die Ziegelbruchstücke ein, um die eingeprägte Typennummer festzustellen. Ihr Mann, ein kleiner, drahtiger Rentner, besorgt am nächsten Morgen im nahen Baumarkt die beiden benötigten Ziegel, das Stück zu 0,98 Euro. Am Nachmittag bläst der Wind immer noch mit circa 70 km/h, als Jean mit den Ziegeln sowie einem Eimer fertigen Mörtels erscheint. Im kurzärmeligen Poloshirt steigt er flink auf der langen Ausziehleiter auf das Dach, um die beiden Ziegel anzubringen. So ganz nebenbei schraubt er auch noch die an einer Seite losgerissene Dachrinne an. Die etwas größeren Schäden an seinem Haus hatte er repariert, bevor er zu uns kam.

Unsere Bitte, uns einen Preis für seine Mühen zu nennen, weist er ganz entschieden von sich, nimmt jedoch einen guten Schluck Schwarzwälder Kirschwasser zum Aufwärmen dankend an.

Ziemlich genau eine Woche später, es schüttet ununterbrochen seit drei Tagen und drei Nächten. Der Himmel hat seine Schleusen wieder einmal weit geöffnet und gießt seine Wassermassen über uns aus. Am Abend begeben wir uns zur Ruhe, und während ich mich wohlig in meinem warmen Bett ausstrecke, wandern meine Blicke an der Zimmerdecke entlang. Plötzlich machen sie an einer dunklen Insel, den Umrissen der Insel Sylt nicht unähnlich, halt. Der Blick schweift weiter und kehrt irritiert zurück, das ist doch nicht etwa …? Alarmiert steige ich auf einen Stuhl und betaste die Stelle, und richtig, meine schlimmsten Befürchtungen haben sich bewahrheitet. Das Wasser kommt vom Dach durch die Rigipsdecke! Mit pochendem Herzen tasten meine Augen die Wände ab und entdecken mit Entsetzen eine mit Wasser gefüllte Beule, handtellergroß an der Wand über Ditmars Bett. Noch hat die kräftige Tapete die Beule fest im Griff.

Wortlos starren wir einander an. Eigentlich wollten wir schlafen gehen. Jetzt jedoch bin ich hellwach, und es regnet unvermindert weiter. Erneut fragen wir uns: Wie mag es unterm Dach aussehen?

»Musst du auch immer alles so genau inspizieren!«, sagt Ditmar nicht wirklich vorwurfsvoll.

»Möchtest du etwa lieber während der Nacht vom Wasser überrascht werden?«, antworte ich ihm.

Im Augenblick können wir gar nichts unternehmen und sind gezwungen, bis zum Morgen zu warten und dann die Ursache zu ergründen.

Schon kurze Zeit darauf höre ich Ditmar schnarchen, was er eigentlich nur noch selten tut. Ich rechne dies heute der Aufregung zu und stecke mir Ohropax in die Ohren. Äußerst negative Gedanken lassen mich nicht zur Ruhe kommen, ich wälze mich von einer Seite auf die andere, und meine Herzschläge pochen unter dem Ohropax in meinen Ohren. So geht das nicht, denke ich und ziehe die Stöpsel heraus. Im Dunkeln tapse ich in die Küche und schmiere mir ein Erdnussbutterbrot. Dies ist seit jeher meine beste Einschlafhilfe, aber nicht gut für die zuvor geputzten Zähne. Egal wie, ich muss jetzt schlafen, sonst drehe ich durch!

Früh am Morgen hat sich die Insel weiter ausgedehnt, ebenso die Blase an der Wand. Ein dünnes Rinnsal läuft nun glitzernd aus der Beule herab auf den Fußboden. Schnell schiebe ich Ditmars Bett beiseite, hole eine Stecknadel und ein Tuch und steche die Beule an einigen Stellen auf. Das Wasser fange ich mit dem Tuch auf, kann aber das Aufbrechen der Tapete nicht verhindern, die selbst auf den leichtesten Druck einige unschöne Risse hinterlässt.

Unser petit déjeuner fällt heute karg aus, der Appetit ist uns vergangen, ja er trat heute überhaupt nicht in Erscheinung. Stattdessen inspizieren wir wieder einmal unser Dach, heute jedoch von der anderen Seite, ohne Erfolg. Nun denn, auf die Mezzanine in der Garage, wo man durch eine »trappe visite«, eine »Besucherfalle«, eine kleine Türklappe in den »comble«, den Dachboden, gelangt. Gespannt schauen wir hinein, und wirklich, in der linken hinteren Ecke blitzt es hell durch das Dach, dort, wo sich unser Schlafzimmer darunter befindet.

Ein Anruf zu früher Stunde lässt unseren hilfsbereiten Nachbarn herbeieilen. Jean, ein kleiner, flinker Mann, der ebenso schnell spricht, wie er läuft, klettert mit sauberer Kleidung in den dunklen, staubigen Dachboden und kriecht durchs Gebälk in Richtung Lichteinfall. Kurz darauf erscheint er mit äußerst beschmutzten Jeans und T-Shirt. »Pas grave«, meint er, holt unsere längste Leiter aus der Garage, bringt diese im Laufschritt hinters Haus und in Stellung, um kurz darauf leichten Fußes auf den Ziegeln herumzuturnen. Die sieben vom Sturm verschobenen Ziegel rückt Jean behände zurecht, dabei vor sich hin murmelnd, was wir leider unten akustisch nicht verstehen können. Unten angekommen erklärt er, er ärgere sich, bei seiner ersten Hilfsaktion nicht das gesamte Dach kontrolliert zu haben. Genauso schnell, wie er kam, ist er auch schon wieder verschwunden.

Kurze Zeit danach beginnt es erneut zu regnen, und dies wieder zwei Tage lang fast ohne Unterbrechung. Nicht auszudenken, welcher Schaden hätte entstehen können. Wenn ich es mir recht überlege, so hätte uns keiner unserer Nachbarn in Deutschland in ähnlich selbstloser Art und Weise geholfen. Ganz sicher werden wir uns demnächst für die Hilfsbereitschaft revanchieren!

Der Lehrerberuf kommt halt immer wieder durch

Wieder einmal kann ich meinen Beruf nicht verleugnen. Als mir Cloé, Eva und Fanny, einige Kinder aus der Nachbarschaft, erzählen, dass auf ihrem Schullehrplan weder Basteln noch Malen, Handarbeiten oder Töpfern stehe, da hole ich meine Handarbeitstasche hervor und suche in dem noch mageren Fundus nach brauchbaren Dingen. Vieles hatte ich beim Umzug verschenkt und gedacht, das brauchte ich nie mehr.

Bei unserer bald darauf folgenden Deutschlandfahrt bringe ich mir verschiedenfarbige Wolle und Stickgarne mit. Außerdem gebe ich eine Bestellung für Handarbeitsstoffe auf, die mir Sabine nachschickt. Das Angebot in Frankreich ist vergleichsweise gering und die Ausbeute in Bezug auf Basteln und Handarbeiten für größere Kinder oder Erwachsene ist dementsprechend eingeschränkt. An Ostern will ich mit den Kindern Ostereier färben, auch dazu schickt uns Sabine die Eierfarben. Dieser Brauch ist hier völlig unbekannt, wird jedoch mit Begeisterung aufgenommen.

Im Sommer spendierte uns Miriam eine Lage Ton, und die Kinder waren mit Freude beim Töpfern. Gebrannt wurden die hübschen kleinen Gegenstände in Miriams Tonbrennofen, der übrigens auch aus Deutschland stammt.

Zu Weihnachten basteln wir verschiedenartige Sterne aus transparenten Papieren und Ramieband. Letzteres schickt uns wie immer Sabine. Ganz glücklich bin ich, erleben zu dürfen, wie hier die Kinder und die Erwachsenen lernen, den Fröbelstern zu flechten.

Danach nähen und besticken wir ein kleines Nadelmäppchen aus Handarbeitsstoff. Hierbei lernen die Kinder verschiedene Stickstiche und das Knöpfeannähen. Und ich lerne dabei die Namen der Stiche auf Französisch. Als Nächstes steht eine Tasche aus Stoff und Wolle auf dem Plan. Aus langen farbigen Wollfäden soll auch ein langer Tragehenkel auf zwei verschiedene Arten geflochten oder gezwirbelt werden.

Ebenfalls außer Frage steht bei mir ein reges Interesse am französischen Schulsystem, und so lasse ich mir von einem französischen Kollegen darüber berichten.

Am 10. Juni 1881 verteidigte der Minister Jules Ferry vor dem Senat sein Projekt einer kostenlosen Grundschule, laizistisch und obligatorisch für alle kleinen Franzosen zwischen 6 und 13 Jahren. »Sans Dieu ni Roi«, weder Kirche noch König sollten Einfluss auf die Schule haben, und so gibt es bis heute keinen Religionsunterricht.

Heute beenden circa 50 % der Jugendlichen ihre Schulzeit mit 16 Jahren nach dem Baccalaureat (BAC) und beginnen eine Lehre in einem Handwerk. Einige wählen zuerst ein Praktikum oder streben ein »Brevet de Technicien Supérieur« (BTS) an und machen eine technische Ausbildung. Andere entscheiden sich für ein Universitätsstudium und erwerben dafür eine Zulassung je nach Ziel und Anspruch.

Bac + 3 License Bac + 5 Mastaire Bac + 8 Doctorat. Manche besuchen eine Fachschule, eine »École Spécialisée«, um das »Diplôme École Spécialisée« zu erwerben und Ingenieur oder Architekt zu werden.

Einige, die sich zu Höherem berufen fühlen, gehen auf eine »Grande École«, um sich auf eine Karriere als Funktionär oder Führungskraft in Wirtschaft, Verwaltung und Politik vorzubereiten. Fast alle der einflussreichen Industriellen und Politiker sind Absolventen einer »Grande École« und sind deshalb besser ausgebildete »Fachleute« als die Politiker und Abgeordneten in Deutschland, wo man beispielsweise als Lehrer zum Finanzminister gemacht werden kann, oder so ähnlich, absurd, très bizarre.

Das System

École Maternelle	-----	vom 3. bis 5. Lebensjahr
École Primaire	-----	vom 6. bis 10. Lebensjahr
Collège	-----	vom 11. bis 15. Lebensjahr
Lycée	-----	Lycée Professionnel

Baccalauréat (BAC)

Studium oder Berufsausbildung

Ein Jahr und die An- und Aussichten

Nach einem Jahr des Eingewöhnens und des Bekanntwerdens von unserer Seite und der der Nachbarn ziehen wir ein Resümee und laden die Nachbarn erneut zu einem Aperitif zu uns ein.

»Bonjour, mes chers amis«, ich begrüße unsere lieben Freunde und Nachbarn. »Nous sommes très heureux, que vous avez trouvé le chemin chez nous«, wir freuen uns, dass Sie den Weg zu uns gefunden haben. Allgemeines Nicken und Schmunzeln. Habe ich etwas Nettes oder Falsches gesagt? Egal, ich rede weiter: Die lieben Nachbarn kennen sich alle, deshalb möchte ich unsere anderen Freunde vorstellen und tue dies auf Französisch.

»Aus gegebenem Anlass und weil viele uns drängten, doch mal eine Gemäldeausstellung zu veranstalten, stehen oder hängen heute unsere Ölgemälde im Garten und auf der Terrasse.« Staunen, Anerkennung und Bewunderung von allen Seiten. »Auf dem Wohnzimmertisch finden Sie unser Gästebuch, in welches Sie ein Gedicht oder dergleichen eintragen können.« Lautes Gelächter und Stöhnen ist die Folge.

»Außerdem steht auf dem Tisch ein Weidenkorb mit Muschelschalen, wählen Sie bitte eine für sich zur Erinnerung aus!« In die Muschelinnenseiten habe ich Folgendes hineingeschrieben: »En Souvenir de Ditmar et Gaby, le …, à …«

»Zur Erinnerung an Ditmar und Gaby, am …, in …«

Während unserer zahlreichen Strandwanderungen hatte ich diese Muschelschalen gesammelt und zu Hause gewaschen. Bei Bedarf werden sie beschriftet und bei Einladungen mit der beschrifteten Seite nach unten auf die Serviette gelegt. Beim ersten Mal erfolgt ein lautes Erstaunen ob der tollen Idee. Bei weiteren Einladungen erfahren wir, dass sich die Freunde eine richtige Sammlung unserer Souvenirs angelegt haben und beabsichtigen, diese zu erweitern.

Als ich meine Vorstellung der einzelnen Gäste beende, folgt allgemeines Beifallklatschen. Jacky klopft mir auf die Schulter und sagt bewundernd: »Beaucoup de progrès!« Also habe ich mich verbessert, das tut der Seele gut, oder wie Ginette zu sagen pflegt: »C'est bon pour le moral.«

Nun ist das Buffet eröffnet mit selbst gebackenen Tartes, gefüllt mit Lachs oder Lauch oder grünem Spargel. Da ein Moslem unter den Gästen ist und ich Vegetarierin bin, habe ich ein vegetarisches Chili gekocht aus dem »Fleisch« vom Versandhaus »Just Natural« aus Groß-Gerau in Deutschland. Dieses Fleisch, welches wir uns von dieser Firma auch nach Frankreich schicken lassen, besteht je zur Hälfte aus Soja und Weizen, ist bereits vorgewürzt und lässt sich wie Hackfleisch verarbeiten. Das letzte Mal ließen wir uns 15 kg schicken, gefroren eingepackt in Styropor und Trockeneis. Innerhalb von zwei Tagen kam die Bestellung bei uns an, und ich war begeistert. Das Sortiment von Just Natural ist übrigens sehr umfangreich. Ich hatte schon befürchtet, hier in Frankreich müsste ich ohne mein so begehrtes Fleisch auskommen. Die Franzosen sind ein Volk von Fleischessern, ja, Fisch wird auch verzehrt, jedoch mir ist hier noch kein Vegetarier begegnet. Auch den Fleischessern schmeckt mein Chili sehr, ja sie merken noch nicht einmal einen Unterschied. Trotzdem liebe ich auch ein richtiges Zervelatwurstbrötchen von meinem Metzger Manfred Mahl aus Ilbenstadt.

Eine große Schale mit Tomate-Mozzarella, auf Basilikum angerichtet, mit Olivenöl ist bald geleert. Teller, beladen mit dem von mir selbst gebackenen deutschen Bauernbrot sowie deutschem Bratwurstbrät und Jagdwurst, werden zu den Tischen getragen. Viele Dosen mit Hausmacherwurst hatte ich vorher aus Deutschland für diesen Zweck besorgt, da die Wurst hier sehr begehrt ist.

Regen Zuspruch erfährt der Rot- und Weißwein, auch Sangria wird gern getrunken, was mich sehr verwundert. Selbst in den besten Restaurants wird Sangria als Aperitif angeboten.

Bis tief in die Nacht hinein sitzen wir im Garten. Die heiße Sonne ist schon lange glutrot am fernen Horizont versunken und hat einer milden Kühle Platz gemacht. Mit einigen wenigen Getreuen trinken wir ein letztes Gläschen Rotwein und sind dankbar, dass alles gut verlaufen ist und sich unsere mehr als dreißig Gäste wohl bei uns fühlten.

===============

Ansichten eines Behinderten

Auf Behinderte wird meinem Empfinden nach in mancherlei Hinsicht mehr Rücksicht genommen, als dies in Deutschland der Fall ist. Es kommt häufiger vor, dass es freie Behindertenparkplätze gibt, zum einen, weil es deutlich mehr davon gibt, andererseits liegt es sicher auch daran, dass die Plätze eindeutiger markiert und ganzflächig mit blauer Farbe gestrichen sind. Darauf prangt das große weiße Rollstuhlfahrersymbol. Zusätzlich beschildert ist das Ganze mit einem Halteverbotsschild mit der zusätzlichen Beschriftung »Sauf GIG et GIC«, beinhaltet keine Aufforderung zum Saufen, sondern absolutes Halteverbot, außer für »GIG, Grand Invalide de Guerre«, für Schwerbehinderte des Krieges und »GIC, Grand Invalide Civil«. Es wird, wie wir beobachten konnten, häufiger kontrolliert durch die Polizei, selbst auf Supermarkt-Parkplätzen, und mit 80 Euro und Punktabzug vom Punktebonuskonto auch härter bestraft.

Die Scheu, einen derart auffällig markierten Platz unberechtigt zu belegen, ist doch größer als in Deutschland. Selbst nicht betroffene Passanten ermahnen einen oft, dieser Platz sei für »Handicapée«, um sich wortreich zu entschuldigen, wenn sie unseres blauen Schildes ansichtig werden.

Die Plätze befinden sich immer in Eingangsnähe, neue Gebäude sind oftmals auch mit Rampen versehen, manchmal knapp, manchmal großzügig bemessen. Bei alten Gebäuden und in den Altstadtgassen mit ihren schmalen und oft extrem hohen Bürgersteigen hingegen sind keine Rampen vorhanden. Hier voranzukommen, ob mit oder ohne Rollstuhl, ist eine sportliche Herausforderung und einem Zehnkampf gleichzusetzen.

Zumindest wird man nicht gleich unverschämt beleidigt, wie es

Ditmar in Deutschland öfter passiert ist, wenn er als Behinderter jemanden freundlich darauf hinweist, dass dieser wohl unbeabsichtigt auf einem Behindertenplatz parke. Hier bedankt man sich, entschuldigt sich und räumt den Platz. Selbst bei Jugendlichen, die man in Deutschland nicht mehr wagen würde, auf irgendetwas hinzuweisen, funktioniert dies hier noch relativ gefahrlos. Immer öfter bemerkt Ditmar, dass ihm Türen aufgehalten werden, man abwartet, um ihm den Vortritt zu lassen, und dazu sagt »allez-y«, nur zu. Man hält seine ungestümen Kinder zurück und entschuldigt sich, falls diese einem trotzdem in die Quere kommen. Sitzplätze werden ihm angeboten, und er hat das Gefühl, wesentlich öfter spontan angelächelt zu werden, als er dies jemals in Deutschland erlebt habe. Ein Lächeln ist die kleinste Verbindung der Menschen zueinander, und es kostet nichts!

Epilog

Die erste Anregung zu einem Buch, noch in ganz anderer Form, entstand bereits in den frühen Achtzigerjahren. Zwischen damals und heute liegen mehr als zwanzig Jahre, in denen der Anfang des Buches im Schreibtisch ruhte. Zu viel ist in der Zwischenzeit geschehen.

Viele Informationen zum Anfang des Buches entnahm ich meinem Reisetagebuch, welches ich während unserer Fahrten mit dem Wohnmobil führte. Für die Jahre danach musste ich tief in zum Teil stark verschütteten Erinnerungen graben. Mag sein, dass dabei einige wichtige Aspekte verborgen oder von mir falsch interpretiert wurden.

In diesem Buch habe ich viel von mir und uns preisgegeben, jedoch das ist nur natürlich. Oftmals werde ich gefragt, ob mich dieser Umzug verändert habe. Ja, viele Dinge sehe ich aus einem anderen Blickwinkel, bin offener für die Menschen um mich herum. Immer öfter wird mir bewusst, zu Zeiten meines Berufslebens ein sehr eng gefasstes Sichtverhältnis gehabt zu haben. Der Beruf beinhaltete mein Leben von früh bis spät und noch darüber hinaus, sofern dies überhaupt möglich ist. Auch heute fühle ich mich manchmal wie in der Schule, allerdings stehe ich nicht vor der Klasse, sondern ich sitze als Schülerin in der Klasse, um die französische Sprache besser sprechen zu können.

Nun stellt sich die Frage: War es nun Mut oder Leichtsinn, ins Ausland gegangen zu sein mit der körperlichen Behinderung meines Mannes? Der Leser/die Leserin ist vielleicht nach Beendigung dieser Lektüre selbst zu einer Antwort gekommen.

Ich denke mal, es ist ein bisschen von beidem. Aus tiefster Überzeugung kann ich sagen, nach dem Schlaganfall meines Mannes hätte ich niemals den Kauf eines Ferienhauses im Ausland in Erwägung gezogen. Durch solch einen Schicksalsschlag wird man dünnhäutiger, vorsichtiger, ja, fast möchte ich sagen, ängstlicher. Obwohl man zu keiner Zeit alle Unwägbarkeiten voraussehen kann, horcht man mehr in sich hinein und fragt sich, was wäre, wenn.

So jedoch war dieser Kauf bereits getätigt, die folgenden Jahre liefen in einer wohldurchdachten Reihenfolge ab, und alles griff irgendwie termingerecht und relativ reibungslos ineinander über. Heute freuen wir uns sehr, unsere alte Heimat besuchen zu können, voll Freude kehren wir in unsere neue Heimat zurück.

Viele Urlauber besuchen Südfrankreich des Sommers wegen und erleben hier den Trubel während der Hauptsaison. Aber gerade auch im Herbst, Winter und Frühling kann man das Land lieben lernen. Mich zieht es nicht in ferne Länder, ich genieße tagein, tagaus

mein Südfrankreich, wo die Sonne zu Hause ist!

Selbstverständlich sind viele Namen unserer Freunde zum Schutze ihrer Privatsphäre geändert worden. Einige wenige ausgenommen, von denen ich die Erlaubnis zur Verwendung ihres richtigen Namens erhalten habe.

Gelegentlich sind Namen und Ortsnamen verfremdet wiedergegeben, um die persönlichen Belange zu schützen.